Kasper v...
Vog...

GOLDMANN
Lesen erleben

Kasper van Beek

Vogelfrei

Spannungsroman

Aus dem Niederländischen
von Gabriele Haefs

GOLDMANN

Die niederländische Originalausgabe erschien 2018
unter dem Titel »Vogelvrij« bei Uitgeverij Cargo.

Dieses Buch wurde mit finanzieller Unterstützung der
Dutch Foundation for Literature übersetzt.

Nederlands
letterenfonds
dutch foundation
for literature

Dieses Buch ist auch als E-Book erhältlich.

MIX
Papier aus verantwortungsvollen Quellen
FSC® C014496

Verlagsgruppe Random House FSC® N001967

1. Auflage
Deutsche Erstveröffentlichung Juli 2019

Umschlaggestaltung: UNO Werbeagentur, München
Umschlagmotiv: Landschaft: Arcangel / David Hall;
Vögel: FinePic®, München
Redaktion: Doris Hermanns
AG · Herstellung: kw
Satz: Vornehm Mediengestaltung GmbH, München
Druck und Bindung: GGP Media GmbH, Pößneck
Printed in Germany
ISBN 978-3-442-48927-5
www.goldmann-verlag.de

Besuchen Sie den Goldmann Verlag im Netz

Für Danielle

vogelfrei, Adjektiv, im Zustand völliger Rechts- und Schutzlosigkeit; rechtlos und geächtet, galt auch für Tote, die nicht bestattet werden durften und für Vögel als Beute ausgelegt wurden. Dazu: jdn. für vogelfrei erklären – einer Person jeglichen Schutz durch bestehende Gesetze entziehen, weshalb dieser Mensch ungestraft verfolgt und getötet werden konnte.

Prolog

Der Adler breitet seine Schwingen aus und lässt sich vom Wind tragen. Sein Blick wandert von links nach rechts über die strahlend weiße Landschaft, während er die Baumwipfel des Waldes von Nuuksio streift. In Finnland liegt um diese Jahreszeit überall eine dicke Schneeschicht, was das Erspähen einer Beute erschwert.

Unten schlängelt sich der Fluss, der irgendwann das Meer erreichen wird. Nach einigen kräftigen Flügelschlägen setzt der Adler zum Sturzflug an, bis er sich dicht über dem Flusslauf befindet. Die Strömung ist stark, und das strudelnde Wasser macht einen ohrenbetäubenden Lärm. Seine pechschwarzen Augen richten sich auf die flache Wasseroberfläche, und sein Flug wird langsamer, als er unter sich einen Schwarm Fische entdeckt. Einige haben ihn bereits bemerkt und schießen in alle Richtungen auseinander, andere schwimmen nichtsahnend weiter.

Der Adler reckt den Schnabel vor. Im Bruchteil einer Sekunde legt er die Flügel an und schießt auf den glänzenden Wasserspiegel zu. Unmittelbar vor der Berührung mit dem Wasser wirft er seinen Körper herum und fährt die scharfen Krallen aus. Genau im richtigen Augenblick, genau am richtigen Ort. Schnell steigt er danach wieder auf, seine Mission ist erfolgreich. Unter ihm baumelt jetzt ein dicker Fisch. Der Adler fliegt weg vom Fluss in den dichten Wald hinein und dort im Zickzack weiter zwischen den jahrhundertealten Bäumen, bis er einen kräftigen Ast gefunden hat, auf dem er sich niederlässt, um sich in aller Ruhe auf seine Beute zu konzentrieren.

Sein Kopf schreckt hoch, als die Stille von einem plötzlichen lauten Knall zerrissen wird. Er wartet gespannt darauf, was nun kommen mag, aber es passiert weiter nichts. Wieder ist nur das Flüstern des Windes zwischen den Bäumen zu hören.

Es besteht also keine Gefahr, und mit tödlicher Präzision durchbohrt der Adler mit seinem Schnabel schnell den noch immer wild zappelnden Fisch.

Durch das Gewicht von Vogel und Fisch gerät der Ast ins Zittern. Eine dicke Schneeladung rutscht hinab. Außer auf die Wurzelausläufer des Baumes zu fallen, bedeckt der Schnee noch etwas anderes. Etwas, das hier erst kürzlich von Menschenhand begraben wurde und jetzt vollständig unter einer weißen Decke verschwindet.

~

Nicht weit davon entfernt raucht der Schornstein einer gut versteckten Blockhütte. Die Holztür schwingt auf, und ein fröhlicher Husky springt heraus. Ein großer Mann mit einem dicken grauen Bart trottet hinter dem Hund her, die Wollmütze tief in die Stirn gezogen. Mit geübtem Griff schultert er ein Jagdgewehr und zieht die Tür hinter sich zu.

Seine schweren Schuhe versinken bei jedem Schritt bis zu den Knöcheln im Schnee. Dass er so eine tiefe Spur hinterlässt, stört ihn nicht; es gibt nur wenige andere Menschen in der Umgebung, daher sieht er keinen Grund, seine

Hütte geheim zu halten. Der Husky rennt vor ihm her und weiß schon genau, welche Richtung sie einschlagen werden. Er kennt den Weg im Schlaf und scheint sich über das Abenteuer mehr zu freuen als sein Herrchen.

Über ihnen bewegen sich die hohen dünnen Bäume langsam hin und her. Der Jäger schaut stirnrunzelnd auf seinen Handschuh, auf dem ein schwarzer Fleck ist. Sicher hat er vergessen, ihn auszuziehen, als er ein Holzscheit in den Kamin geworfen hat. Zum Glück fließt ein Stück weiter ein Bach, in dem er seinen Handschuh rasch säubern kann. Er pfeift durch die Zähne. Der Husky reagiert sofort und läuft auf das Wasser zu. Im Sommer springt der Hund auch gern mal hinein, aber er ist klug genug, um das jetzt nicht zu tun. Er würde sonst sofort erfrieren.

Bei dem Fließgewässer angekommen, geht der Jäger in die Knie, während der Husky weiter den Hang hochläuft. Dort gibt es einen kleinen Wasserfall, wo das Wasser herunterprasselt und neben dem Wind das einzige Geräusch in der Umgebung produziert. Der Jäger reibt Wasser über seinen Handschuh, und zum Glück ist der Ruß schnell entfernt. Er schaut zum Wasserfall hoch, aber kann seinen Hund schon nicht mehr sehen. Mit stoischer Ruhe scheuert er weiter, fester und fester.

Das nun folgende Geräusch lässt ihn rückwärts stolpern und sofort – viel ungeschickter, als ihm lieb ist – nach seinem Gewehr greifen.

Der Husky knurrt. Nicht so, als ob er essen oder ausgeführt werden will, sondern tiefer. Bedrohlicher. Ein Laut, den der Jäger lange nicht mehr gehört hat. Der Hund ist nicht mehr zu sehen, und gespannt richtet sich der Jäger auf. Als er merkt, dass sein Gewehrlauf zittert, versucht er, sich zu fassen, und nimmt auch seine andere Hand. Vorsichtig klettert er den Hügel neben dem Wasserfall hinauf, auf der Suche nach der Ursache des Knurrens.

Weiter vorn sieht er seinen Husky stocksteif dastehen, die Ohren flach angelegt und den Blick nach vorn gerichtet. Der Hund bemerkt sein Herrchen nicht, denn er hat jetzt nur Augen für etwas, das sich vor ihm abspielt. Zwischen den Bäumen hängt dichter Nebel, was die Sichtweite drastisch verringert. Zusammen mit seinem Hund starrt der Jäger in die Ferne. Etwas stimmt hier nicht, das spürt er einfach. Rasch entsichert er sein Gewehr und ist bereit zu schießen.

Da! In der Ferne, zwischen den Bäumen, taucht ein Schatten auf. Er versucht, die Umrisse klarer zu sehen, aber das ist bei diesem Licht schwierig. Instinktiv tritt er einen Schritt zurück, nach einem Ausweg suchend, und der Husky folgt seinem Beispiel. Der Jäger wischt sich den Schweiß aus den Augen und schiebt die Mütze ein wenig zurück, während er wieder in den Nebel starrt. Der Schatten wird immer größer. Er kommt auf sie zugerannt!

Angespannt umklammert der Jäger den Gewehrkolben.

»He!«, schreit er. Aber es erfolgt keine Reaktion. Der Schatten rennt weiter, und der Hund bellt.

»He! Stehen bleiben!«, versucht der Jäger es noch einmal. Wieder keine Reaktion. Er muss handeln. Gleich wird es zu einer Konfrontation kommen. Das weiß er. Das Bellen ist jetzt in ängstliches Fiepen übergegangen, und für einen Moment fragt sich der Jäger, ob es überhaupt ein Mensch ist, was hier immer schneller auf ihn zukommt. Ob es nicht ein Wesen aus den jahrhundertealten finnischen Mythen ist, von denen seine Großmutter ihm immer erzählt hat.

Er schüttelt den Kopf, kneift ein Auge zu und zielt. Ruhig holt er Atem, wie er das immer macht, und konzentriert sich auf sein Visier. Dann – es trennen sie höchstens noch ein Dutzend Schritte – drückt er ab.

Die Sekunde, die folgt, scheint viel zu lange zu dauern. Der Schatten wird getroffen, und vollkommen lautlos fällt er der Länge nach vornüber zu Boden. Fast sofort ist er vollständig unter dem Schnee verschwunden.

Im Wald kehrt wieder Stille ein, und der Jäger schaut seinen Hund an, der fragend zurückstarrt. Mit langsamen Schritten bewegt sich der Mann nun in Richtung des Schattens, das Gewehr noch immer im Anschlag. Als er näher kommt, sieht er zwei Beine bewegungslos in die Höhe ragen. Weiter vorn scheint unter dem Weiß etwas Dunkelblaues durch, und mit klopfendem Herzen macht er sich daran, den Schnee zu entfernen. Langsam taucht ein Jackett auf, und erst jetzt realisiert der Jäger, dass vor ihm ein mit einem Anzug bekleideter Mann auf dem Boden liegt. Ohne Winterjacke, ohne Mütze, ohne Schneestiefel. Erstaunt kratzt er seinen Bart, doch dann sieht er, wie sich der rote Fleck im Schnee ausbreitet. Zwei Flecken sogar! Nicht allein aus dem Kopf des Mannes, sondern auch aus dessen Schulter fließt Blut. Während er sich fassungslos umschaut, denkt der Jäger: *Aber ich habe doch nur einmal geschossen?*

Teil I

1

Meine Scheinwerfer erlöschen, als ich den Zündschlüssel umdrehe und sehe, wie die Palmen in ihren Granitkästen im Dunkeln verschwinden. In der Ferne kann ich, als sich meine Augen besser an die Dunkelheit gewöhnt haben, die Wellen auf den Strand zurollen sehen. Wir stehen in Zandvoort, aber offenbar will das Strandlokal mit den Palmen mir einreden, ich hätte soeben an der französischen Riviera geparkt. Mir ist das egal. In der Ferne schreit eine Möwe, als ob ihr Leben davon abhinge. Auch das ist mir egal. Das Einzige, was für mich zählt, ist die Ruhe nach dem Sturm.

Neben mir klappt die Sonnenblende herunter, und das Licht an deren Spiegel leuchtet auf. Ich brauche nicht zur Seite zu schauen, um zu wissen, was sie tut. Die roten Lippen, die eben noch wilde Beschimpfungen riefen, werden nachgezogen. Ein Lächeln wird geübt, alles ist wieder in Ordnung. Ich habe das oft genug erlebt, um zu wissen, dass ich jetzt den Mund halten muss. Warten auf das Zeichen und vor allem keinen Blickkontakt aufnehmen. Als ich höre, wie die Tür zugeschlagen wird und ihre Absätze sich vom Auto entfernen, ziehe ich meinen Schlips gerade. Das war das Zeichen, jetzt muss ich aktiv werden.

In dem Moment, in dem sie den Hang hinunterläuft, auf das Strandlokal zu, hole ich sie gerade rechtzeitig ein, um sie zu stützen. Diesen Weg gehen wir jedes Jahr, und jedes Jahr gibt es bei Liesbeth vorher wieder Unmengen Stress. Warum? *Keine Ahnung.*

Eine junge Frau am Eingang schickt uns nach links, obwohl wir schon längst wissen, wo wir hinmüssen. Jedes Jahr das gleiche Fest, um die positiven Zahlen zu feiern, jedes Jahr derselbe Saal. Als wir den Saaleingang erreichen, haben wir einen guten Überblick über die Szene. Ganz hinten spielt eine Band, eine, die ich noch nicht kenne. Vermutlich hat sich die vom letzten Jahr zu viele Patzer geleistet. In dieser Firma wird nicht lange gefackelt, wenn es gilt, Fehler zu bestrafen.

Auf der rechten Seite hinter der Bar werfen die schicken Flaschen das farbige Licht zurück in den Saal. Ich räuspere mich. Komischerweise habe ich immer das Gefühl, dass ich der einzige ungebetene Gast bin, dass sich alle nach mir umdrehen, als ich hereinkomme, und dass alle gleichzeitig auf den Ausgang zeigen.

»Da ist er! Der Mann der Stunde!« Jacob hört sich enthusiastischer an als sonst und hat offenbar schon heftig gebechert. »Zusammen mit der schönsten Frau des Abends.«

Er küsst Liesbeth die Hand, und ich schüttele lachend den Kopf.

»Lass das Carolien lieber nicht hören, du alter Schmeichler«, antwortet Liesbeth mit schelmischem Lächeln.

»Und was ist mit mir?« Ich umarme ihn, Jacob, meinen Kollegen und besten Freund.

»Mit dir? Was geht dich das denn an?«, lautet seine herausfordernde Gegenfrage.

Wir begeben uns in den Saal. Alle sind gekommen.

Sicher dreihundert Menschen in stetiger Bewegung. Liesbeth will mit mir tanzen, aber ich habe noch nicht einmal etwas getrunken. Jacob ist schon weiter und rettet mich vor meiner Frau. Sie verschwinden in der Menge, und ich steuere die Bar an – *immer ein guter Orientierungspunkt*.

Menschen, denen ich im Alltag höchstens zunicke, schütteln mir jetzt ausgiebig die Hand. Ein Stück weiter vorn bekomme ich zu meinem Schrecken drei nasse Küsse von der Kantinenfrau, weswegen ich dankbar für den breiten Tresen bin, der sie im Alltag auf sicherem Abstand hält. Rasch befreie ich mich aus ihrem Zugriff, und mit der internationalen Gebärde für »trinken« mache ich ihr deutlich, was ich möchte. Sie lässt mich gehen.

Ich bestelle eine Wodka-Cola und lehne mich danach lässig an die Bar, als ob ich zufällig hier gelandet wäre und es eigentlich recht nett fände. Von hier aus habe ich gute Sicht auf die Tanzfläche, auf der sich tapfere und betrunkene Gäste tummeln. Liesbeth und Jacob drehen sich dramatisch im Kreis und machen Bewegungen, die sie sicher in einem Film gesehen haben. Wahrscheinlich sieht das ihrer Vorstellung nach besser aus als in Wirklichkeit, und ich schneide eine Grimasse. Aber wie bei einem Autounfall bringe ich es doch nicht über mich wegzuschauen.

»Angeber!« Carolien taucht neben mir auf, und ihrem Augenaufschlag ist deutlich anzusehen, dass sie schon genauso viel getrunken hat wie ihr ein Stückchen entfernt wild tanzender Mann. Ich hatte sie noch nicht bemerkt, aber sie schaut mich nicht an. Auch sie kann ihren Blick nicht von Jacob und Liesbeth abwenden.

»Zum Glück haben sie ja andere Talente«, sage ich, um das Eis zu brechen. Carolien ist die Schwester meiner Frau,

Jacob also mein Schwager. Um das inzestuöse Bild zu vervollständigen, ist der Direktor dieser Firma der Vater der beiden Schwestern. Dass ich für meinen Schwiegervater arbeite, versuche ich in Gesprächen immer so lange wie möglich zu verschweigen, denn jedes Mal, wenn es zur Sprache kommt, wird mir derselbe mitfühlende Blick zuteil.

»Du weißt es nicht, Olaf. Ich aber.« Sie macht weiter mit diesem Thema, im selben angetrunkenen Tonfall wie eben. Ich seufze, jetzt verpflichtet mitzuspielen.

»Was weiß ich nicht, Carolien?«

»Du glaubst, alles zu wissen, aber du weißt nichts.«

Das wird ja immer lustiger. Schnell trinke ich einen Schluck und schaue dann in die andere Richtung. Ich kann verstehen, woher ihr Misstrauen Jacob gegenüber stammt, aber ich mache mir wegen Liesbeth absolut keine Sorgen. Natürlich sehe ich, wie die Männer sich umdrehen, wenn ich mit ihr hereinkomme. Aber gerade weil wir einander so viel Freiheit lassen, vertrauen wir einander auch. Außerdem verstehe ich mich sehr gut mit Huub, ihrem Vater und meinem Chef. Das alles würde sie niemals aufs Spiel setzen, schon gar nicht für Jacob, so sympathisch er auch sein mag.

»Keine Angst. Gleich kommt er zu dir zurückgetorkelt.«

Carolien antwortet nicht und starrt weiter auf die Tanzfläche. Das ist mir nur recht, Trunkenheit steht ihr nicht. Hinter ihr sehe ich, dass die Schiebetür zur Terrasse einen Spaltbreit offen steht; durch das Glas strahlt ein kleiner leuchtend oranger Stern. Langsam wandere ich nach draußen. Im Moment kommt mir alles besser vor, als hier an der Bar hängenzubleiben.

~

»Schön, nicht wahr?«, ertönt aus der Ecke eine Stimme. »Ich könnte stundenlang hier liegen und zu den Sternen hochstarren.«

Mir läuft ein Schauer über den Rücken – diese Stimme würde ich aus Tausenden erkennen. Wir befinden uns auf einem menschenleeren Bohlenweg, der durch den Sand bis zur beruhigenden Brandung führt. Das Rauschen der Wellen, die immer wieder zum Strand hin rollen und sich dann zurückziehen, hat eine hypnotisierende Wirkung. Über uns wölbt sich der funkelnde Sternenhimmel.

»Es ist eine sternklare Nacht«, gebe ich mit fester Stimme zu und drehe mich um. Aus der Dunkelheit löst sich ein Schatten, der den orangen Stern zwischen den Fingern hält. Wenn sie einen Zug nimmt, glüht die Spitze grell auf und erleuchtet kurz ihr Gesicht.

Instinktiv trete ich einen Schritt zurück, als Mila ins Licht kommt. Sie hält ihre hochhackigen Schuhe in der Hand, und ich sehe, wie sich ihre Zehen langsam auf dem Holz des Steigers bewegen. Sie ist ganz anders als die Frauen da drinnen. Der Rauch, den sie ausbläst, weht in meine Richtung.

»Warum stehst du so allein hier draußen herum? Wirst du nicht drinnen gebraucht? In diesem Jahr spielt ausnahmsweise mal eine gute Band«, lüge ich. Ehrlich gesagt habe ich die Musik noch gar nicht registriert. Zum Glück ist es dunkel und sieht sie mein Unbehagen nicht. Sie arbeitet schon eine Weile bei uns, aber in ihrer Nähe stolpere ich noch immer über meine Wörter.

»Ich bin doch nicht allein?«, antwortet sie. Über uns erklingt der schrille Schrei einer vorüberfliegenden Möwe. Zu meiner Erleichterung redet Mila gleich weiter und brauche ich nicht zu reagieren. »Die Feste, auf die ich sonst gehe, sind doch ziemlich anders als diese Art von … Treffen.« Sie bietet mir beiläufig einen Zug an ihrer Zigarette an, und ich sehe Lippenstift auf dem Filter. Aber ich mache eine abwehrende Handbewegung. Mila dreht sich zu dem Fenster um, hinter dem das Fest noch immer voll im Gang ist. »Sieh dir an, wie fröhlich sie sind und wie sie sich gehenlassen; das sind dieselben Leute, die an einem normalen Arbeitstag vielleicht drei Wörter miteinander wechseln. Aber einmal im Jahr wird ein Abend zum *Fest* erklärt, und dann amüsieren sie sich brav. Ich kann mit so viel kontrollierter Freude nicht viel anfangen.«

»Ich bin einer dieser Leute«, antworte ich und bin mir des versteckten Vorwurfs durchaus bewusst. Sie steht jetzt dicht neben mir und schaut mir tief in die Augen.

»Nein, Olaf, du bist anders.«

Ich schüttele den Kopf und will etwas entgegnen, aber ich weiß nicht, was. Sie mustert mich forschend, ein verspieltes Lächeln um ihren Mund. »Der Schwiegersohn vom Chef. Das klingt, als ob hier schnell Beförderungen anstehen.«

»Nein, eher das Gegenteil.« Ich lache laut. »Alle achten genau auf mich, darauf, ob ich nicht vorgezogen werde.«

»Also eher ein Fluch?«

»Alle sind immer ganz freundlich … mir direkt gegenüber.« Ich lege eine Pause ein, und sie versteht, was ich sagen will. »Ich habe mir das nicht ausgesucht, aber so läuft es eben manchmal.« Die Wörter bilden überraschend problemlos Sätze. Aber ich verstumme abrupt, als Mila näher an mich herantritt, während ihr Blick weiterhin an meinem haftet.

Sie könnte mich jetzt küssen, mich auslachen oder mir ins Gesicht schlagen. So wenig durchschaue ich Frauen, denke ich. Zwischen ihren Augenbrauen bildet sich eine kleine Falte, und sie macht noch einen Schritt auf mich zu. Sie beugt sich nach vorn, aber statt auf meinen Mund zielt sie auf mein Ohr.

»Ich hab was gefunden.«

Mein Gehirn macht Überstunden, um diese Aussage zu begreifen. Ich kann sie aber noch nicht verstehen.

»Etwas stimmt nicht, das musst du doch auch gemerkt haben?«, fügt sie hinzu.

Ich ziehe mein Gesicht zurück und schaue ihr wieder in die Augen. In ihrem Blick sehe ich eine Anspannung, die mich nun auch nervös werden lässt.

»Was meinst du? Wo stimmt etwas nicht?«

»Im Büro. Etwas Großes.«

»Hier bist du.« Die Worte bohren sich wie ein Dolch in meinen Rücken.

Ich drehe mich um und lächle aus irgendeinem Grund strahlend. *Es gibt hier kein Problem.*

»Liesbeth, das ist Mila. Mila, Liesbeth.« Die beiden Frauen reichen einander lustlos die Hand, woraufhin Liesbeth sich wieder an mich wendet.

»Papa wird gleich seine Rede halten. Er will, dass du dabei bist.« Sie begleitet mich nach drinnen. Als ich mich umschaue, sehe ich noch immer Milas beunruhigten Blick.

Als wir uns dem Podium nähern, faucht Liesbeth so leise, dass nur ich es höre: »Du brauchst mich nicht jeder Sekretärin vorzustellen.« Ich nehme zwei Glas Champagner von einem Tablett und beschließe, dass dies nicht der richtige Moment ist, ihr zu erklären, dass Mila keine Sekretärin ist. Zumal Liesbeth das verdammt gut weiß.

~

Die Scheibenwischer kratzen über die Windschutzscheibe, und ich stelle sie in den niedrigsten Stand; es ist wieder fast trocken. Wir sitzen im Auto, auf dem Weg nach Hause, und gedankenverloren starre ich durch die Windschutzscheibe.

»Lieb, dass du Papa Komplimente für seine Rede gemacht hast. Du weißt, wie sehr er das mag«, sagt Liesbeth. Ich lächele. *Das weiß ich.* Ich bekomme einen Kuss auf die Wange und lausche ihren Atemzügen.

»Du weißt auch, dass ich dich liebe, nicht wahr? Wirklich?« *Auch das weiß ich.*

»Wirklich«, murmele ich routiniert zurück. Langsam schläft sie neben mir ein, während ich mich auf die vorüberjagenden weißen Streifen auf dem Asphalt konzentriere.

Ich liebe sie auch. Schon seit der Schulzeit, als sie auf dem einen Schulfest eng mit mir tanzen wollte. Liesbeth gehörte zur angesagten Clique, während ich nicht so recht wusste, wohin ich gehörte. Ich hatte Freunde, ein paar Mädchen, denen ich bisweilen guten Tag sagte, aber ich gehörte keiner Clique an. Ich war kein harter Junge, aber ich war auch kein Nerd. Ich war unsichtbar.

Bis zu dem Abend in der Aula, als Liesbeth beschloss, mich ins Rampenlicht zu zerren. Überwältigt von diesem plötzlichen Tatendrang fing ich an, sie zu küssen. Vorher hätte ich mich niemals getraut, aber in diesem Moment erschien mir das die einzige angebrachte Reaktion. Und sie küsste zurück, während mich die anderen aus großen Augen anstarrten. Mit klopfendem Herzen drehte meine Zunge in Liesbeths Mund Runden, und ich spürte, wie sich ihre Arme um meinen Rücken schlossen.

Am nächsten Tag war sofort deutlich, dass ich im Ansehen gestiegen war. Ich wurde anders behandelt, und mir wurde sogar hinterhergeschaut. Aber am meisten überraschte mich, dass Liesbeth noch immer hinter ihrer Entscheidung vom Vorabend stand. Sie teilte mir mit, dass ich jetzt ihr fester Freund sei. Womit ich mich nur allzu gern einverstanden erklärte. Ich wurde lebhafter, entwickelte größeres Selbstvertrauen, und meine restliche Schulzeit war wunderbar. Und das alles lag nur an ihr.

Meinem rettenden Engel.

Wir bauten zusammen ein Leben auf und waren von Anfang an glücklich. Sie war viel erwachsener als ich, was mich zu Beginn unglaublich einschüchterte. Ich lernte, ihr zu folgen, ernsthafter zu werden, an die Zukunft zu denken. Das brauchte ich. Ich weiß es genau: Ohne meine Frau würde ich noch immer auf einer Studentenbude am Computer spielen.

Ich schaue zur Seite und sehe sie im Schlaf lächeln. Sie fühlt sich sicher.

Ein Gedanke, der mich an den Vorfall früher am Abend denken lässt. An Milas Blick, in dem diese drohende Unruhe lag. Sie spricht mich bei der Arbeit häufiger an, aber das macht sie mit allen. Bisher haben wir eigentlich nur über Allgemeinheiten und die Arbeit geredet. Dafür interessiert sie sich immer sehr. Aber über wirkliche Ängste oder über wichtige Themen sprachen wir nie. Warum hat sie mich heute Abend ins Vertrauen gezogen?

Was hat sie gefunden?

2

Mein rechter Fuß versinkt im Schnee. Mit großer Mühe ziehe ich den linken hoch, der jedoch bald darauf abermals verschwindet. Meine Arme habe ich um den Körper geschlungen, in der Hoffnung, die in mir noch verbliebene Wärme behalten zu können. Ich bin im Schlafanzug unterwegs, weiß Gott, warum. Es ist ein eiskalter Wald, in dem ich durch die Dunkelheit nur zwei, drei Bäume weit sehen kann. Die Richtung, in die ich gehe, orientiert sich nur an einem: der Spur.

Vor meinen Füßen befindet sich alle paar Meter ein roter Fleck. Ein Blutstropfen auf der weißen Oberfläche. Ich weiß, dass ich zurückgehen sollte, dass mich nur Schmerz und Verwirrung erwarten. Dennoch gehe ich weiter.

Ich bin nicht allein, das weiß ich sicher. Irgendwo in dieser Dunkelheit spüre ich Bewegung, aber wenn ich stehen bleibe, um zu horchen, höre ich nichts. Nicht einmal einen Windhauch, einen raschelnden Zweig oder auch nur meinen eigenen Atem. *Rein gar nichts.* Ich schlage mir auf die Ohren, um mich davon zu überzeugen, dass ich nicht plötzlich durch die Kälte taub geworden bin. Die Schläge hallen in meinem Kopf wider. Dann also weitergehen, das ist meine einzige Möglichkeit.

Vor mir, im Schnee, liegen die Tropfen jetzt dichter beieinander. Ich versuche mir zu überlegen, woran das liegen kann – stärkeres Bluten oder kürzere Schritte? Was ich hier verfolge, ist noch nicht zu sehen. Zumindest kann ich es in dieser Dunkelheit nicht sehen.

Ich schaue mich schnell um, ob ich nicht schon die ganze Zeit verfolgt werde, doch auch hinter mir ist nichts zu sehen. Abgesehen von meinen Fußspuren, die ich in dem tiefen Schnee hinterlasse. *Etwas stimmt hier nicht.* Als ich wieder nach vorn blicke, sehe ich die Blutstropfen, aber keine Fußspuren. Erst jetzt fällt mir auf, wie unsinnig das ist. Es ist ein Rätsel, auf das ich keine Antwort weiß.

Höre ich etwas? In der Ferne ist plötzlich ein Pfeifton zu vernehmen, als ob irgendwo eine knarrende Holztür geöffnet wird. Ich muss aufpassen; ich bin ganz in der Nähe. Zunehmend frage ich mich, ob ich in diesem Szenario überhaupt der Jäger bin. Oder bin ich die Beute, ohne dass ich es durchschaue?

Wie man in einem spannenden Buch einige Seiten überspringt, wenn es zu unheimlich wird, laufe ich jetzt schneller. Soll es eben passieren, was es auch sein mag. Alles ist besser als diese Unsicherheit.

Es ist schwer, durch den Schnee zu rennen, und es kommt mir vor allem unnatürlich vor, die Beine so hoch zu heben. Aber es ist nun einmal die einzige Art, um in dieser Landschaft schneller vorwärtszukommen.

Die Blutspur schwenkt jetzt nach links, und ich folge ihr im Slalom zwischen den Bäumen. Bis ich jählings stehen bleibe. So jählings, dass ich mir alle Mühe geben muss, um nicht vornüberzufallen. Die Spur hört auf.

Genauer gesagt, sie läuft vor mir zwar weiter, verschwindet dann aber unter einem dichten Gebüsch, und ich kann nicht sehen, ob sie dann noch irgendwo weitergeht. Wieder schaue ich mich um. *Wo bin ich nur, um Gottes willen?*

Ich starre das Gebüsch an und halte Ausschau nach Gefahren oder Bewegungen. Ganz plötzlich ist meine Kehle wie zugeschnürt. *Sehe ich das richtig?* Ich will schreien, um Hilfe rufen, wegrennen. Aber all das tue ich nicht, stattdessen gehe ich einfach weiter, bis ich das Ende der Spur erreicht habe.

Unter dem Busch bildet sich, quer durch den tiefen Schnee, ein Fleck. Das Weiß wird verschluckt und hat keine Chance gegenüber der roten Farbe, die immer mehr Terrain gewinnt. Im Gebüsch liegt etwas. Ich sehe jetzt auch, dass sich die Blätter bewegen. Etwas will herauskommen, steckt aber fest. Ängstlich versuche ich, einen Schritt zurückzutreten, aber ich werde vom Schnee festgehalten. Als ich nach unten schaue, sehe ich drei Tropfen an meinen Fingern nach unten gleiten. Ich bin es selbst! *Ich blute selbst!*

Das Rot scheint sich jetzt um mich zu wickeln, wie eine Schlange, die sich durch hohes Gras windet. Ich will weg, muss weg. Schnell versuche ich, mich umzudrehen, aber sofort erkenne ich meinen Fehler. Meine Füße stecken fest, und ich kippe hilflos nach hinten. Sowie mein Rücken den Schnee berührt, schließt der sich um mich. Ich werde umarmt und dann sofort mitgeschleift, hinab in die Tiefe.

Schweißnass fahre ich in meinem Bett hoch. Keuchend versuche ich, meinen Atem unter Kontrolle zu bringen, und ich sehe sofort nach, ob ich Liesbeth vielleicht geweckt habe. Sie schläft aber zum Glück tief und fest, müde nach all dem Champagner und Wein. Ich taste auf dem Nachttisch nach meiner Uhr und sehe, dass es fünf Uhr ist. Noch zwei Stunden Schlaf und dann … *Ach nein, es ist Samstag!* Erleichtert lasse ich mich zurücksinken. *Herrlich, Wochenende!*

Um sieben Uhr klingelt der Wecker. Das Geräusch, das ich auf dieser Welt am meisten hasse. Wenn ich aus Versehen meinen Wecker mitten am Tag losgehen höre, wird mir sofort schlecht. Es ist das Symbol für alles, wovor ich mich ekle: aufwachen. Aber wie ist das möglich? Der Wecker dürfte doch gar nicht klingeln, schließlich ist Samstag. Ich darf doch ausschlafen?

Liesbeth läuft schon mit einem Handtuch um den Kopf und einer Zahnbürste im Mund durch das Schlafzimmer.

»Liebling, was machst du da?«, stammele ich. »Es ist doch Samstag.«

»Samstag?« Sie lacht laut auf. »Es ist Montag, du musst aufstehen.« Sie öffnet die Vorhänge, wodurch das grelle Licht sofort ins Zimmer strömt.

Das ist, was das Wochenende mit uns macht: Es rutscht uns durch die Finger, gerade wenn wir glauben, es fest im Griff zu haben. Ich seufze mein Montagmorgenseufzen und stehe auf.

Das Morgenritual beginnt: Toilette, Dusche, Zähneputzen und Rasieren. Dann öffne ich meinen Kleiderschrank und ziehe den grauen Anzug heraus, der am weitesten links hängt. Auf diese Weise lasse ich meine Kleidersammlung rotieren, denn die sauberen Sachen hänge ich dann wieder rechts auf. Unterhose. Socken. Ich mache zu dieser Zeit immer einen Bogen um den Spiegel, denn schließlich gehört ein Mann, der nur Socken und Unterhose anhat, zu den traurigsten Anblicken überhaupt. Als ich angezogen bin, nehme ich den Kleiderbügel mit dem Jackett mit, damit es nicht knittert. Ich weiß nicht, wie Liesbeth das schafft, aber in dem Moment, in dem ich die Küche betrete, schießen die Toastscheiben hoch.

Ich werfe mir die Krawatte über die Schulter und schenke mir eine Tasse Kaffee ein. Vor mir liegt die Zeitung, in der ich blättere, ohne wirklich zu lesen.

»Ich habe dich heute Nacht wieder gehört.« Liesbeth schaut nicht von dem Brot auf, das sie sich gerade schmiert.

»Hab ich geschnarcht?«, frage ich scheinheilig.

»Du weißt genau, was ich meine.« *Das weiß ich.* »Was sagt Dr. Mantz eigentlich dazu?«

»Das gehört dazu. Es ist ein Prozess«, murmele ich. Wider besseres Wissen hoffe ich, dass es dabei bleibt, aber sie gibt sich nicht zufrieden.

»Und?«

»Und ich habe heute nach der Arbeit wieder einen Termin. Ich gebe mir alle Mühe, das weißt du.«

Sie verdreht die Augen, als ich das sage. Ich komme mir immer wie ein kleines Kind vor, wenn sie das macht, denn oft folgt darauf dieser Tonfall.

»Liebling, ich weiß, dass du dir alle Mühe gibst.« *Genau, dieser Tonfall.* »Aber das ist jetzt schon seit einem Jahr so. Du schläfst deshalb schlecht, ich schlafe deshalb schlecht.«

»Heute Nacht schlafe ich auf dem Sofa. Dann hast du mal Ruhe.« Ich gehe voll in die Defensive, das merke ich selbst.

»Das meine ich nicht.«

Jetzt reicht es mir aber. Ich schnappe mir meinen Aktenkoffer und ziehe auf dem Gang mein Jackett an. Sie folgt mir aus der Küche.

»Viel Erfolg heute«, klingt es jetzt freundlich aus ihrem Mund. Verrückt, dass ein anderer Raum auch ein anderes Thema bedeuten kann.

»Danke, dir auch.«

Ich gebe ihr einen Kuss auf die Wange und gehe zum Auto, das in der Auffahrt steht. Ein Mercedes. Ich habe ihn erst seit zwei Wochen und lasse auf dem Weg zur Autotür meine Hand über die geraden Linien gleiten. Ich versuche immer wieder, mir einzureden, dass ich ihn mir durch meine Arbeit verdient habe, dass er von meinem Gehalt bezahlt worden ist und nicht von Liesbeth oder ihrem Vater. Insgeheim weiß ich es aber besser.

Als ich losfahre, brauche ich genau dreiundvierzig Minuten bis zu meinem Arbeitsplatz in Naarden-Vesting. Normalerweise müsste es von Amstelveen, wo wir wohnen, in fünfundzwanzig Minuten zu schaffen sein, aber inzwischen habe ich die Staus in meinem Reiseplan bis auf die Minute genau mitberechnet. Ich gebe Gas.

Ich starre die Bremslichter vor mir an und höre dem Gerede auf Radio 1 zu. Auf dem Rücksitz liegen allerlei Einrichtungszeitschriften – Zeug, über das ich mich immer maßlos ärgere. Liesbeth ist im Moment mit der Dekoration des Schaufensters einer großen Ladenkette beschäftigt. Sie leitet dabei ein Team von Menschen mit Berufsbezeichnungen, die ich nicht einmal aussprechen kann. Sie hat Innenarchitektur studiert, und nach einigen Projekten bei Freunden hat ihre Karriere begonnen. Sie hat jetzt den einen großen Auftrag nach dem anderen. Nicht dass sie das nötig hätte; sie hat mehr Geld als ich. Durch ihren Vater brauchte sie, wenn sie das wollte, keinen Tag in ihrem Leben mehr zu arbeiten. Aber so ist sie nicht, und das schätze ich an ihr.

Meine eigene Karriere kam etwas mühsamer in Gang. Als ich mein Jurastudium beendet hatte, hoffte ich, schon bald am Gericht anfangen zu können. Aber es war nicht so einfach, eine Stelle zu finden, und die Anwaltskanzleien sparten eher ein, als dass sie neue Leute einstellten. Ich suchte und bewarb mich, ohne Erfolg.

Wenn ich daran zurückdenke, waren es vor allem amerikanische Filme, die mich dazu gebracht hatten, mich dafür zu entscheiden. Ich stellte mir vor, wie ich vor dem Richter stand und Sätze sagte wie: *You can't handle the truth!* Auf Niederländisch klingt das allerdings schon weniger beeindruckend. Die Realität sah ganz anders aus, aber inzwischen hatte ich mein Studium fast schon beendet.

Huub, Liesbeths Vater, war derjenige, der mich dann endlich aus meinen Leiden erlöste. Er sagte, dass sein Betrieb, eine große Firma, die sich vor allem mit Produktentwicklung beschäftigt, immer gute Juristen brauchen könne. Als ich zum ersten Mal durch den Betrieb geführt wurde, wurde mir schwindlig. Hunderte von Menschen, Dutzende von Abteilungen, sogar ein firmeneigenes Labor. Ich verstand überhaupt nicht, was sie eigentlich entwickelten, aber als ich die Namen des umfangreichen Kundenkreises hörte, war mir klar, dass sie weit über meinem Niveau arbeiteten. Sie belieferten sogar die Armee. Natürlich hielt ich mich für einen begabten Juristen, aber ich war auch realistisch. Huub wollte seinen Schwiegersohn einfach nicht mehr als arbeitslos bezeichnen müssen.

Der schöne Schein, die perfekte Familie, das bedeutet Huub alles. Wo immer er auftritt, strahlt er Reichtum aus. Einen *selfmade man*, so nennt er sich oft. Und dann klagt er jedes Mal darüber, dass es in unserem kleinen Land dafür keine Übersetzung gibt. »Typisch für die nationale Nüchternheit«, fügt er hinzu, um mit einer dröhnenden Lachsalve zu enden. Er macht nämlich Geschäfte auf der ganzen Welt, und in seinem Büro hängen allerlei Fotos, auf denen er irgendwelchen Staatsoberhäuptern die Hand schüttelt. »Nette Jungs«, sagt er dann lässig, wenn er daran vorbeikommt. Ich bin mir sicher, dass diese Leute keine Ahnung mehr haben, wer er ist, und ich vermute, dass etliche Fotos zurechtretuschiert worden sind. Aber es spielt keine Rolle, ob sie echt sind oder nicht. Es geht darum, dass Huubs Geschäftspartner das in dem Moment glauben, in dem die Verhandlungen mit ihm beginnen.

Leider hat Liesbeth diese Familieneigenheit übernommen. Wenn wir mit Freunden essen, denkt sie sich oft romantische Anekdoten über mich aus – dass ich im Urlaub in einem Hotel eine Flasche Champagner für sie bereitstellen lasse oder dass ich sie damals auf dem Schulfest verführt habe – während ich nur schweige und zustimmend nicke. Alles, um deutlich zu machen, dass unser Leben perfekt ist und dass ich der größte Romantiker bin, der ihr je über den Weg gelaufen ist. Ihre Freundinnen sind ganz begeistert, wenn sie solche Geschichten hören, und schauen danach ihre eigenen Männer vorwurfsvoll an.

Ich fahre durch die Stadtmauern in das alte Dorf. Naarden hat noch viele Grachten und Bunker, die mir immer das Gefühl geben, in eine schwerbewachte Festung zu kommen. Dass dies alles so angelegt worden ist, um unsere

Firma gegen feindliche Heere zu beschützen, die plötzlich am Horizont auftauchen könnten. Dass einige Anlagen bereits aus dem siebzehnten Jahrhundert stammen, vergesse ich dann praktischerweise für einen Moment.

Mein Parkplatz befindet sich dicht beim Eingang zum Büro. Viel näher, als meine Funktion es rechtfertigen würde, aber auch das ist nun einmal einer der Vorteile, die man als Schwiegersohn des Chefs hat. Ich lächele Dado an, der den Eingang bewacht. Alle, die keinen Ausweis haben, müssen durch Dados Metalldetektor. Immer wieder sehe ich, wie er Menschen abtastet, aber eher, weil er sich langweilt, als dass wirkliche Gefahr besteht. Auffallend oft sind es schöne Frauen, bei denen sein Detektor anfängt zu piepen.

Auf dem Weg zu meinem Büro grüße ich wieder alle mit einem Nicken und versuche, Gerüchte über das Fest am vergangenen Freitag aufzufangen. Alle tippen ruhig vor sich hin, als ob sie sich davor fürchten, was sie an dem Abend getan haben. Es hat etwas von der Atmosphäre des Morgens nach einem betrunkenen One-Night-Stand – jedenfalls so, wie ich mir das vorstelle. Mir kommt ein Mann mit einem Papierstapel entgegen.

»War nett am Freitag, Olaf.«

»Gewiss, Bob«, ich lächele freundlich zurück. Sowie ich an Bob vorüber bin, verschwindet das Lächeln aus meinem Gesicht.

Als ich mich hinter meinem Schreibtisch niederlasse, sehe ich, dass ich die Tür offen stehen gelassen habe und auf den Flur schaue. Ich stöhne und beschließe, dass ich es nicht mehr schaffe, die fünf Meter nochmal zu überbrücken, obwohl ich weiß, dass eine offene Tür mich teuer zu stehen kommen kann. Die Uhr im Zimmer tickt laut: Neun Uhr.

»Ollie!« Ich schrecke aus dem Schlaf auf. Auf meiner Stirn befindet sich noch ein Klebezettel. Die Gefahr einer offenen Tür an einem Montagmorgen. Zum Glück ist es nur Jacob. »Entschuldige, ich wollte dich nicht wecken.« Er schließt die Tür hinter sich, und ich blicke in sein viel zu fröhliches Gesicht. Er arbeitete schon für Huub, als er Carolien kennengelernt hat. Dadurch wird er in der Firma immer etwas mehr akzeptiert als ich, der bereits Schwiegersohn war, als ich hier eingestellt wurde.

»Tolles Fest, was? Herrlich, genau wie jedes Jahr. Wir haben den Loser von der HR-Abteilung eingeschlossen; er musste den ganzen Abend in einer Besenkammer verbringen. Großartig!« Er lässt sich lässig auf meinem Schreibtisch nieder, und ich sehe ihn an.

»Du hast wirklich ausgesehen, als ob du dich köstlich amüsierst. Und schöne Tanzschritte beherrscht du auch.« Ich zwinkere ihm zu, aber Jacob wird ernst.

»Du weißt doch, dass wir wirklich nur getanzt haben? Das machen Lies und ich immer. Du weißt, dass ich niemals …«

Jetzt muss ich wirklich lachen. »Immer mit der Ruhe, ich will dich nur ein bisschen aufziehen.«

Sein Gesicht entspannt sich. »Na gut, ich hab das schon das ganze Wochenende von Carolien zu hören bekommen.«

»Ich dachte, das lag nur am Alkohol?«

In diesem Moment wird die Tür aufgerissen, und Mike steckt den Kopf herein.

»He, Jacob, hab ich mir doch gedacht, dass ich dich hier

finde. Habt ihr euch am Freitag mit euren Freundinnen gut unterhalten? Ihr durftet lange aufbleiben, was?« Sarkastischer geht es eigentlich nicht.

»Ich bin ein Jahr älter als du, Mike«, ist Jacobs trockene Reaktion.

»Warum verdiene ich dann doppelt so viel?« Seine Reaktion kommt mir einstudiert vor. Er redet weiter: »Aber egal, ich hab das Dossier auf deinen Schreibtisch gelegt. Wenn ihr also genug getratscht habt, könntest du dich dann an die Arbeit machen?«

Er ist noch immer sauer, weil mein Parkplatz dichter am Eingang liegt als seiner.

»Die Sonne bricht durch!« Die Stimme des Radiosprechers klingt begeistert.

Ich weiß nicht, an welch exotischem Ort die Sendung aufgenommen wird, aber meine Scheibenwischer laufen auf Hochtouren. Es gießt in Strömen. Die Praxis von Dr. Mantz liegt auf meinem Heimweg. Das ist nicht der Grund, warum wir ihn ausgesucht haben, ist aber jedenfalls praktisch. Dr. Mantz behandelt Liesbeths Familie schon seit Jahren, und deshalb war es auch selbstverständlich, dass er mich sofort angenommen hat. Während er normalerweise eine Wartezeit von mindestens einem Jahr hat, wie mir gesagt wurde.

Ich stelle den Mercedes vor dem hässlichen, niedrigen und grauen Gebäude ab. Es steht in einem Neubaugebiet, neben der Beneluxlaan. So eine Straße, in der es, wenn man daran denkt, immer regnet. Genau wie jetzt. Ich schalte den Motor aus, und die Scheibenwischer halten an, wodurch sich meine Windschutzscheibe sofort in einen Wasserfall verwandelt. Das Geräusch des Regens auf meinem Dach klingt hypnotisierend. Ich bleibe noch einen Moment sitzen, um mich geistig auf den Sprint zur Eingangstür vorzubereiten. Ich habe heute zwar vor allem gesessen, aber nach einem Arbeitstag bin ich immer erschöpft. Aber durch den strömenden Regen zu spazieren kommt mir auch unnatürlich vor, deshalb renne ich.

Auch wenn der Abstand nur kurz ist, bin ich trotzdem durchnässt. Die Frau an der Rezeption mustert mich mitleidig, aber ich zucke nur mit den Schultern. Ich muss durch eine Glastür, um ins Wartezimmer zu gelangen. Erst jetzt befinde ich mich im selben Raum wie die Rezeptionistin.

»Guten Tag, Olaf. Was bringen Sie denn für ein Wetter mit?«

»Hallo, Emma, ich nehm es nachher wieder mit. Keine Sorge.«

Sie lacht. »So wirkt es eben manchmal, was? Dr. Mantz holt Sie gleich rein. Setzen Sie sich noch einen Moment.« Ich komme schon seit einem Jahr her, aber sie muss das doch jedes Mal zu mir sagen. So ist sie offenbar programmiert.

»Das ist ein Prozess. Die Albträume gehören dazu.«

»Genau, das sage ich ihr auch immer.« Dr. Mantz sitzt mir gegenüber in dem Ledersessel, in dem er immer Platz nimmt. Er hat kurze graue Haare und trägt einen maßgeschneiderten Anzug. Die Krähenfüße an seinen Augen sind die einzigen Falten, die sein Alter verraten; ansonsten ist es unmöglich zu schätzen. Er beugt sich vor, um den Rekorder einzuschalten, wie bei jeder Sitzung.

»Aber wie lange wird dieser Prozess noch dauern?« Bei

meiner Frage hält sein Finger in der Luft inne. Dr. Mantz richtet sich wieder auf.

»Wirst du ungeduldig?«

»Das kann man wohl sagen, ja«, antworte ich, während ich ihm unverwandt weiterhin ins Gesicht schaue und hoffe, in seinen Augen eine ehrliche Antwort zu finden.

»Einen Monat.«

Ich erschrecke über diese konkrete Antwort.

»Einen Monat?«

»Oder zwei Monate. Oder drei. Oder ein Jahr. Das liegt an dir selber, Olaf. Du entscheidest, wann du so weit bist.«

»Das entscheide nicht ich, das wird für mich entschieden.«

»Von wem?«

»Wenn ich das wüsste ...« Wir schweigen einen Moment lang. Er faltet die Hände vor dem Kinn, eine Geste, die mich anfangs unglaublich geärgert hat, aber die ich inzwischen zu akzeptieren gelernt habe. Seine Stimme durchbricht die Stille als Erste.

»Wusstest du, dass das Wort *Trauma* aus dem Griechischen stammt und wortwörtlich ›Wunde‹ bedeutet? Wie jede andere Wunde, die heilen muss, braucht ein Trauma Zeit. Diesen Prozess kannst du nicht beschleunigen, du kannst die Wunde nur desinfizieren und gegen neue Bakterien schützen.«

»Und aufpassen, dass du nicht mehr hinfällst«, füge ich hinzu.

Er lacht. »Das auch. Um die Sache hinter dir zu lassen, musst du loslassen können. Je öfter wir zu diesem Augenblick zurückgehen ...«

» ... umso besser kann ich die Wahrheit akzeptieren.«

Diesen Satz habe ich inzwischen fünfzigmal gehört. Er nickt und drückt auf einen Knopf am Rekorder. Das rote Lämpchen vor mir leuchtet auf. Ich schließe die Augen und konzentriere mich auf die Pieptöne des Gerätes.

Ich schalte vom zweiten in den dritten Gang und gebe Gas. Liesbeth neben mir sucht nach einem Radiosender, bei dem gerade keine Weihnachtslieder laufen. Es ist der 2. Dezember, und sie findet es lächerlich, dass der ganze Monat vom Weihnachtsbetrieb bestimmt wird. Das ist wie Pfeffernüsse im September, auch darüber kann sie in Wut geraten. Ich sage nicht, dass ich es eigentlich nett finde, die vielen Klassiker. Mariah Carey, Wham! und »Driving Home for Christmas« in Endlosschleife, nicht das ganze neue Zeug. Aber ich halte wohlweislich den Mund, während neben mir geflucht wird.

Wir kommen von einem Essen bei einem Vetter von Liesbeth zurück, auf das wir beide überhaupt keine Lust hatten. Und doch war es offenbar unmöglich abzusagen, denn – das war die Begründung – er war auch schon bei uns zum Essen. Auf die Frage, warum wir ihn dann überhaupt eingeladen hatten, kam eine Antwort, gegen die ich nichts mehr sagen konnte: Weil er zur Familie gehört.

Während ich mir schon einen Plan für nächstes Jahr zurechtlege, durch den ich dann am richtigen Tisch lande und nicht wieder zwischen zwei Großtanten, weht mir plötzlich ein starker Wind ins Gesicht. In ihrem fanatischen Versuch, andere Musik zu finden, hat Liesbeth am Ende auf alle Knöpfe gedrückt. Auch auf den der Klimaanlage. Ich schalte sie aus, aber der Ventilator bleibt an. Sie hat offenbar etwas an den Einstellungen geändert, und ich muss mich jetzt mit Menüs herumschlagen, auf die ich noch nie einen Blick geworfen habe. Ich klicke, scrolle und klicke, bis ich das Gesuchte gefunden habe. Aber es ist schon zu spät. Der Schrei ist das Einzige, woran ich mich noch wirklich erinnern kann. So hart und eisig, dass ich ihre Stimme nicht einmal erkenne. Mit achtzig Stundenkilometern – das wurde später anhand der Bremsspuren berechnet – fliegen wir aus der Kurve. Die Reifen verlassen den Asphalt, und die Motorhaube wickelt sich um einen Laternenpfahl, der sich nicht verbiegt, sondern unerschütterlich standhält. Liesbeth wird in ihrem Sicherheitsgurt hin und her geschleudert, aber ich habe meinen nicht angelegt. Keine Ahnung, weshalb nicht, denn ich schnalle mich sonst immer an, bevor ich den Motor anlasse. In diesem Moment aber bin ich nicht angeschnallt und fliege durch die Windschutzscheibe.

Aber das alles ist mir natürlich erst hinterher erzählt worden. Ich weiß nichts mehr von der Autofahrt und erinnere mich nicht einmal mehr an das Essen. Schwarz, alles ist schwarz.

3

Wieder sitze ich in meinem Auto, habe aber das Radio ausgeschaltet. Diesmal stehe ich vor meinem eigenen Haus in Amstelveen. Es ist eine schöne Doppelhaushälfte. Das sagen unsere Besucher jedenfalls oft. Ich hatte geschworen, dass ich niemals aus Amsterdam wegziehen würde. Nicht einmal nach Amstelveen oder Amsterdam-Noord, das ich eigentlich nicht zu Amsterdam dazuzähle. Aber Liesbeth konnte mich am Ende doch überreden, mit Argumenten wie: Da haben wir Ruhe, wir wollen doch mal Kinder haben, du kannst mit dem Rad in die Stadt fahren, es ist billiger und noch vieles andere mehr. Es spielte eigentlich keine Rolle. Huub bürgte beim Kauf für uns, deshalb zogen wir dahin, wo seine Tochter hinziehen wollte. Das war etwas, das ich verstehen konnte, das war deutliche Sprache. Jetzt stelle ich also mein Auto in Amstelveen ab.

Die Straße ist still, und es wird dunkel. Durch das Fenster sehe ich Liesbeths Silhouette, die in dem behaglich beleuchteten Haus herumläuft. Auf meinen Wunsch hin haben wir einen breiten Streifen Folie über das Fenster geklebt, damit man nicht so einfach hineinschauen kann. Das habe ich bei niederländischen Familien noch nie begriffen: dass man die Vorhänge weit offen lässt. Eine kranke Art, gesehen werden zu wollen. Ich kann nichts dafür, aber wenn ich an Häusern vorbeigehe, schaue ich hinein. Und die Menschen schauen heraus. Mit einem gewissen Ärger, als wäre ich ein Stalker. Ich habe das immer als sehr fremden und zugleich intimen Augenblick erlebt, als Austausch von Privatem, den ich gar nicht will. Bei uns geht das Hineinschauen nun nicht mehr; ich sehe nur den Schatten meiner Frau, wenn sie an einer Lampe vorbeiläuft. Das ist in Ordnung. Schatten sind in Ordnung. Ich gehe hinein.

Sobald ich das Wohnzimmer betrete, stocken meine Schritte. Liesbeth ist in der Küche; ich stehe allein im Zimmer, und etwas stimmt hier nicht. Etwas ist anders.

Aus den Augenwinkeln sehe ich einen dunkelgrünen Briefumschlag auf dem Tisch liegen, und als ich näher komme, lese ich in zierlichen Buchstaben meinen Namen. Sofort wird Adrenalin in meinem Körper ausgeschüttet. Haben wir heute Hochzeitstag? Hat Liesbeth Geburtstag? Ich überlege sogar kurz, ob es vielleicht mein Geburtstag ist.

Ich schaue das Jackett über meinem Arm und den Aktenkoffer in meiner Hand an. In beiden steckt kein Liebesbrief, den ich aufmerksam überreichen könnte, wenn ich den an mich gelesen habe. Woraufhin sie mich umarmen wird, weil ich zum ersten Mal diesen wichtigen Tag nicht vergessen habe.

Rasch werfe ich meine Sachen auf die Couch und nehme den Briefumschlag. Ich lasse meinen Finger über das raue Papier gleiten und lese nur meinen Namen. Keine Adresse, keine Briefmarke, nichts. Trotzdem erkenne ich die Handschrift nicht; das hier wurde auf keinen Fall von Liesbeth geschrieben. Ein wenig erleichtert, aber auch angespannt gehe ich in die Küche, während ich den verschlossenen

Briefumschlag wie einen gefährlichen Gegenstand vor mich halte.

»Lies…« Sie kehrt mir den Rücken zu und schenkt ein Glas Weißwein ein.

»Hallo, Liebling. Guten Tag gehabt?« Als sie sich umdreht, zeige ich ihr den Briefumschlag.

»Was ist das?«

»Keine Ahnung, der war bei der Post. Dein Name steht darauf.« Sie gibt mir einen Kuss und geht dann mit ihrem Wein an mir vorbei ins Wohnzimmer.

Ich habe das Gefühl, etwas falsch gemacht zu haben, habe aber keine Ahnung, warum. Als ob ich erst mit ihr besprechen müsste, ob jemand mir einen Brief schreiben darf. Angespannt schenke ich mir auch ein Glas Weißwein ein und trinke gierig einen Schluck.

Danach überzeuge ich mich davon, dass ich wirklich allein bin, und reiße den Briefumschlag oben auf. Ich fange an zu zittern, warum, weiß ich nicht. Ich ziehe ein Foto aus dem Umschlag. Als ich sehe, was darauf zu sehen ist, drehe ich das Bild vor Schreck um. Ich schaue zuerst nach, ob auf die Rückseite etwas geschrieben ist, aber vor allem, um Zeit zu schinden. Leider ist die Rückseite leer. Es liegt auch kein Brief dabei, kein Text, keine Erklärung oder etwas anderes. Nur das Foto.

Erstaunt drehe ich das Foto wieder um und schaue in die Gesichter von zwei fröhlichen Männern. Ein stechender Schmerz schießt mir in die Schulter, und ich muss mich auf die Anrichte stützen, wobei ich mein Weinglas umstoße. Es fällt zu Boden und zerbricht, so dass die Scherben in alle Richtungen auseinanderfliegen. Ich reagiere nicht darauf, sondern habe nur Augen für das Foto.

Der eine Mann hat brüderlich den Arm um den anderen gelegt. Die beiden sind für die Umgebung, in der sie stehen, auffällig sommerlich gekleidet. Hinter ihnen ist nämlich ein großer zugefrorener See zu sehen, umgeben von weißen Bäumen. Ich schnappe nach Luft und versuche, meinen Blick loszureißen, aber das gelingt mir nicht. Was ich hier sehe, kann nicht sein, und doch sehe ich es. Ich höre Flattern in meinem Kopf und frage mich, ob ich jetzt endgültig den Verstand verliere.

Fühlt sich das wohl so an?

Den linken Mann kenne ich nicht. So sehr ich mich auch bemühe, mich an ihn zu erinnern, mir geht nicht das winzigste Licht auf. Den rechten dagegen erkenne ich sofort.

Das bin ich nämlich selbst.

Aber ich kann mich an diese Szene einfach nicht erinnern. *Soll ich das sein?* Ich begreife es nicht und versuche, zu einer logischen Erklärung zu gelangen. *Wann war das? Ich war doch noch nie in so einer kalten Gegend!*

Liesbeth und ich machen oft Camping in Frankreich, einmal waren wir in Spanien, aber nie weiter weg. Für uns muss das nicht sein, so weit von zu Hause weg oder stundenlang im Flugzeug sitzen. Im Urlaub soll man doch zur Ruhe kommen, gemütlich mit einem Buch vor dem Zelt. Als ich noch nicht mit Liesbeth zusammen war, bin ich immer mit meinen Eltern verreist; ich war also noch nie allein weg, wenn ich mir das genauer überlege. Aber das Foto kommt mir ziemlich neu vor. Ich habe schon meinen Stoppelbart, und die Ringe unter den Augen weisen auf ein höheres Alter hin. Ich bin jetzt dreiunddreißig; dieses Foto ist mit Sicherheit nach meinem achtundzwanzigsten Geburtstag aufgenommen worden.

Mein erster Gedanke ist, dass das hier ein Scherz ist. Oder ein neuer Hype, den ich noch nicht kenne – dass man sich gegenseitig Fotos von den Ferien schickt, die man gerne hätte. Aber wer ist dann dieser Mann, und warum kommt mir das Bild so vertraut vor?

»Was ist das denn?« Liesbeth steht wieder neben mir, wahrscheinlich hat sie gehört, wie das Glas zerbrochen ist. Aber sie schaut nicht die Scherben an, sondern das, was ich in der Hand halte.

Ich zeige ihr das Foto, und ich sehe, wie ihr Blick erstarrt. Ein Zittern durchläuft ihren Körper, dann versucht sie, sich zu fassen, und blickt mich fragend an.

»Keine Ahnung«, lautet meine Antwort. »Ich war da noch nie, und den Mann kenne ich auch nicht, du vielleicht?«

Sie schaut noch einmal genauer hin, dann schüttelt sie den Kopf. »Wahrscheinlich soll das ein Witz sein. Wäre typisch für Jacob, der kennt sich aus mit Photoshop. Ich hab euern Humor noch nie begriffen.« Sie macht kehrt und geht ins Wohnzimmer zurück. Ich laufe hinter ihr her, noch immer mit dem Foto in der Hand.

»Mir kommt das nicht wie ein Witz vor. Ich verstehe ihn jedenfalls auch nicht.«

Sie lässt sich auf das Sofa fallen und schaut mich an.

»Du warst nie in so einer Gegend. Hast du mal gesehen, was heutzutage möglich ist, wie man Gesichter auf Körper montieren kann?« Mein Blick wandert noch einmal über das Foto.

»Das ist mein Körper. Meinen eigenen Körper werde ich ja wohl noch erkennen?«

»Ja, und neulich hast du mit mir zusammen den Harry-

Potter-Film gesehen. Glaubst du auch, dass all die Besen wirklich fliegen können? Das ist ein Scherz, Olaf.«

Ich setze mich auf einen Stuhl, denn das Zimmer dreht sich jetzt ein wenig. Sie sieht, wie mich das alles trifft, und seufzt.

»Vielleicht kommt noch ein Foto, das dann alles erklärt? Ist das ein Witz, und muss die Pointe noch folgen? Setzt du dich mal neben mich? Wir können gleich essen. Ich hatte auch einen harten Tag.«

Ich lasse das Foto auf dem Tisch liegen und gehe zum Sofa. Als ich sitze, trinke ich schnell einen Schluck von ihrem Wein.

Nach dem Essen schalten wir wie immer den Fernseher ein und sehen unsere Lieblingsserie an. Heute wollten wir vorher am Tisch essen, sonst wird es zur Gewohnheit, sich mit einem Teller vor den Fernseher fallen zu lassen.

Liesbeth ist eine großartige Köchin, und dafür bin ich wirklich sehr dankbar. Ich würde allein ja auch nicht verhungern, aber ich muss mich immer genau an ein Rezept halten. Sechs Minuten kochen heißt bei mir sechs Minuten kochen. Ich mache alles mit einer Stoppuhr. Sie nicht. Sie probiert, guckt, fügt etwas hinzu und hört erst auf, wenn sie findet, dass alles perfekt ist.

Ich klopfe mir auf den Bauch und bedanke mich bei ihr. Nach dem Essen baue ich immer etwas ab. Das ist inzwischen zu einem vertrauten Phänomen geworden und scheint mit meiner Verdauung zu tun zu haben. Ich musste noch nie besonders auf meine Figur achten, Sport treiben oder Diät halten, aber nach dem Essen bin ich für mindestens eine halbe Stunde ausgeschaltet. Liesbeth bringt die Teller in die Küche, und ich räume sie danach ein – Standardritual. Sie lässt mir immer die nötige Zeit zum Verdauen. *Wahre Liebe.*

Als sie jetzt in der Küche ist, höre ich sie rumkramen. Offenbar fängt sie jetzt schon mit Aufräumen an, und ich wittere meine Chance. Ich setze mich mühsam wieder auf und nehme das Foto wieder vom Tisch.

Mein Herz schlägt mir bis in den Hals, während ich das Foto schnell zusammenfalte und in der Innentasche meines Jacketts verstaue. Liesbeth kommt wieder zurück, höre ich, und ich eile zurück zu meinem Sessel. In dem Moment, in dem sie eintritt, lasse ich mich ganz besonders entspannt hineinsinken und schaue lässig über meine Schulter.

»Hast du schon aufgeräumt, Schatz? Das ist lieb von dir.«

Wir gehen wieder zum Sofa, rufen das Menü von Netflix auf und suchen die richtige Folge. *Man braucht ja auch nicht den ganzen Abend lang zu reden.* Sie kuschelt sich unter die Decke, die neben ihr auf dem Sofa liegt, und dann ertönt die bekannte Eingangsmelodie im Zimmer.

Aber meine Augen können dem Drang nicht widerstehen, immer wieder zu meinem Jackett hinüberzublicken. Ich kann nicht loslassen. *Noch nicht.*

4

Am nächsten Tag liegt das Foto neben mir auf dem Sitz, als ich im Stau stehe, und vor mir, als ich bald darauf hinter meinem Schreibtisch sitze. Diesmal habe ich die Tür sorgfältig geschlossen. Ich gebe »gefrorener See« bei Google ein, aber das ist nicht genau genug. Baumarten, Gebirgsrücken, nichts, was mich dem Ort näher bringt, wo die beiden Freunde sich so brüderlich befinden. Ich sehe auf dem Foto glücklich aus: entspannte Haltung, fröhlicher Blick und ehrliches Lachen.

Beim Mittagessen in der Kantine bin ich dermaßen in Gedanken versunken, dass ich nicht bemerke, wie jemand sich neben mich setzt.

»Süße Träume?«, höre ich fast ein Flüstern. Ich schaue auf und bin sofort zurück in der Wirklichkeit: Es ist Mila.

»Ja, es sind ein paar Erinnerungen aufgetaucht«, lautet meine ungeschickte Erklärung.

»Schöne?«, fragt sie interessiert.

»Daran, wie ich mit einem Freund auf einen Berg gestiegen und an einen gefrorenen See gekommen bin«, sage ich. Jetzt, da ich eine gute Geschichte habe, will ich sie auch benutzen. Sie muss lachen.

»Das klingt ja spannend. Wo war das denn?«

»Irgendwo, wo es sehr kalt ist.« Ich spiele weiter den Geheimnisvollen, in der Hoffnung, mich damit interessant zu machen. Aber als ich ihren verwirrten Blick sehe, wechsele ich ganz schnell das Thema. »Das war was, am Freitag?«, murmele ich unbeholfen und weiß selbst nicht, was ich damit meine.

Sie schüttelt den Kopf. »Du meinst, was ich auf dem Bohlenweg gesagt habe?«

Das hatte ich total vergessen. Meine Güte, ich sollte wirklich weniger Wein trinken.

»Genau, das meine ich«, behaupte ich.

Sie beugt sich vor, und ich spüre ihren Atem. Ich begreife noch immer nicht, warum Mila sich ausgerechnet mir anvertraut. Aber es tut mir gut.

»Ich muss mit dir reden.«

»Darüber, was du gefunden hast?«

Sie unterbricht mich und schaut sich verstohlen um.

»Nicht hier.« Sie steht abrupt auf und läuft mit ihrem Tablett davon. Ich bleibe sitzen und versuche, mich so normal wie möglich zu verhalten. Was mir schwerfällt, denn mein Leben wird immer seltsamer.

In meinem Büro denke ich zurück an die Spannung, die auf Milas Gesicht zu sehen war. Es ist sicher alles nur halb so schlimm; sie hat eine lebhafte Phantasie und geht immer zu den seltsamsten Festen. Einige dauern das ganze Wochenende, und dann tragen die Teilnehmenden bizarre Kostüme. Davon hat sie mir einmal erzählt, und damals fühlte ich mich irgendwie schuldig. Weil ich so etwas nicht mehr mache.

Sie arbeitet in der IT-Abteilung, was Neulinge immer zu überraschen scheint, wenn sie anrufen, um etwas zu fragen. So eine wie Mila erwarten sie nicht, wenn sie hilflos ihren Laptop anstarren. Doch wenn sie Mila erst einmal kennen, haben sie keine Hemmungen, sie wegen der geringsten Kleinigkeit anzurufen. Ich habe einmal einen Kollegen dabei erwischt, dass er einfach den Stecker aus dem Computer zog, um einen Termin mit ihr verabreden zu können. Das hatte ich in letzter Zeit nicht mal nötig, so langweilig und durchschnittlich ich mich auch finde, denn Mila zieht es neuerdings oft von sich aus zu mir. Ich muss zugeben, dass mich das nicht stört und ich sogar schon Ausschau nach ihr halte, als Höhepunkt meines Tages.

Früher habe ich viel getanzt und die Sau rausgelassen, aber vor allem mit Liesbeth. Meine Freunde wurden ihre Freunde und umgekehrt. Wir waren unzertrennlich. Was meine Freunde bisweilen kommentierten, aber das habe ich immer als Neid abgetan. Sie hatten sicher keine so enge Beziehung mit ihren Freundinnen.

Aber gut, die Zeit des Festefeierns liegt hinter mir. An einem gewissen Punkt muss man loslassen, denn so ein Leben kann man nicht ewig durchhalten. Wenn man erwachsen ist, will man anderes vom Leben. Das sagt Liesbeth oft, und sie hat recht. Wir wollen schon länger ein Kind, aber bisher hat es noch nicht geklappt. Für alles, was wirklich der Mühe wert ist, muss man eben kämpfen.

~

Es ist fünf nach halb sechs, und ich schließe meine Bürotür hinter mir. Am Ende des Gangs sehe ich, dass die von Jacob noch offen steht und dass dort Licht brennt. Er sitzt jetzt im alten Büro von Huub, der nach einer Renovierung in den obersten Stock umgezogen ist. »Seinen Elfenbeinturm« nennt er das. Ich hatte erwartet, dass Jacob noch bei einem Termin außerhalb des Hauses sein würde, und gehe zu ihm. Unterwegs versuche ich, mir einen witzigen Spruch auszudenken, den ich beim Eintreten anbringen kann.

Aber mir fällt nichts ein, und ich beschließe, ihm wegen des Fotos auf den Zahn zu fühlen. Wenn jemand sich mit mir einen Scherz erlaubt, dann ja wohl Jacob. Langsam schiebe ich die Tür etwas weiter auf und schaue um die Ecke.

Mein munteres Lächeln verschwindet sofort angesichts der Szene, die ich nun vor mir sehe. Das Erste, was mir auffällt, ist der große Schweißfleck auf seinem Rücken. Es sieht aus, als hätte jemand einen Eimer Wasser über Jacobs weißes Oberhemd gekippt. Er hat mich noch nicht bemerkt und hat sich das Telefon zwischen Ohr und Schulter geklemmt.

»Nein, das habe ich doch schon gesagt. Das muss aufhören, mehr kann ich nicht sagen. Nicht am Telefon.«

Wahrscheinlich ein lästiger Kunde, die haben wir häufiger. Aber dann sehe ich, was er gerade macht, während er mit dem Rücken zu mir steht. Rechts von ihm liegen dicke Stapel Dossiers, die er gerade in einen Schredder schiebt. Wie an dem Berg aus Papierschnipseln links auf dem Boden zu sehen ist, ist er damit schon eine ganze Weile beschäftigt.

Ein großer blauer Ordner fällt mir auf. Der sieht ganz anders aus als die Ordner, die wir im Büro normalerweise benutzen. Mir fällt nicht nur der Ordner auf, sondern auch das Gemälde dahinter an der Wand. Der Jackson Pollock, den er einmal von Huub bekommen hat, nachdem er einen großen Kunden an Land gezogen hatte. Ich weiß genau, dass es eine Kopie ist, aber Jacob hat immer behauptet, dass es sich um ein echtes Kunstwerk handelt. Nach einiger Zeit ließ ich ihn dann in seinem Wahn, wie Huub mit seiner Wand voller Staatsoberhäupter. Ich habe mir das Bild immer wieder aus der Nähe angesehen; auch wenn ich eigentlich von so viel Chaos nichts halte, dieser Wirrwarr hat mich doch beruhigt. Als ob die Arbeit gerade durch die willkürlichen Linien eine Bedeutung bekommen hätte. Aber jetzt ist etwas anders. Etwas Merkwürdiges an der Perspektive.

Dann sehe ich, was es ist: Das Bild hängt schief. Etwas, das Jacob normalerweise sofort korrigieren würde.

Er dreht sich plötzlich um, und ich erschrecke. Sein Gesicht ist rot, und diesen Blick habe ich noch nie bei ihm gesehen: eine Aggression, bei der ich mich unbehaglich fühle. Ich zögere, aber er gibt mir wortlos zu verstehen, dass ich mich davonscheren soll, dass er zu tun hat und dass ich die Tür hinter mir schließen soll.

Ich gehorche und trete zurück. Für einen Moment bleibe ich dann zweifelnd auf dem Gang stehen.

Dann zucke ich mit den Schultern und drehe mich um.

~

»Wie ist es möglich, dass ich von dem Foto nichts weiß?« Bei meiner Frage bleibt Liesbeths Gabel in der Luft hängen. Sie schaut mich an, als ob sie mich mit ihrem Blick zum Schweigen bringen wollte.

»Das ist ein Scherz, Olaf. Keine Ahnung, was das soll, aber ich würde nicht mehr daran denken. Wir sind zusammen, seit wir sechzehn waren – meinst du nicht, ich wüsste, wenn du mit einem fremden Mann verreist gewesen wärst?

Wer immer dieses Foto geschickt hat, will nur eins: dich verrückt machen.«

Ich nicke und schneide mir ein Stück von meinem Fleisch ab.

»Schmeckt es dir nicht?«

Wieder nicke ich. Diese Rinderfilets kaufen wir immer beim Metzger hier im Viertel, der gern damit prahlt, wie viele Preise er schon gewonnen hat. Aber es schmeckt mir nicht; ich finde es zäh.

»Warum ich? Jacob hat es nicht erwähnt, und der kann doch kein Geheimnis für sich behalten, wenn er also einen Witz machen würde, hätte er längst gefragt, ob ich schon Post bekommen habe. Ich versteh das nicht.« Ich schweige für einen Moment, wage aber nicht, meine Frau anzuschauen. »Und doch kommt es mir bekannt vor. Als ob ich wirklich dort gewesen wäre, an diesem zugefrorenen See.« Ich bereite mich wieder auf diesen Tonfall vor, der mir sagt, wie bemitleidenswert ich bin, aber ich werde überrascht.

»Das ist möglich«, lautet die Antwort. »Das hat Dr. Mantz doch gesagt? Nach dem Unfall hat dein Gedächtnis einen gewaltigen Schock erlitten. Gestern wird morgen und heute vorige Woche. Du hast lange im Koma gelegen, Liebster. Weißt du noch, dass du so geweint hast bei der Schokoladenreklame, als ob deine Mutter im Sterben läge? Es haben sich allerlei Leitungen verheddert, und wenn dir jemand eine Möhre vor die Nase hält, ist es ganz normal, dass du denkst, sie gehörte dir.«

Den Vergleich mit der Möhre begreife ich nicht so ganz, den Rest aber wohl. Das hat der Arzt mir wirklich immer wieder gesagt. Ich habe mich an Bruchstücke erinnert, die nichts mit unserem Autounfall zu tun hatten. Zum Kern zurückkehren, alles Störende wegfiltern und alles hinter mir lassen.

~

Der Pinsel verschwindet in der mintgrünen Farbe. Die Glühbirne schwingt langsam an dem schwarzen Kabel hin und her, wodurch seltsame Schatten auf die Wand fallen. Wir müssen noch immer die richtige Lampe aussuchen, aber für den Moment lasse ich es so.

Ich konzentriere mich wieder auf meine Aufgabe. Ich muss nur noch diese Wand streichen, dann kann ich die Zeitungen vom Boden wegnehmen. Das finde ich immer so einen schönen Augenblick: Das Klebeband von den Rändern wegziehen. Das Chaos der Farbtropfen auf dem Band verwandelt sich durch einen einzigen Handgriff in eine gerade, klare Linie. Ordnung, herrlich.

Ich schaue mich um, und ich denke, dass ich fast schon die Möbel vom Dachboden holen kann. Wir haben inzwischen ordentlich eingekauft. Eine Wiege, eine Kommode, Stofftiere. Mir war nicht klar, wie viele Dinge man braucht, und vor allem, wie viel das alles kostet. Nun gut, wir haben beschlossen, schon mal anzufangen. Sich so intensiv damit zu beschäftigen kann wie eine Hormonspritze wirken, ist uns gesagt worden. Davon auszugehen, dass sich bald etwas Kleines einstellen wird. *Positiv denken.*

Ich glaube das nicht so ganz, aber ich finde es doch schön, abends so allein hier herumzukramen. Mir beschert das positive Denken vor allem eine positive Frau, und das ist für mich das Wichtigste. Mein Pinsel fährt über die Wand. Ich trete einen Schritt zurück und betrachte das Ergebnis. Mintgrün. Für Jungen und für Mädchen.

5

Ich liege einsam auf einer weiten Fläche. Ich zittere am ganzen Körper, was kein Wunder ist, da ich nur einen Schlafanzug anhabe. Vorsichtig versuche ich aufzustehen. Meine Hände suchen Halt unter der dicken Schneeschicht. Als sie auf etwas Hartes stoßen, kann ich genug Kraft aufbringen, um aufzustehen. Mein Hintern ist nass, und hinter mir sehe ich den geschmolzenen Schnee.

Ich gehe durch einen dunklen Wald. Um mich herum hängt dichter Nebel, und zunächst versuche ich vergeblich, ihn zu vertreiben. Er scheint sich nur noch dichter um mich zu schließen und mir noch mehr Sicht zu rauben. *Bin ich eben gefallen?*

Nichts in meiner Umgebung kann mir dabei helfen, mich für eine Richtung zu entscheiden. Es scheint, als ob alle Bäume gleich aussehen. Als ob sie hier einen Prototyp genommen und den dann zahllose Male kopiert hätten. Die Farben, die Zweige, der Schnee auf den Zweigen – alles sieht genau gleich aus.

Ich fluche lautlos und beschließe, einfach in irgendeine Richtung zu gehen. Es muss doch irgendwo einen Ausgang geben? Ich bin schließlich irgendwie hierhergekommen; das ist deutlich.

Große Schritte durch den Schnee bringen mich schnell weiter. Die Anspannung vertreibt die Kälte, und mir bricht sogar Schweiß aus. Auf meinem Rücken bildet sich ein großer Schweißfleck, ich spüre, wie mein Schlafanzug jetzt an meiner Haut klebt.

Obwohl ich ziemlich schnell gehe, sehe ich nicht, ob ich vorankomme. Nirgendwo ist ein Pfad oder ein Fluss zu sehen. Ich bleibe stehen und werde sofort wieder von der Kälte überwältigt. Vor mir auf dem Boden finde ich einen Abdruck im Schnee. Ohne richtig hingeschaut zu haben, weiß ich genau, was das ist.

Der geschmolzene Schnee in Form meines Körpers. *Ich laufe im Kreis!*

Dann spüre ich es, als ob ein eiskalter Finger meine Schulter antippt. Erschrocken drehe ich mich um, bereit, mich dem Angreifer zu stellen. Aber ich bin noch immer allein. Ich kann meinen Atem sehen, als ich versuche, meine Spannung unter Kontrolle zu bringen.

Tipp. Jetzt ist es die andere Schulter, die berührt wird, und wieder fahre ich herum. Noch immer sieht meine Umgebung völlig verlassen aus. Als ich zum dritten Mal eine Berührung an meiner Schulter spüre, begreife ich: Niemand tippt mich an; das sind Tropfen.

Ich merke, dass einer jetzt weitergleitet, nachdem er mich getroffen hat. Wenn ich den Kopf drehe und die Schulter betrachte, sehe ich es: Es ist kein Wasser, keine Schneeflocke, sondern Blut. Rote Tropfen fallen auf mich, genau dort, wo ich stehe, jetzt noch mehr – immer mehr. Ein roter Regen.

Langsam schaue ich nach oben, und ich sehe, dass ich neben einem dicken Baum stehe. Sowie ich sie über mir baumeln sehe, weiche ich zurück. Ich falle nach hinten um, genau in den Abdruck, den ich dort hinterlassen hatte. *Bin ich beim ersten Mal auch schon so hier angekommen?*

Voller Abscheu wird meine Aufmerksamkeit wieder von dem angezogen, was im Baum hängt. Um den breitesten Ast ist ein dickes Seil gebunden. Dieses angespannte Seil schlingt sich am anderen Ende um einen schönen, eleganten Frauenfuß, um dessen Knöchel sich rote Streifen ziehen. Ich schlucke, als mir klar wird, was ich hier sehe, und ich bleibe liegen.

Ich kann mich nicht bewegen.

Über mir hängt eine nackte Frau kopfunter von dem Ast, ihre leblosen Arme baumeln neben ihrem Kopf. Von ihrem Zeigefinger tropft Blut nach unten, jetzt vor mir in den weißen Schnee.

Ich will schreien, bringe aber keinen Ton heraus. Will rennen, kann aber keine Kraft aufbringen. Ich suche einen Halt, finde aber nur Luft.

Ich bete, dass ich es falsch gesehen habe, aber als ich noch einmal hinschaue, weiß ich, dass es wirklich so ist. An der Stelle, wo ich einen Kopf erwartet hatte, sehe ich jetzt nur schwarze Federn. Dunkle Knopfaugen starren in die Dunkelheit, und ein scharfer Schnabel funkelt im Mondlicht. Auf dem sich langsam im Wind bewegenden Frauenkörper befindet sich ein großer Vogelkopf.

Ich keuche, außer Atem, und kann nicht glauben, was hier geschieht. Aber es sind die schwarzen Knopfaugen, die ich weiterhin fixiere. *Hier stimmt etwas nicht.* Ich weiß es genau und starre immer weiter hin.

Sie blinzeln! Die Augen blinzeln, und der Kopf dreht sich langsam in meine Richtung. Aus dem Schnabel entweicht ein schauderhafter Schrei, und ich kneife die Augen zu.

~

Am folgenden Morgen sagt Liesbeth kein Wort, was ich zuerst sehr angenehm, dann aber beunruhigend finde.

»Stimmt was nicht?«, frage ich übertrieben freundlich, während ich mir ein Brot schmiere.

»Nein, warum? Was soll denn nicht stimmen?«, lautet die Antwort. Nun weiß ich, dass etwas sicher nicht stimmt. Ich konzentriere mich auf mein Butterbrot, und für einen Moment stehen wir schweigend nebeneinander.

»Kannst du mir bitte die Avocado geben?« Sie reicht mir die Avocado, als ob alles in Ordnung wäre. Als sie die Küche verlässt, beschließe ich, die Sache loszulassen. Ob ich will oder nicht, sie wird mich ja doch einholen. Das verstehe ich nun langsam.

~

Weil ich mich schon fast nicht mehr an meinen Traum erinnern kann, verschwindet die Panik schnell aus meinem Körper. Ich hatte eine Zeitlang Block und Kugelschreiber neben meinem Bett liegen, um Träume sofort aufschreiben zu können. Aber wie so oft fehlte mir die nötige Selbstdisziplin. Lieber vergessen als sich anstrengen.

»Brother from another mother«, schreit Jacob, als er mein Büro betritt. Er will mich mit einem High five begrüßen, aber danach ist mir nun wirklich nicht. *»Don't leave me hanging, bro«,* fährt er fort. Es ist so nervig, wenn er auf seine amerikanische Tour kommt. Ich gebe ihm sein High five.

»Hast du schon gehört? Wir müssen am Samstag ins Weiße Haus, wir sind hinbestellt worden. Da hilft alles nichts, und glaub mir, ich habe es versucht. Zähne zusammenbeißen und immer für ein volles Glas sorgen.«

»Am Samstag?«, frage ich verwirrt. Ich bin in Gedanken noch bei dem, was Liesbeth mir gesagt hat, als ich das Haus verließ.

Sie hat den Campingplatz in Nordfrankreich angerufen, und dort ist noch Platz für uns. Und mehr noch: Wir können dort unseren festen Platz bekommen. In der Nähe der Duschen und Toiletten, aber weit genug entfernt, um vom Gestank verschont zu bleiben. Es dauert zwar noch mindestens fünf Monate, bevor wir in Urlaub fahren können, aber man kann nicht schnell genug zugreifen. Vor allem jetzt, da die Gefahr droht, dass der Massentourismus den Campingplatz »entdeckt« – zumindest hat Liesbeth das so ausgedrückt. Ich habe ihr gesagt, dass ein Campingplatz doch schließlich für Touristen gedacht ist, aber das war ihr egal. Sie findet, dass es uns guttun würde, auch über positive Dinge nachzudenken. Ich habe genickt. *Positiv denken.*

»Hallo, jemand zu Hause?« Jacob starrt mich mit besorgtem Blick an. »Das mit gestern tut mir leid. Das waren die Kotzbrocken von der Marine. Die haben immer was zu meckern.« Das verstehe ich. Die Marine gehört zu unseren größten Kunden, aber sie verursachen auch immer die meisten Probleme.

»Schon gut. Ich wollte nur fragen, ob du mir ein Foto geschickt hast.«

Er hebt überrascht die Augenbrauen. »Nein, ich hab dir kein Foto geschickt.« Er mustert mich für einen Moment forschend, aber dann verwandelt er sich wieder in sein munteres Selbst und fährt fort: »Also Samstag? Weißes Haus? Schon gehört?«

»Ach ja, reizend. Die Pflicht ruft, was?«, höre ich mich

selbst lachend sagen. Im »Weißen Haus« wohnen Huub und seine Frau Elizabeth, und wir nennen es zum Spaß so. Es ist groß und weiß und beherbergt unseren eigenen Präsidenten. Es liegt zwischen Amsterdam und Ouderkerk an der Amstel. Als ich zum ersten Mal dort eingeladen war, fuhr ich mit wackeligen Knien die Auffahrt hoch zu der beeindruckenden Eingangstür. Noch immer kann ich dort nicht entspannt hingehen, aber ab und zu werden wir erwartet. Liesbeth und Carolien samt Anhang. *Anhang* – ein Wort, das meine Gefühle für diese Familie besser umschreibt, habe ich noch immer nicht gefunden. Ich war oft nur froh darüber, dass auch Jacob dabei war, und wir haben einander durch manches förmliche Abendessen geschleppt.

»Und keine Angst. Carolien ist wieder die Alte«, fügt Jacob augenzwinkernd hinzu. *»Everything under control.«*

Ich schaue meinen Schwager an, und mir fällt auf, dass er nicht gefragt hat, was für ein Foto ich bekommen habe. Er schaut auf seine Uhr. »Weißt du, dass zufällig Zeit für die Mittagspause ist?« Die Uhr in meinem Büro zeigt zwanzig vor zwölf an, aber ich zucke mit den Schultern.

Ich habe absolut nichts dagegen, aus meinen Gedanken gerissen zu werden.

Wir überqueren die Straße und gehen in das nette kleine Lokal, wo Jacob vorige Woche schon einmal war. Ich weiß, dass er sich solche Restaurants eher nach attraktiven Kellnerinnen aussucht als nach gutem Essen, aber ich lasse mich bereitwillig mitschleifen. Es ist jetzt zwei Tage her, dass das Foto in unserem Briefkasten lag, doch es kommt mir vor wie eine Woche. Vielleicht sogar ein ganzer Monat. Als ob die Zeit langsamer geht und ich die Tage in Zeitlupe erlebe.

Ich spiele mit dem Gedanken, einen Strich unter die Sache zu ziehen. Das klingt doch logisch. Und erwachsen. Aber so einfach es sich auch anhören mag, es ist mir noch nicht gelungen. Weil ich das Gefühl habe, das Foto zu kennen. Etwas in mir schreit, dass ich dort war, dass ich das auf dem Foto bin und dass es alles andere als ein Scherz ist.

»Bist du verliebt?« Ich schrecke hoch. Jacob schaut mich an, und mir fällt auf, dass wir vor dem Lokal stehen, aber dass ich keine Anstalten mache hineinzugehen.

»Nein, wieso?«

»Du bist die ganze Zeit in Gedanken versunken. Ein Gespräch ist mit dir nicht möglich.«

»Aber mit dir? Wir sprechen doch auch nie über etwas Wichtiges?« Ich erschrecke über meine Reaktion, genau wie Jacob. Wie zwei Männer, die gerade gemerkt haben, dass der nächste Schritt des Gespräches wäre, über ihre Gefühle zu sprechen, gehen wir schweigend hinein.

Nach dem Essen gehen wir zurück ins Büro. Wir haben eine Stunde im Lokal verbracht, aber niemand wird uns darauf ansprechen. Jacob hat munter mit der Serviererin geflirtet und am Ende ein viel zu großes Trinkgeld gegeben. Mir ist das egal, mich hat das Mittagessen nichts gekostet.

»Kennst du den?« Diese Frage kommt unerwartet, und ich registriere sie viel zu spät. Ich sehe Jacob auf die andere Straßenseite schauen. Ich folge seinem Blick und entdecke dort einen Mann, der mich anstarrt. Ich kann sein Gesicht nicht sehen, denn er hat eine Kapuze über eine Schirmmütze gezogen. Ein merkwürdiger Moment zwischen zwei Unbekannten, aber mir gefällt das nicht. Mir sträuben sich die Haare im Nacken. Ich will die Straße schon überqueren, aber sowie der andere das bemerkt, macht er kehrt und geht schnellen Schrittes davon. Erstaunt starre ich ihm nach, und ich sehe, dass er, kurz bevor er um die Ecke biegt, noch einmal über seine Schulter schaut. Da ich nicht weiß, was das soll, drehe ich mich ebenfalls um und gehe in mein Büro.

6

Ich bin weiterhin zerstreut. Mein Haus kommt mir kleiner vor als sonst, die Fernsehserien wiederholen sich, und zum ersten Mal ärgere ich mich über das zwanghafte Lachen des sogenannten Publikums bei den Comedys. Betrug! Als ich versuche, das Liesbeth zu erklären, geht sie in die Defensive und erzählt von einer Folge, die sie gesehen hat und bei der das Publikum im Bild war. Das ist also doch echt. Ich habe keine Energie, ihr weiterhin zu widersprechen.

Meine Angstträume weichen schlaflosen Nächten.

Bei der Arbeit ist es nicht viel besser. Bei einer Sitzung mit meinem Schwiegervater trage ich zum ersten Mal nichts bei, und auf dem Gang stoße ich gegen Bob, dem ein Stapel Papiere zu Boden fällt.

An meinem Schreibtisch versuche ich zu verstehen, was mit mir los ist. Kann ein Foto eine solche Wirkung haben? *Nein, es muss etwas anderes sein.* Ein Virus – ich habe mich schon eine Ewigkeit nicht mehr krankschreiben lassen. *Darf ich auch mal krank sein?*

Aber als ich durch meine Abteilung gehe, sehe ich die Leute, von denen Mila gesprochen hat. Alle nicken einander zu, nehmen aber keinen richtigen Kontakt auf.

Entdeckungsreisender – das wollte ich werden, als ich klein war, aber es ging mir nicht um das Entdecken neuer Campingplätze in Nordfrankreich.

Ich brauche dringend ein Wochenende. Noch einen Tag.

Mir tritt bitterer Gallegeschmack in den Mund.

~

»Wenn du eine ältere Schwester und Tochter einer alleinstehenden Mutter bist, dann ist das, als ob du mit einer Freundin ausgehst. Ihr trinkt alle beide gleich viel und werdet genauso betrunken. Bis der Alkohol deine Freundin so hart trifft, dass sie nicht mehr gehen kann, geschweige denn auf sich selbst aufpassen. Ihre Haare müssen nach hinten gehalten werden, wenn sie sich übergibt, und Männer auf Abstand. Sofort wirst du nüchtern, und dann verzieht sich der Rausch aus deinem Blick. Jetzt musst du für sie sorgen, und du hast keine Zeit mehr, betrunken zu sein. So regelt dein Körper das selbst, die Verantwortung, und so war es auch, als ich mich um meinen kleinen Bruder kümmern musste. Als mein Vater nicht mehr da war. Ich hatte keine Zeit, selber unsicher oder jung zu sein; ich musste erwachsen werden. Ob ich wollte oder nicht …«

Mit großen Augen sehe ich Mila an. Sie stand hinter mir in der Kantine und fing an, mit mir zu reden. Inzwischen sitzen wir schon eine ganze Weile am Tisch, und ich gebe mir alle Mühe, dem zu folgen, was sie sagt. Die Fragen werden jetzt sehr persönlich, und ich fühle mich unbehaglich.

Mit aller Kraft gehe ich in Gedanken mögliche Reaktionen durch. Habe ich so eine Situation schon einmal erlebt? Ich bin Einzelkind – *nein*. Was soll ich ihr sagen? Was sagt man, wenn jemand anderes so etwas sagt? Mir fällt nichts Passendes ein, und in meiner Panik rutschen sogar einfache Antworten aus meinem Kopf – wie Gläser von einem schräg gehaltenen Tablett. Sie starrt mich an, und dann erscheint ein Lächeln um ihren Mund.

»Du erinnerst mich ein bisschen an ihn.«

»Worüber wolltest du mit mir reden?« Ohne es zu wollen, wechsele ich das Thema. Viel lieber würde ich mich auf dieses persönliche Gespräch einlassen, aber das gelingt mir nicht. Ich kann es nicht.

Sie schaut sich um, vermutlich, um festzustellen, ob jemand zuhört, und meine plötzliche Kehrtwende scheint sie nicht einmal zu überraschen.

»Erzähl doch mal mehr von deinem Unfall.«

Überrascht lehne ich mich zurück und hebe die Augenbrauen.

»Meinen Unfall? Meinst du den Autounfall?«

Sie nickt und wartet darauf, dass ich weiterspreche.

»Das weißt du doch sicher? Wie alle hier, glaube ich. Ich habe zehn Tage im Koma gelegen. Die Ärzte hatten offenbar schon bezweifelt, dass meine Körperfunktionen noch intakt sein würden, wenn ich wieder zu mir käme. Einige sind wohl immer noch nicht davon überzeugt, dass das der Fall ist.« In meinem Unbehagen versuche ich es mit einem Scherz in diesem viel zu ernsten Gespräch.

»Das meine ich nicht. Ich meine jetzt nicht den Unfall, sondern das, was davor passiert ist. Ich habe da etwas entdeckt, Olaf. Ich weiß noch nicht, was es bedeutet; ich verstehe die Zusammenhänge noch nicht, aber etwas stimmt nicht. Und ich glaube, dass es mit dir angefangen hat.«

»Mit mir?«

Wieder nickt sie, aber diesmal weiß ich nicht, wie ich reagieren soll.

Jemand schlägt mir auf den Rücken, und ich kippe nach vorn.

»Jetzt versteh ich, warum du in letzter Zeit immer so abwesend warst; du hast nettere Gesellschaft für die Mittagspause gefunden.« Das Blut strömt mir wieder in die Wangen, während mein Rücken noch brennt. Jacob steht strahlend hinter mir, mit seinen glänzenden Zähnen. »Aber ich nehm es dir nicht übel«, redet er unbeirrbar weiter.

»Hallo, Jacob«, sagt Mila sofort. »Hast du deine Virusinfektion wieder im Griff?« Sie sagt das etwas zu laut, weshalb sich mehrere andere nach uns umdrehen. Jacob lacht verlegen.

»Sie meint meinen Computer«, erklärt er schnell. Mila ist schon aufgestanden und schaut ihn fragend an. Ich staune darüber, wie schnell sie einen anderen Ausdruck auf ihr Gesicht zaubern kann.

»Ich komme heute Nachmittag mal vorbei. Versprichst du mir, so lange nichts mehr von verrückten Websites runterzuladen?« Um uns herum wird gelacht, und Jacob, immer zu einem Scherz aufgelegt, lacht mit. Ohne auf Antwort zu warten, geht Mila weg.

~

Am folgenden Tag kratzen die Scheibenwischer wieder über die Windschutzscheibe, denn ich stehe wiederum vor der Praxis von Dr. Mantz. In der Hand halte ich das Foto, und ich weiß nicht, ob ich es mit hineinnehmen soll. Am Ende höre ich auf mein Bauchgefühl und verstecke es hinter der Sonnenblende.

»Hallo, Emma.« *Ja, er kommt mich gleich holen. Ja, ich setze mich erst nochmal hin.*

Der Schrei ist wohl das Einzige, woran ich mich erinnere. So laut und eisig, dass ich sogar ihre Stimme nicht mehr erkenne. Während die Motorhaube sich um den Laternenpfahl wickelt, werde ich durch die Windschutzscheibe geschleudert.

Ich öffne die Augen und sehe, dass der Doktor das Piepen ausschaltet. Immer wenn ich in meiner Erinnerung zurückgehe und diese laut ausspreche, wird das eintönige Geräusch eingeschaltet. Ich konzentriere mich darauf, damit meine Gedanken von den traumatischen Assoziationen befreit werden. Auf diese Weise habe ich keine Zeit, den Schmerz zu spüren, und das Trauma wird einfach zu einer Geschichte, die ich erzähle. Einer Geschichte ohne Gefühle, die ich mir problemlos vorstellen kann. Wiederholung lässt die Angst abstumpfen. EMDR-Therapie heißt das.

Als mir das zum ersten Mal erklärt wurde, war ich skeptisch. Aber ich muss sagen, dass mir das leicht passiert, wenn mir nicht einfach eine Pille verschrieben wird. Inzwischen scheint es aber zu wirken, auch wenn mich die Albträume weiterhin quälen. Zum Glück tauchen die nur noch auf, wenn ich schlafe, und lassen mich tagsüber in Ruhe. Und sie sind nicht mehr so stark mit meinen Erinnerungen verwoben wie zu Anfang.

»Sehr gut.« Seine beruhigende Stimme ertönt nun wieder im Raum. »Du wirkst ein wenig unruhiger als beim letzten Mal. Wie kommt das?«

Ich zucke mit den Schultern.

»Müdigkeit.«

»Die Albträume?«

Ich nicke. »Aber das ist nicht alles. Alles kostet mich in letzter Zeit mehr Energie. Aufstehen, zur Arbeit gehen, essen, auf dem Sofa sitzen. Wiederholung, Wiederholung, Wiederholung. Warum?«

»Bist du depressiv?«

»Habe ich das gesagt? Nicht depressiv. Eher gelangweilt. Überdrüssig.« Ich wehre mich schon wieder, merke ich. Mantz rutscht ungeduldig auf seinem Sessel hin und her, was ich bei ihm noch nie erlebt habe.

Er räuspert sich. »Tja, die Welt besteht nicht nur aus Abenteuern. Der Aufbau einer sicheren Basis, voller Liebe, kostet Zeit und Mühe. Die Menschen mit den unrealistischsten Zielen sind die unglücklichsten.«

Ich stoße ein sarkastisches Lachen aus. »Du hörst dich genauso an wie Liesbeth.« Er lässt sich jetzt wieder entspannt zurücksinken und faltet die Hände.

»Eine kluge Frau.«

Ich schweige und starre die hölzernen Lamellen vor dem großen Fenster mir gegenüber an. Dahinter scheint ein Sturm zu toben, der Regen prasselt gegen die Fensterscheibe.

»Du weißt doch, dass sie dich liebt?« Mein Blick erwidert den des Doktors. Ich nicke, aber offenbar überzeugt ihn das nicht. Er beugt sich vor. »Sie hat die ganze Zeit an deinem Bett gesessen, Olaf, als du im Koma lagst. Sie ist nicht von deiner Seite gewichen. Du bedeutest ihr alles …«

»… und sie mir auch«, pflichte ich ihm bei.

Er schaltet den Rekorder aus. Jede Sitzung, schon seit der allerersten, wird aufgenommen. Um die Fortschritte beurteilen zu können. Manchmal hören wir uns die ersten Gespräche an, die wir geführt haben, und dann merke ich, wie weit ich gekommen bin. Es fühlt sich gut und geborgen an, als ob das alles nicht umsonst gewesen sei.

»Herr Mantz.« Emma schaut zur Tür herein und sieht ihn entschuldigend an. »Es tut mir leid, aber könnten Sie bitte mal kurz kommen. Es geht um Frau Bakker.«

»Sorry, Olaf, ich bin gleich wieder da.« Dr. Mantz erhebt sich schnell und eilt aus dem Zimmer. Ich bleibe alleine zurück, und mir fällt zu meiner Überraschung auf, dass ich hier noch nie alleine gewesen bin. Zum ersten Mal scheine ich die Einrichtung wirklich zu sehen, und neugierig stehe ich auf. Hinter dem großen Sessel, in dem Dr. Mantz immer sitzt, steht ein großer Schreibtisch aus Eichenholz. Vor dem Fenster steht ein schwarzer Ledersessel, auf den ich nun zuschlendere. Mit Zeigefinger und Daumen schiebe ich die Lamellen auseinander und starre hinaus. Bei diesem Wetter traut sich niemand aus dem Haus. Es sei denn, es ist unbedingt nötig.

Suchend drehe ich mich um, die Hände auf dem Rücken verschränkt, als ob ich durch eine Ausstellung wandere. Der Stimme, die hinter der Tür verzweifelt versucht, Frau Bakker zu beruhigen, ist zu entnehmen, dass es noch eine Weile dauern kann.

An der hinteren Wand im Raum steht ein beeindruckendes Regal, dort werden alle Kassetten mit Patientengesprächen aufbewahrt. Dutzende Dosen stehen nebeneinander; jede ist mit einem anderen Namen versehen. Früher habe ich bisweilen davorgestanden und Fragen gestellt, aber der Doktor wollte sich zu seinen anderen Patienten nicht äußern. Inzwischen lasse ich mich bei meinen Sitzungen meistens einfach auf die Couch fallen, ohne das Regal zu beachten, aber jetzt bin ich allein. Ich gehe wieder hinüber und lasse meine Hand über die Bretter gleiten. Ganz vorsichtig, ohne dass ich es wirklich bemerke, fangen meine Hände an, auch die Dosen zu berühren. Die ganzen nichtssagenden Namen mit den vielen Problemen. Ich drehe mich kurz zur Tür um, höre aber nichts, was darauf hinweist, dass Mantz so schnell wieder hereinkommen wird.

Hastig öffne ich irgendeine Dose, sehe darin die Kassetten liegen, die Sorte, die auch hinter mir auf dem Couchtisch im Rekorder steckt. Gebannt lasse ich meine Hand zwischen ihnen hindurchgleiten wie durch ein kühlendes Rinnsal. Alle Traumata, alle Gedanken – ich habe fast das Gefühl, das Gehirn eines anderen Menschen zu betreten.

Ich suche meinen Namen. Ich will wissen, wie viel mein eigenes Unglück wiegt. Unten finde ich die Dose mit meinem Namenszettel. Ich schiebe sie nach vorn und öffne den Deckel. Leer. Erstaunt schaue ich noch einmal nach, aber die Dose bleibt leer. Ich höre, dass Dr. Mantz jetzt auf dem Gang das Gespräch mit Emma beendet.

Rasch lege ich den Deckel zurück auf die Dose und schiebe sie zurück, kann aber noch schnell einige andere Dosen öffnen. Alle sind bis zum Rand mit Kassetten gefüllt. Alle, nur meine nicht.

Als der Doktor die Tür öffnet, drehe ich mich mit einem breiten Lächeln auf der Couch um. Im Regal vor der Wand stehen die Dosen wieder in Reih und Glied.

»Alles in Ordnung?«, frage ich so unschuldig, wie ich nur kann.

~

Ich drücke auf den Knopf in meiner Hand, und die Lampen des Mercedes leuchten auf. Für einen Moment bleibe ich so stehen und versuche zu begreifen, was das zu bedeuten hat. Bin ich als einziger Patient so uninteressant, dass Mantz meine Aufnahmen sofort wegwirft? Oder hat das alles einen anderen Grund? Meine Finger gleiten über den Türgriff, aber ich mache die Tür noch nicht auf.

Mir läuft ein kalter Schauer über den Rücken, und meine Aufmerksamkeit richtet sich jetzt auf eine andere Stelle auf der Straße. Vielleicht fünfzehn Autos hinter meinem steht ein schwarzer Nissan. Der ist nicht auffällig, nicht merkwürdig, aber dennoch schaue ich ihn an. *Was stimmt da nicht?* Dann sehe ich es.

Hinter dem Steuer sitzt eine Silhouette. Unbeweglich, aber zugleich unverkennbar. Ich richte mich auf und mache einen Schritt auf den Nissan zu. In diesem Moment leuchten dessen Scheinwerfer auf, und der Motor wird angelassen. Ohne zu wissen, warum, renne ich los. Das Auto fährt auf die Straße, muss aber zuerst zurücksetzen, um in die andere Richtung fahren zu können. Ich laufe schneller, und meine Füße treffen immer härter auf dem Asphalt auf. Die Reifen kreischen, und ich habe ihn fast erreicht. Aber in dem Moment, in dem ich die Hand ausstrecken und den Kofferraum berühren könnte, hat der Nissan Tempo genug gewonnen. Dunkler Rauch schießt aus dem Auspuff.

Keuchend stehe ich mitten auf der Straße. Ich schaue mich um, aber es ist niemand zu sehen. Aus den grauen Wolken über mir fällt kein Regen mehr; es ist tatsächlich trocken.

Während der ganzen Rückfahrt ertappe ich mich immer wieder dabei, dass ich in den Rückspiegel starre. Der schwarze Nissan ist jedoch nicht mehr zu sehen.

7

Das Seil hinter mir baumelt langsam im Wind. Die Frau mit dem Vogelkopf ist nirgendwo mehr zu sehen, und doch spüre ich ihre Anwesenheit. Ich lasse meinen Blick von links nach rechts wandern, als könnte ich sie aus jeder Richtung erwarten. Doch ich bin nur umgeben von dunklen und schneebedeckten Bäumen.

Noch immer habe ich keinen Ausgang gefunden. Den muss es irgendwo geben, der Wald muss ja schließlich irgendwo zu Ende sein. Erschrocken schaue ich mich um. Ich höre ein deutliches Brummen, tierisch und tief. Ist das ein Hund? Ein Wolf?

Ganz vorsichtig, um keine plötzlichen Bewegungen zu machen, trete ich einen Schritt vor. Zwischen zwei alten Stämmen leuchten in der Dunkelheit Scheinwerfer auf. Dort steht ein Auto, das ich bisher nicht bemerkt habe. Das könnte meine Rettung sein; ich könnte einsteigen und mich in einem Mal aus dem Wald bringen lassen. Aber etwas hält mich davor zurück.

Die Scheinwerfer kommen mir bedrohlich vor. Als ob sie mich anlocken wollten, um mich danach zu verschlingen. Andererseits sind sie mein einziger Anhaltspunkt, und den will ich nicht verlieren. Ich presse die Arme an meine Seite und gehe ruhig auf das Licht zu. Das Brummen wird lauter, aber ein Angriff bleibt aus.

Je näher ich komme, desto besser kann ich die Umrisse des Fahrzeugs sehen. Ich höre, wie eine Autotür geöffnet und zugeschlagen wird und wie im Schnee zwei Füße auftreten. Frauenfüße, das weiß ich sicher, auch wenn ich nichts sehe.

Wieder dieses Brummen. Diesmal gleich neben mir. Ich habe mich geirrt, es war nicht das Auto. Ich bin nicht allein und spitze die Ohren. Neben mir sehe ich noch immer denselben Strauch, noch immer mit der roten Pfütze. Die Zweige fangen an sich zu bewegen, immer heftiger und immer bedrohlicher. Die Scheinwerfer sorgen für ein gespenstisches Licht, und ich schaue mich ängstlich um. Nirgendwo etwas, wo ich mich verstecken könnte, alles ist zu weit weg. Ich weiß, dass es kommt, dass dies der Moment ist.

Die schwarzen Knopfaugen und der scharfe Schnabel schnellen aus dem Grünen hervor. Der Vogel ist vom Blut bedeckt, das wie roter Teer auf seinen Federn klebt. Bei jedem Flügelschlag stieben Blutstropfen auf. Das scheint seine Schnelligkeit nicht zu verringern, und er hat seine ganze Aggression auf mich gerichtet. Vom Auto her höre ich das Geräusch eines Feuerzeugs, und ich sehe für einen Moment eine Flamme, die eine Zigarette ansteckt. Ich gebe mir alle Mühe, um in der Dunkelheit ein Gesicht zu erkennen, aber dazu ist es zu weit weg.

Es kommt keine Hilfe. Nirgendwo gibt es einen Ausweg. In diesem Moment begreife ich, dass ich diesen Wald niemals verlassen werde. Dass es kein Entrinnen gibt.

Ein stechender Schmerz durchfährt meine Brust, und wieder schaue ich zu dem Vogel hinüber. Mit einem furchterregenden Schrei schießt er auf mich herab.

Die Dunkelheit wird noch tiefer.

Ich schrecke aus dem Schlaf hoch, meine Stirn ist von Schweiß bedeckt. Schnell wische ich ihn ab, damit Liesbeth ihn nicht sieht. Meine Hand gleitet über meine Brust, wo ich eine Wunde erwarte und wo es noch immer wehtut. Aber ich finde nichts, und ich schaue mich um. Das Letzte, was ich will, ist wieder eine Predigt.

Im Halbschlaf trotte ich nach unten. Samstags dusche ich erst nach dem Frühstück. Rasch fliehe ich ins Wohnzimmer und lasse mich aufs Sofa fallen.

Kurz darauf taucht Liesbeth auf und bleibt fragend in der Tür stehen.

»Warum bist du noch nicht angezogen?« Jetzt erst sehe ich, dass sie bereits geschminkt ist. »Du weißt doch, was heute ansteht.«

Ich nicke, dann zerbreche ich mir verzweifelt den Kopf. Schwiegereltern, Verwandtschaft, Gartencentrum, Rasenmähen, Einkaufen, Essen. *Essen, ja.*

»'türlich«, erwidere ich lässig. »Wir gehen zu deinen Eltern essen.« Für einen Moment scheint sie aus dem Konzept gebracht zu sein, dann lächelt sie herzlich.

»Sieh mal an, was für ein großer Junge.« Ich lache falsch mit ihr mit und schalte danach demonstrativ den Fernseher ein. »Das bedeutet, dass wir heute ein bisschen früher in Gang kommen müssen.«

»Ja, gleich. Aber das ist ein normales Essen bei deinen Eltern und kein Frühstück, oder? Ich will nur kurz eine Doku sehen. Die hat Bob mir empfohlen.«

»Weißt du, was ich mir überlegt habe?«, antwortet sie, und ich weiß, dass es für mich an diesem Morgen keine Doku geben wird. Ich bereite mich auf eine Einkaufsliste vor, die von hier bis nach Almere reicht.

»Dass du mal eben eine schöne Runde läufst. Das hast du schon länger nicht gemacht, und bei dir war in letzter Zeit so viel los. Dann kannst du deinen Kopf leer bekommen. Vielleicht hilft das?« Dieser Vorschlag kommt total unerwartet. Laufen, danach ist mir jetzt tatsächlich zumute. Sie kennt mich besser, als ich dachte, und guten Mutes schalte ich den Fernseher wieder aus.

»Dann kannst du danach gleich einkaufen gehen.«

~

Der Wind streicht mir erfrischend über das Gesicht, und ich spüre meine Lunge brennen – auf eine angenehme Weise. Mit geschmeidigen Schritten laufe ich über den Radweg zum Amsterdamse Bos. Es geht überraschend gut für jemanden, der schon einen Monat nicht mehr gelaufen ist.

Ich denke, dass es mit dir angefangen hat. Während ich laufe, höre ich in Gedanken Milas Stimme. Ich habe keine Ahnung, was sie damit gemeint hat, aber es geht mir nicht aus dem Kopf. Montagmorgen gehe ich sofort zu ihr, nehme ich mir vor. Montagmorgen.

Meine Arme schwingen gleichmäßig vor und zurück. Vielleicht ist dies genau das, was ich gerade brauche: meine Gedanken loslassen und an nichts denken. In den vergangenen Tagen bin ich von mir selbst verrückt geworden.

Ich muss akzeptieren, dass ich nach meinem Unfall noch nicht ganz wieder der Alte bin. Und wenn ich mich auch auf einem guten Weg befinde, so kann aus einer kleinen für mich doch eine hohe Welle werden. So erlebe ich das Foto: als Stein, der in meinen Weiher geworfen worden ist. Von wem? *Keine Ahnung.* Warum? *Keine Ahnung.*

Trotzdem hat Liesbeth gewusst, was ich brauche. Andere Frauen wären vielleicht bereits schreiend weggerannt, in den Wahnsinn getrieben von meiner dauernden Verwirrung. Was sage ich? Nicht einmal ihre Schwester hätte das ausgehalten. Die hat überhaupt keine Geduld, während Liesbeth mir gezeigt hat, dass sie mich wirklich liebt. Ich wiederhole es nochmals: *Das darf ich nicht vergessen.*

Keuchend schaue ich mich um, während meine Hände auf den Knien ruhen. Ohne es gemerkt zu haben, habe ich eine große Runde durch den Amsterdamse Bos hinter mir. Wenn ich nur gut genug abgelenkt werde, kann ich die größten Entfernungen schaffen.

Für einen Samstag ist es ruhig hier, als ich auf die Bosbaan schaue. In der Ferne sehe ich einige Männer in einem Ruderboot, während ein Mann auf einem Fahrrad in ein Megaphon schreit: *Rudern, rudern, rudern!* Ich kann mir nicht vorstellen, welche Anweisungen er sonst noch geben könnte, aber gut, ich bin ja auch kein Ruderer.

Jetzt, wo ich nicht mehr laufe, fangen meine Knie an zu brennen, und ich halte mich gerade, als ich weiterlaufe. Durch meine unerwartet große Runde komme ich in die Nähe einer großen Filiale von Albert Heijn. Dann kann ich auch gleich hier einkaufen statt in der kleineren Filiale bei uns in der Gegend.

Ich lasse den Ruhe spendenden Wald hinter mir und werde gleich mit einem Streifenwagen konfrontiert, der mit lauten Sirenen vorüberfährt. Die scharfe Grenze zwischen Ordnung und Chaos.

Sowie ich die Albert-Heijn-Filiale betrete, merke ich, dass der Begriff »bevor es voll wird« nicht mehr existiert.

An den Kassen stehen lange Reihen. Alle starren schweigend vor sich hin und machen zusammen mit den anderen alle zwei Minuten zwei Schritte nach vorn. Wie brave Lämmer auf dem Weg zum Schlachthof.

Nach einer gefühlten Ewigkeit verlasse ich den Supermarkt wieder. Ich hätte mich fast um das letzte Baguette gestritten, habe diese Auseinandersetzung aber geschickt vermieden. Jetzt nach Hause, duschen und die wohlverdiente Ruhe genießen, ehe der lange Abend anbricht. Ich seufze tief, als ich an die gekünstelten Gespräche denke, die mir bevorstehen.

Auf der anderen Straßenseite sehe ich zwei bekannte Gesichter. Es dauert einen Moment, bevor ich sie erkenne. Nicht, weil sie mir nicht vertraut wären, sondern weil ich sie hier nicht erwartet hätte. *Was ist hier los?*

Meine eigene liebe Gattin und mein bester Freund. Liesbeth und Jacob stehen in inniger Umarmung neben einer kleinen Kirche. Nichts an diesem Bild stimmt, und als einer von ihnen in meine Richtung schaut, ducke ich mich instinktiv. Ich denke gerade noch, dass die Weinflaschen das wohl nicht überleben werden, aber noch sehe ich keine Flüssigkeit aus den Plastiktüten strömen. Vorsichtig versuche ich auszuatmen und schaue durch das Fenster des geparkten Autos, hinter das ich mich geduckt habe. Da stehen sie wirklich; es ist kein Zweifel möglich.

Diese Kirche, an der ich, soweit ich mich erinnere, noch nie vorbeigekommen bin, dient offenbar als Treffpunkt. Ich wusste, dass die beiden sich immer schon gut verstanden haben, und habe das wirklich auch unterstützt. Aber von solchen geheimen Begegnungen hatte ich wirklich keine Ahnung.

Liesbeth legt den Kopf in den Nacken, und ich sehe Tränen auf ihren Wangen. Jacob wischt sie weg. Er streicht mit der Hand die Tränen von der Wange meiner Frau. Ich merke, wie sich meine Fäuste immer fester um die Plastiktüten ballen. Meine Fingerknöchel werden weiß.

Wegschauen kann ich nicht. Mein Herz klopft mir im Hals, und ich habe furchtbare Angst davor, was ich hier noch sehen werde. Aber ich muss einfach weiter hinstarren.

Es hat den Anschein, als ob ich gegen Ende ihres Stelldicheins eingetroffen bin, denn Jacob – mein ach so guter Freund – dreht sich um und steigt in sein Auto. Liesbeth geht auch, wieder in Richtung unseres Hauses. Ich setze mich auf den Boden und lehne den Rücken an das Auto. Mühsam versuche ich, meinen Atem wieder unter Kontrolle zu bekommen.

Was habe ich gerade gesehen?

8

Mein Schlüssel hängt vor der Haustür in der Luft. Irgendwann beschließe ich dann doch, ihn ins Schloss zu stecken und umzudrehen. Ich bin zu Hause. Gefasst gehe ich in die Küche, wo ich anfange, die Plastiktüten auszupacken.

Zwei Hände gleiten um meine Taille, und vor Schreck lasse ich einen Milchkarton fallen. Liesbeth kichert. Sie freut sich immer, wenn es ihr gelingt, mich zu erschrecken. Sie kann auch losprusten, wenn jemand sich den Kopf stößt. Nicht weil sie anderen Schmerzen wünscht oder sadistisch wäre, sondern weil sie es einfach nur komisch findet.

Ich drehe mich zu ihr um und schaue aus der Nähe in die Augen meiner Frau. Sie legt mir liebevoll die Arme um den Hals. Ich befinde mich plötzlich in derselben Position wie eben noch mein bester Freund. Von ihren Tränen ist nichts mehr zu sehen; sie hat ihr Make-up wieder ausgebessert. Sie lacht mich sogar an, und ich bekomme einen Kuss.

»Schön gelaufen?« Sie dreht sich um und packt die Tüten weiter aus.

»Ja, ich bin eine ordentliche Runde gelaufen. Am Ende war ich dann in der großen Filiale von Albert Heijn, ich war ja ohnehin gerade in der Nähe.« Für den Bruchteil einer Sekunde sehe ich eine gewisse Unentschlossenheit in ihren Bewegungen, aber sie hat sich schnell wieder im Griff.

»Das hast du gut gemacht, Liebling. Geh jetzt mal duschen; ich hab dir schon saubere Kleider aufs Bett gelegt.«

»Und du?«, frage ich meinerseits.

»Ich?«

»Was hast du gemacht?« Sie schaut nicht auf, sondern packt weiter aus.

»Ich hab gemütlich in der Badewanne gelegen. Mal kurz entspannen, damit ich jetzt im Haus weiter aufräumen kann.«

Ich sehe durch die Türöffnung meine Frau an, die neben einer Plastiktüte vor dem Kühlschrank kniet. Ihr Hinterkopf kommt mir fremd vor, und ich hole kurz Luft, während mein Mund sich öffnet. Dann mache ich kehrt und laufe die Treppe hoch, immer zwei Stufen auf einmal.

Auf meinem Bett sehe ich dann wirklich die Kleidungsstücke liegen, in genau der Reihenfolge, in der ich sie anziehe: eine Khakihose, ein hellblaues Oberhemd und einen dunklen Pullover zum Überziehen.

Niedergeschlagen gehe ich zu meiner Seite des Kleiderschrankes und schiebe die Tür zur Seite. Meine Finger gleiten an den Kleidungsstücken entlang, aber nichts hängt dazwischen. Nichts, was auch nur ein bisschen passen könnte, obwohl es doch dieselben Sachen sind, die ich in den vergangenen Jahren getragen habe. Die Tür wird wieder zugeschoben, und ich sehe im Spiegel meinen roten Kopf. Ich werde alt. Immer häufiger tauchen graue Haare auf, die Tränensäcke unter meinen Augen verschwinden nicht mehr, und meine Stirn ist von Falten durchzogen.

Mutlos setze ich mich auf die Bettkante.

Stecken Sie den Kopf zwischen die Knie, legen Sie die Hände auf Ihren Nacken und bereiten Sie sich auf den Schlag vor.

Mit aller Kraft, die ich noch aufbringen kann, schleppe ich mich zur Dusche.

Ehe ich das Wasser aufdrehe, lasse ich meine Hand über den Boden der Badewanne gleiten. Trocken, kein Tropfen Wasser.

~

Kurze Zeit später sitze ich am Lenkrad unseres Autos, gekleidet in eine Khakihose und ein hellblaues Oberhemd unter einem dunklen Pullover.

Neben mir sitzt Liesbeth, und wir hören eine Radiosendung, bei der wir ein Geräusch erraten müssen.

»Das Eindrücken des Knopfs an der Mikrowelle«, ruft meine Frau plötzlich. Ich fahre zusammen und versuche, das Auto auf der Fahrbahn zu halten.

»Das ist ja wohl sehr speziell«, murmele ich.

»Beim vorigen Mal war es der Verschluss einer Flasche Duschgels, der abgedreht wurde, also ist das hier jetzt überhaupt nicht speziell«, verteidigt sie sich, und ich sehe sie von der Seite her an. *Meine Frau.* Ich habe ihr noch nie von meinen Träumen erzählt. Dr. Mantz hat immer gesagt, ich müsste mich nicht auf den Schnee konzentrieren, sondern auf den Autounfall. Dann würde es in meinen Träumen von selbst tauen.

Schweigend biegen wir in die Auffahrt ein, und langsam

und bedrohlich taucht das Weiße Haus vor uns auf. Alles so angelegt, um den größtmöglichen Überraschungseffekt zu liefern. Die Villa liegt an der Amstel, die hinter uns im Mondlicht funkelt. Ich halte neben Huubs riesigem BMW und sehe an dem daneben parkenden Sportwagen, dass Jacob und Carolien auch schon da sind. Etwas, das mich früher beruhigt hätte, da ich dann weniger Zeit mit Huub allein verbringen muss. Aber nach dem, was ich heute gesehen habe, denke ich etwas anders darüber.

Ich höre meine Zähne knirschen.

Die Teller stehen schmutzig und leer auf dem Tisch, während die Weingläser noch gut gefüllt sind. Wir sitzen an einem großen Tisch in einem klassischen Esszimmer. Klassische Musik füllt den Hintergrund im Raum. Bordeauxrote Wände, Kronleuchter an der Decke, dunkelgrüne Gardinen, die an den Rahmen von Flügeltüren drapiert sind, die einen riesigen Garten enthüllen. Huub und Elizabeth sitzen am Kopf, flankiert von ihren beiden Töchtern, daneben die beiden Schwiegersöhne. Alles genau so, wie es sich gehört. Eben haben wir uns, demselben Protokoll folgend, reihum bei Elizabeth für die köstliche Mahlzeit bedankt. Alle hier am Tisch wissen, dass fast alles von einem Caterer kommt, aber darüber wird nicht weiter gesprochen. Ich bezweifele eigentlich sogar, dass Elizabeth ihre eigene Küche finden würde. Sie ist durch Reichtum eingelullt und führt ein abgestumpftes Leben. Aber sie scheint damit sehr zufrieden zu sein, wer bin ich also, etwas dagegen zu sagen?

»Alles in Ordnung bei Mantz?«, brummt Huub in meine Richtung. Ich nicke, und mir fällt auf, dass er mich gerade vermutlich zum ersten Mal nach meinen Therapiesitzungen gefragt hat. Mein Nicken scheint ihm zu reichen. Ich habe längst gelernt, ihm keine ausführlichen Antworten zu geben, denn er fragt eher der Form halber als aus Interesse.

Schon den ganzen Abend geben Liesbeth und Jacob den Ton an, ab und zu korrigiert von Huub, aber vor allem von wohlwollendem Nicken begleitet. Sie merken nicht einmal, dass ich mich ein wenig abseits halte und vor allem mit Analysieren beschäftigt bin. Die Wörter verlassen ihre Münder, um über dem Tisch aneinanderzustoßen und dann auseinanderzustieben. Es werden keine Fragen gestellt, wenn jemand eine Anekdote erzählt hat, sondern eigene, vergleichbare Anekdoten dagegen angeführt. Das habe ich nie begriffen, dieses Wetteifern um die beste Geschichte.

An diesem Abend stürze ich mich nicht in dieses Gefecht. An diesem Abend habe ich ein anderes Ziel. Ich achte auf kleine, unschuldig wirkende Berührungen und filtere Komplimente. Immer wieder lasse ich meine Serviette fallen, um unter dem Tisch nachsehen zu können, wie die Füße der anderen stehen.

»Das war wieder großartig.« Jacobs Stimme erklingt selbstsicher im Raum.

»Hat es dir auch geschmeckt, Carolien?«, frage ich. Sie nickt und trinkt dabei einen ordentlichen Schluck Rotwein. Auch ihr Blick wird analysiert. *Was weiß sie?*

»Ich kenne übrigens den Manager von diesem neuen Restaurant, Fincher. Manchmal steht die Schlange bis zur Ecke, aber nach einer SMS können wir einfach hingehen. Ein Tisch wird dazugestellt, und wir können sitzen. Letztens saßen wir wunderbar im Warmen, während die

Schlange vor dem Fenster uns anstarrte. Das war phantastisch.« Nach diesem Bericht schlägt sich Jacob auf den Bauch. Ich habe keine Ahnung, weshalb.

»War euch das nicht schrecklich unangenehm?«, fragt meine Frau.

»Nein, sie brauchen doch nicht Schlange zu stehen! Das ist ihre eigene Entscheidung. Sie wollen eben in diesem schicken, viel zu teuren Restaurant essen. Wir haben ja nicht gerade vor dem Zaun eines Asylbewerberheims gegessen.« Liesbeth prustet los, aber schlägt dann schnell die Hand vor den Mund.

»Das kannst du doch nicht sagen«, murmelt sie durch ihre Finger, aber ihre Augen lachen noch immer.

Ich schaue wieder zu Carolien hinüber, aber die scheint das nicht gehört zu haben oder nicht komisch zu finden. In Gedanken wiederhole ich, was Jacob gesagt hat, aber ich verstehe den Humor ebenso wenig. Jacob legt kurz den Kopf schräg, als er in meine Richtung schaut, aber danach wendet er sich wieder lächelnd meiner Frau zu.

»Warum nicht? So ist es doch. Geld haben sie genug, die Typen, die da standen.«

»Genau«, sagt Huub zustimmend. Aber sein Tonfall verrät, dass er keine Ahnung hat, was hier gesagt worden ist, und dass er dem Gespräch überhaupt nicht zugehört hat. Zu mir dringt es auch nicht mehr durch. Es interessiert mich einfach nicht mehr. Liesbeth, ihre Schwester und mein bester Freund, meine Schwiegereltern – sie sind allesamt Fremde geworden. Andere Wesen als ich.

Es kommt mir vor, als ob jemand den Lautstärkeregler heruntergedreht hätte, denn ich sehe nur noch Lippen, die sich bewegen. Kein Geräusch, nur noch Stille. Ich schaue zu meiner Frau hinüber, die ich so lange geliebt habe. Ihr scheint alles recht zu sein, und sie ist schon wieder in ein lebhaftes Gespräch mit Carolien vertieft. Ihre Blicke begegnen meinen, und ihre roten Lippen bilden Wörter. Ich gebe mir keine Mühe, sie zu verstehen. Sie runzelt die Stirn, und auf ihrer Make-up Unterlage sind kleine Risse zu sehen. Die Wörter scheinen jetzt heftiger zu werden und richten sich sichtlich an mich.

»Olaf, ich rede mit dir«, höre ich plötzlich. Fragend schaue ich sie an. »Carolien will wissen, ob wir nächstes Wochenende zum Essen zu ihnen kommen.« Mein Blick wandert kurz zu ihrer Schwester, die sofort das Wort ergreift.

»Aber rechnet bloß nicht mit so einem Festmahl wie hier. Nur Raclette oder so was Ähnliches.«

Plötzlich versetzt Jacob mir unter dem Tisch einen begeisterten Tritt. »Dann können wir mal wieder ein paar schöne Bierchen zischen?« Ich schaue ihn weiterhin an und lege meinen Kopf schräg.

»Was hast du heute gemacht, Jacob?« Alle verstummen. Mit dieser Frage hat niemand gerechnet. Ich sehe deutlich, dass er und Liesbeth einen Blick wechseln, ehe er sich wieder mir zuwendet.

»Ich? Zu Hause rumgehangen. Ein schöner fauler Samstag.«

In aller Ruhe wende ich mich nun an Carolien. »War er dir denn dann nicht im Weg?«

»Nein, und er war ja auch kurz mal weg«, antwortet sie trocken und schenkt sich Wein nach.

»Weg?« Ich hebe und senke kurz die Augenbrauen. »Du hast doch gesagt, dass du zu Hause warst?«

Jacob wischt sich den Mund mit seiner Serviette ab und legt sie dann neben seinen Teller. Er wird ernster.

»Ich hatte etwas im Büro vergessen. Das musste ich noch schnell holen.«

»Im Büro? Was hattest du denn vergessen?« Ich bin selbst von meiner beherrschten Stimme überrascht und schaue Huub demonstrativ verwirrt an. Huub setzt sich jetzt gerade und wendet sich an Jacob.

»Du warst im Büro? Am Samstag?«

Die Stimmung schlägt um, ohne dass die anderen begreifen, warum.

»Olaf, hör doch auf«, schaltet Liesbeth sich ein.

»Warum darf Jacob nicht erzählen, was er heute gemacht hat?«, frage ich empört. Aber Liesbeth steht auf und räumt den Tisch ab, um das Gespräch zu beenden. Etwas, das Gästen streng verboten ist, und sie wird dann auch sofort von ihrer Mutter zurückgepfiffen, die sich plötzlich in das Gespräch einmischt.

»Lies, lass das stehen. Komm, das weißt du.«

Wie ein Roboter, der abstürzt, bleibt Liesbeth stehen. Sie kann nicht weiter aufräumen, aber sie wagt auch nicht, sich wieder hinzusetzen.

»Nein, Liesbeth. Lass nur, das ist schon in Ordnung«, weist Jacob meine Frau zurecht. Er schaut mir direkt in die Augen.

»Sag doch erst mal, Olaf, warum du das unbedingt wissen willst.« Seine Stimme klingt drohend.

»Nur so«, antworte ich, aber damit ist Jacob nicht zufrieden.

»Ich erzähl dir ja gern, warum ich noch mal ins Büro musste, aber dann musst du uns verraten, warum du das wissen willst.« Nun scheint endlich auch Carolien aufzuwachen, denn ich spüre, dass sie mich forschend mustert.

»Weil ....« Auch meine Worte bleiben in der Luft hängen; sie scheinen nirgendwo Halt zu finden. Ich schlucke mit trockener Kehle und spüre, wie die Kraft langsam aus meinem Körper strömt. »Weil ich beim Laufen geglaubt habe, dich zu sehen, aber da habe ich mich dann wohl geirrt.«

Ich blicke Liesbeth nicht an. Alle in der Runde scheinen meine Worte sorgfältig abzuwägen, um sich sicher zu sein, dass sie richtig gehört haben. Jacob lächelt künstlich.

»Nein, das kann wirklich nicht sein. Ich bin über die Autobahn gerast. Aber läufst du im Moment? Das lass mal lieber.« Unvermittelt fängt er an zu erklären, dass etwas, das sich *planking* nennt, das neue Laufen ist, und Liesbeth setzt sich wieder, von meiner Antwort sichtlich mehr erschrocken als Jacob. Endlich sehe ich sie an, aber sie wagt nicht, meinen Blick zu erwidern. Stattdessen wendet sie sich ihrer Mutter zu.

»Mam, du wolltest uns doch noch die Fotos von Vlieland zeigen?« Normalerweise ergreift Elizabeth jede Gelegenheit, um Dutzende von Alben zum Vorschein zu holen, und ich weiß, wie sehr Liesbeth das hasst. Ihre Bitte muss also wirklich eine Verzweiflungstat sein, um das Thema zu wechseln. *Ich weiß genug.*

»Ja!« Elizabeths Stimme erschallt im Zimmer, und alle erschrecken. »Das stimmt allerdings. Wie schön, dass du mich daran erinnerst. Huub, wo liegt das Album?«

»Im Schrank«, antwortet mein Schwiegervater apathisch. Dieses Thema steht vermutlich auf seiner Prioritätenliste ganz unten.

»Nein, das letzte. Das, in das ich noch einklebe. Ich glaube, das liegt in deinem Arbeitszimmer.« Jetzt, da sie ein Publikum hat, wird Elizabeth keine Ruhe geben, ehe sie die richtigen Fotos gefunden hat.

»Ich kann es schnell holen. Wo genau liegt es?« Ich springe auf und lege die Serviette neben meinen Teller, froh über jede Gelegenheit, das Zimmer für einen Moment zu verlassen. Aber zu meiner Überraschung folgt Huub meinem Beispiel. Mit großen Schritten kommt er mir zuvor, als ich zur Tür laufe.

»Nein, ich mach das schon. Du würdest es doch nicht finden«, brumme er noch. Geschlagen lasse ich mich wieder auf meinen Stuhl fallen. Der unbehagliche Abend ist noch nicht zu Ende, und meine Möglichkeit, kurz zu entkommen, ist verflogen. Alle wissen von Huubs Arbeitszimmer in der Villa, aber nur wenige haben es mit eigenen Augen gesehen. Ich habe mir durchaus schon alle Mühe gegeben, wenigstens einen kurzen Blick hineinzuwerfen, aber sofort zog er dann immer ängstlich die schwere Tür zu.

Ein dumpfes Dröhnen ist zu hören, als Huub kurz darauf das Album auf den Tisch fallen lässt. Er setzt sich sofort hin und zeigt keinerlei Interesse daran, sich an dem zu beteiligen, was jetzt kommen wird. Es wird von uns erwartet, dass wir uns allesamt hinter Elizabeth zusammendrängen und ihr über die Schulter blicken, während sie uns ihre sensationelle Reise auf das exotische Vlieland vorführt. Niemand hat mehr Augen für die anderen, und alle Gäste scheinen gleichermaßen erleichtert darüber zu sein, dass sie nicht mehr zu reden brauchen. Elizabeth fängt an, und weil sie auf Seite drei noch immer auf der

Fähre stehen, weiß ich, dass dies eine lange Geschichte werden wird.

Kurz darauf schrecke ich auf.

»So viele reizende Menschen! Alle haben sich immer vor unserem Hotel getroffen.« Die Stimme meiner Schwiegermutter macht weiter, aber mein Blick bleibt hängen. Auf einem Gruppenfoto, auf dem alle fröhlich in die Kamera winken, sehe ich ihn, halb versteckt zwischen zwei Frauen, aber er ist es einwandfrei: Dr. Mantz. Wegen seiner kurzen Hose, in der er merkwürdig aussieht, hatte ich ihn nicht sofort erkannt. So wie ein Hund in einer Jacke keinen Sinn ergibt, so gehört es sich für Dr. Mantz, einen Anzug zu tragen.

»Ferien mit dem Doktor?«, fragte ich so lässig wie möglich. Wieder spüre ich eine Spannung durch das Zimmer ziehen, und in einem Reflex blättert Elizabeth die Seite um.

»Ja, reiner Zufall. Er war mit seiner Frau auf der Insel. Wir hatten einen netten Abend zusammen.« Sie schaut mich kurz über ihre Schulter hinweg an, als ob sie meine Reaktion testen wollte, aber redet rasch weiter. »Am nächsten Tag haben wir Räder gemietet und sind am Leuchtturm vorbeigefahren. Seht ihr, wie müde euer Vater hier war? Er konnte nicht mehr.« Alle lachen, aber ich bitte um Entschuldigung, weil ich kurz zur Toilette muss.

Auf der Toilette starre ich mein Spiegelbild an und spritze mir eine Handvoll Wasser ins Gesicht. Ich habe das Gefühl, als sei mir ein großes Puzzlestück in den Schoß geworfen worden, nur habe ich keine Ahnung, was für ein Puzzle ich hier eigentlich zusammensetze. Dr. Mantz ist ein guter Freund der Familie, da ist es doch eigentlich kein Wunder, dass sie zusammen etwas unternehmen, wenn sie einander zufällig über den Weg laufen. Aber der Gedanke an die leere Dose, in der sich meine Kassetten befinden müssten, schwebt mir wieder durch den Kopf, ohne eine Stelle zum Landen zu finden.

Ich verlasse die Toilette und laufe über den Gang zurück zum Esszimmer. Jacobs dröhnendes Lachen ist im ganzen Haus zu hören. Ich bleibe stehen, und mein Blick fällt auf einen Papierkorb unter der Garderobe. Dort liegen etliche Briefumschläge, aber einen erkenne ich sofort: die blauen Streifen, das gelbe Viereck. Genau so einen Umschlag bekomme ich, wenn es beim Doktor etwas Neues gibt, meistens beschrieben von Emma.

Rasch ziehe ich den Umschlag aus dem Papierkorb, aber er ist leer. Er ist an Huub adressiert, und ich erkenne die Handschrift von Mantz. Es klebt kein ausgedrucktes Namensetikett darauf, wie es bei mir immer der Fall ist. Und auch von innen sieht der Umschlag anders aus, dieser ist nämlich zum besonderen Schutz mit Luftpolstern gefüttert. Ich wiege den leeren Umschlag in den Händen und bekomme es langsam mit der Angst zu tun.

Ein rascher Blick um die Ecke sagt mir, dass die anderen noch immer aufmerksam im Fotoalbum blättern. Ich drehe mich wieder zum Gang um.

Ich muss es genau wissen.

Schritt für Schritt bewege ich mich auf die vergoldete Tür zu. Auf Huubs Arbeitszimmer, den Ort, den niemand betreten darf.

The Oval Office.

Drinnen sieht es moderner aus, als ich mir vorgestellt hatte. Der Rest des Hauses scheint aus einem Historienschinken zu stammen, aber hier herrschen Ordnung und Sachlichkeit. Es ähnelt dem Büro eines Schurken aus einem James-Bond-Film. Auf dem großen schwarzen Schreibtisch gibt es ein Schaltpult mit allerlei Knöpfen. Ich stelle mir vor, dass Huub bei einer schlechten Nachricht mit einem Knopfdruck jemanden mit Stuhl und allem in einem unterirdischen Flammenmeer verschwinden lässt. Wahrscheinlich sind es die Knöpfe für Klimaanlage und Telefon, aber ich bleibe bei dem Flammenmeer.

Durch die Fenster sehe ich auch hier den großen Garten, gespenstisch erleuchtet durch allerlei Lampen. Wozu hat man einen Garten, wenn man damit nicht auch abends die Gäste beeindrucken kann?

Ich muss meine Angst überwinden, um mich auf den braunen Ledersessel hinter dem Schreibtisch zu setzen. Der Sessel des Präsidenten persönlich. Nur wenige wagen es, Huubs Befehlen zuwiderzuhandeln, nicht einmal hinter seinem Rücken. Ich höre nichts mehr aus dem Esszimmer, da ich die Tür hinter mir geschlossen habe, was mich aber nicht wirklich beruhigt. Ich staune darüber, dass die Tür nicht abgeschlossen war, aber das Haus ist von außen sicher doppelt abgesichert. Welcher Gast würde sich zudem ohne die Zustimmung des Hausherrn durch die goldene Tür wagen? Ich drehe mich wieder zu dem Sessel um. Ich muss mich beeilen. Mein Hintern wird von dem knirschenden Leder umfangen, und es fühlt sich luxuriös an. Ich kann es nicht besser beschreiben als luxuriös, während ich mich vom Thron aus im Königreich umschaue.

Vor meinen Knien gibt es mehrere Schubladen, die ich gespannt öffne. Auch von ihnen ist keine abgeschlossen. Ich sehe vor allem wichtig wirkende Dokumente, die mir nichts sagen. Nur Zahlen, keine Kassetten.

Als ich alle Schubladen durchgesehen habe, kommen mir wieder Zweifel. Wie sehr kann ich meinem Gefühl vertrauen? Die anderen fragen sich sicher auch schon, wo ich bleibe, und hier will ich nun wirklich nicht angetroffen werden. Ich hätte keine Erklärung.

Doch die Schalttafel auf dem Tisch winkt mir mit ihren vielen glänzenden Knöpfen zu. In der Mitte gibt es einen großen Knopf für »PLAY«, der mich vor allem interessiert. Nirgendwo im Raum kann ich nämlich einen Fernseher oder einen Bildschirm entdecken. *Was wird hier also gespielt?* Ich spitze die Ohren, aber ich höre auf dem Gang keine Schritte näher kommen. Ich denke an das Theaterstück, das meine Frau und mein Schwager eben noch vor meiner Nase aufgeführt haben, und ich spüre wieder, wie sich mein Magen zusammenkrampft. Ich drücke auf den Knopf und versuche, nicht an die möglichen Folgen zu denken.

Für einen Moment ist alles still im Raum, und ich denke schon, dass gar nichts passieren wird. Aber dann höre ich es. Laut und deutlich ertönt meine Stimme im Zimmer.

»Aber das ist nicht alles. Alles kostet mich neuerdings mehr Energie. Aufstehen, zur Arbeit gehen, essen, auf dem Sofa sitzen. Wiederholung, Wiederholung, Wiederholung. Warum?«

»Bist du depressiv?«

»Habe ich das gesagt? Nicht depressiv. Eher gelangweilt.«

Ich schnappe nach Luft. Ich komme mir vor wie auf dem Meeresgrund, mit Kilometern Wasser über meinem Kopf. Zu vielen, um nach oben zu schwimmen.

Schnell drücke ich auf »STOPP«, ehe das Geräusch den

Gang erreicht. Ich höre meine eigene Stimme, meine und die von Dr. Mantz. Ich habe das alles gesagt, als ich das letzte Mal bei ihm war. Ich habe genug gehört und stehe auf. In einer Mischung aus Angst und Wut reiße ich die Schubladen wieder auf – nichts. Ich öffne alle Schränke – nichts. Ich renne von einer Seite des Zimmers zur anderen. Bis mein Blick auf eine Metallkiste hinter dem Sessel fällt. Ich sinke auf die Knie, öffne sie, und sofort werden meine Augen feucht.

Meine Kassetten. Hier liegen alle aufgenommenen Therapiesitzungen, in Huubs Allerheiligstem. Ich muss den Brechreiz unterdrücken, als mir klar wird, dass Huub hier gemütlich in seinem Ledersessel sitzt und sich meine düstersten Geheimnisse anhört. Deshalb hat er also nie gefragt, wie es ging, er konnte alles selbst hören. Ich lasse meine Finger durch die Kiste gleiten, wie ich es bei der Dose im Sprechzimmer des Doktors tun wollte.

»Olaf?« Ich fahre hoch. Ich höre auf dem Gang die Stimme von Liesbeth, sie sucht mich. Voller Panik schaue ich mich um. *Was soll ich machen?* Meine Familie, mit der ich so viele Essen dieser Art erlebt habe, sucht mich, aber zum ersten Mal wage ich es nicht, zum Vorschein zu kommen. Was alle wissen, wozu sie imstande sind – das weiß ich nicht. Aber ich habe auch nicht vor, das herauszufinden.

Ich strecke die Hand nach dem Fenster aus und drücke dort auf einen Knopf. Das Fenster öffnet sich. Ohne zu überlegen, klettere ich hinaus und spüre, wie meine Füße das nasse Gras auf der anderen Seite berühren. Und dann laufe ich los.

Irgendwo aus der Ferne höre ich, dass noch einmal mein

Name gerufen wird, aber ich schaue mich nicht mehr um. Ich versuche nur, dem Licht auszuweichen, das mir jetzt eher vorkommt wie die Suchscheinwerfer eines Gefängnisses. Erleichtert spüre ich, wie die Schatten mich ein Stück weiter umarmen. Ich höre erst auf zu rennen, als ich das Weiße Haus nicht mehr sehen kann.

9

Am Wasser ist es still. Ich schlinge mir die Arme um den Körper; ich hatte keine Zeit mehr, um zur Garderobe zu laufen, und laufe hier nur in meinem dunklen Pullover über die Straße. Es weht ein nasskalter Wind, der mir Tränen in die Augen treibt. Die Straßenlaternen beleuchten meinen Weg. Ich glaube, dass ich am Amstelpark entlanglaufe, aber ich bin mir nicht sicher.

Frische Luft und Bewegung helfen mir, meine Gedanken zu ordnen. Das habe ich von meinem Vater gelernt, der manchmal nach oder während eines heftigen Streites die Haustür hinter sich zuzog. Er blieb dann eine halbe Stunde weg, und wenn er zurückkam, war alles vorbei. Meine Mutter stand eher auf Konfrontation, aber auch sie konnte keine halbe Stunde lang zornig bleiben. Ich sage nicht, dass das gesund war, aber bei den beiden hat es funktioniert.

Meine Füße bewegen sich zielstrebig weiter, ohne dass ich darüber nachdenke. Ich denke noch immer an die Kiste mit meinen Sitzungen. *Warum?* Welches Spiel wird hier gespielt, mit mir als ahnungslosem Subjekt? Ich versuche, einen Sinn für mich zu finden, und muss wieder an Milas Satz denken: *Ich glaube, dass es mit dir angefangen hat.*

Was weiß Liesbeth darüber? Oder hört sie sich zusammen mit Huub an, wie ich mein Trauma verarbeite? Glaubt sie mir nicht, wenn ich ihr von meinen Gesprächen und meinen Fortschritten erzähle?

Ich hole das Foto aus der Tasche und schaue wieder in mein Gesicht. Fröhlich lachend mit dem Unbekannten, an dem verschneiten Ort. Alles, was mir in den vergangenen Tagen passiert ist, hat damit zu tun. Das spüre ich einfach. Aber wie, um Himmels willen? Ich biege nach links ab und danach nach rechts.

»Olaf?«

Ich fahre zusammen und wäre fast wieder losgerannt, als ich verstehe, dass es schon zu spät ist. Langsam drehe ich mich zu dem Auto um, das unbemerkt von mir herangefahren ist. Das Fenster auf der Beifahrerseite ist heruntergelassen, und ich beuge mich vor, zu der Person am Steuer.

»Mila?« Ich bin völlig sprachlos, und sie lacht laut los.

»Was treibst du denn hier, um Himmels willen?« Ihre Stimme überschlägt sich.

»Das könnte ich dich auch fragen«, antworte ich und schüttele verwirrt den Kopf.

»Steig ein!«

Das lasse ich mir nicht zweimal sagen, und schnell setze ich mich ins Auto. Wenn Liesbeth hier in der Gegend auf der Suche ist, wird sie mich jetzt jedenfalls nicht mehr finden. Was mir an diesem Abend ein beruhigendes Gefühl gibt, auch wenn mir klar ist, dass es meine Frau ist, über die ich so denke.

»Du zuerst«, sagt Mila.

»Was?«

»Was wir hier machen. Das musst du zuerst erzählen.«

Ich nicke und räuspere mich. »Wir waren zum Essen bei Liesbeths Eltern.«

»Bei Huub«, korrigiert sie mich sofort, und ich lache verlegen.

»Ja, bei Huub. Den kennst du ja auch. Lass mich es mal so sagen: Der Abend endete nicht ganz erwartungsgemäß«, bringe ich verlegen heraus.

»Streit?«

Ich nicke, gebe aber keine weiteren Erklärungen.

»Dann hast du Glück, dass ich gerade hier unterwegs war. Soll ich dich irgendwo absetzen?«

Ich sehe sie an und lächele zaghaft. »Und du? Was machst du hier an diesem dunklen, kalten Abend? Das ist wohl ein großer Zufall, dass wir uns hier begegnen.«

Sie wirft mir einen kurzen Blick zu und starrt dann vor sich hin, während wir unter dem Ring durchfahren und auf der linken Seite die grottenhässliche, grell erleuchtete Kongresshalle der RAI passieren. »Das ist mir ein bisschen peinlich.«

»Hör doch auf, vor mir braucht dir das doch nicht peinlich zu sein.« Ich versuche, die Stimmung locker zu halten, und das klappt. Mila lacht.

»Ich hatte ein Date.« Und ohne eine Reaktion abzuwarten, fügt sie hinzu: »Ein total mieses Date.«

»Total mies?«, wiederhole ich neugierig.

Sie nickt. »Er war so hässlich, das habe ich sofort gesehen, als ich reinkam. Ich glaube, er hat auf seinem Profil ein anderes Foto benutzt – wir kennen uns über eine App –, aber egal. Ich habe ihm eine Chance gegeben. Das macht man doch in so einer Situation, und er war auch sehr witzig.«

»Aber jetzt bist du trotzdem hier«, stelle ich belustigt fest.

»Jetzt bin ich trotzdem hier. Findest du mich jetzt oberflächlich?«

»Nein, natürlich nicht. Du wolltest nicht mit geschlossenen Augen mit jemandem im Bett liegen, während du fragst, ob er jetzt noch einen Witz erzählen will«, scherze ich.

Zu meiner großen Freude lacht sie schallend los, und ich lache mit, während wir in die Scheldestraat abbiegen. Sie schaut mich an.

»Musst du deiner Frau nicht sagen, dass du irgendwo mitfährst?«

Ich schüttele den Kopf. *Nein, das ist nicht nötig.*

10

Wir parken in einer Nebenstraße der Hobbemakade. Am Ende der Gracht strahlt das Rijksmuseum. Während die Lichter sich im Wasser spiegeln, überrascht mich die Stadt immer wieder mit ihrer Schönheit. Einsame Männer schlendern mit den Händen in der Tasche vor roten Markisen hin und her, ihren Blick ununterbrochen auf die Frauen hinter den Fenstern gerichtet. »Die Freudendamen«, wie meine Mutter sie genannt hat, wenn ich hinten auf dem Fahrrad auf dem Weg zum Schwimmunterricht fragte, wer diese Frauen seien. Eine Antwort, mit der ich mich als Kind zufriedengab und die ich zu verstehen glaubte. Jetzt schaue ich nicht zu ihnen hinüber, sondern gehe brav hinter Mila her. Es ist etwa Mitternacht, und bis auf die Männer ist es still auf der Straße.

»Danke«, flüstere ich. Sie schaut mich über ihre Schulter hinweg an und nickt, das sei in Ordnung so. Ohne noch viel über meine Lage zu berichten, hatte ich ihr im Auto stotternd erzählt, dass ich nicht nach Hause zurückkehren kann. Auf die Frage, wohin ich denn dann wollte, konnte ich keine Antwort geben. Sie sagte, ich könne mit zu ihr kommen, jedenfalls, bis ich eine andere Lösung gefunden hätte. *Dann sei sie doch von ihrem Date nicht allein nach Hause gekommen,* wie sie lachend hinzufügte.

»Hier ist es.« Wir stehen vor einem hohen Wohnkomplex. Nachdem ich noch einen Blick über die Schulter geworfen habe, folge ich Mila ins Haus.

~

Die Wohnung ist klein, aber gemütlich eingerichtet. Bunte Lampen, Kissen auf dem Sofa und eine große Vase mit Rosen auf dem Tisch.

»Ich schenke mir jede Woche einen Blumenstrauß«, erzählt Mila fröhlich. Sie geht in die Küche und kommt mit zwei Gläsern Whisky zurück. »Das können wir jetzt beide brauchen, glaube ich.«

Dankbar nehme ich das Glas an, und das Klirren der Eiswürfel klingt durch das Zimmer. Ich schaue mich gründlich um. *Milas Wohnung.* Nach meiner Entdeckung in Huubs Arbeitszimmer ist alles so schnell gegangen, dass ich noch keine Zeit hatte, irgendetwas zu verarbeiten. Es kommt mir vor wie ein Traum, dass ich jetzt hier sitze.

»Was sagst du?«

»Es kommt mir vor wie ein Traum«, wiederhole ich diesmal lauter.

An den Wänden hängen allerlei Fotos, die meisten schwarzweiß. Ich gehe daran vorbei, wie in einer Galerie. Es sind vor allem Fotos aus Kriegsgebieten, aber sie konnten doch allesamt eine gewisse Schönheit mitten in allem Elend einfangen. Ein kleiner Junge mit einem Hund, ein verliebtes Paar in einer zerschossenen Straße.

»Hast du die gemacht?« Ich bin beeindruckt.

»Nein, leider nicht«, sagt Mila lachend. »Sie hängen hier vor allem zur Inspiration.« Geschmeidig lässt sie sich in einen behaglichen Sessel gleiten, so dass ihre Beine über eine Lehne baumeln. Ihr Rock schiebt sich nach oben, bis über den halben Oberschenkel. Ich versuche, nicht hinzuschauen, und setze mich auf einen Holzstuhl. Rasch trinke ich einen Schluck, und ich spüre, wie sich der Whisky einen Weg durch meine Kehle nach unten freibrennt.

»Ich wollte dir keinen Schreck damit einjagen, dass ich so einfach mitgekommen bin.«

»So leicht erschrecke ich nicht«, ist ihre Antwort, und ich hole tief Luft.

»Was hast du eigentlich damit gemeint, dass du etwas gefunden hast?«, frage ich. Sie mustert mich forschend, unsicher, wie diese Frage zu verstehen ist.

»Bist du deshalb mitgekommen – um mich das zu fragen?«

»Nein. Und ja.« Mir ist klar, dass ich reichlich verwirrt wirke, aber an diesem Abend habe ich keine Zeit für Unsicherheiten; es steht zu viel auf dem Spiel. »Auch ich bin einer Sache auf der Spur. Oder jemand ist mir auf der Spur; es kommt nur darauf an, wie man es sieht.«

»Erzähl.«

»Wie gut kennst du Huub?«, frage ich. Mila überlegt kurz.

»Es ist mein Chef, aber dein Schwiegervater. Ich glaube doch, dass du ihn besser kennst.«

»Das dachte ich auch. Aber jetzt hat sich herausgestellt, dass er hinter meinem Rücken Kontakt zu meinem Arzt hat. Na ja, eigentlich ist der eher ein Psychiater.«

»Gehst du wegen des Unfalls zu ihm?«, fragt sie, und ich nicke. »Woher weißt du, dass sie Kontakt haben?«

Ich frage mich, wie ehrlich ich sein kann. Wenn ich bedenke, in welcher Lage ich bin und wo ich mich gerade aufhalte, sehe ich keinen Grund, nicht vollkommen offen zu sein. Vielleicht kann Mila mir die Klarheit verschaffen, die ich selbst nicht finden kann. »Bei Huub zu Hause habe ich Tonbandaufnahmen von meinen Therapiesitzungen gefunden. Er hat sie offenbar Wort für Wort angehört. Nur habe ich keine Ahnung, weshalb.«

Mila schüttelt sich. »Oh, das ist wirklich krank. Ich wusste ja, dass mit dem Mann irgendwas nicht stimmt, ich wusste es!«

Ich nicke. »Sie lügen. Sie lügen alle!« Wieder trinke ich einen Schluck, der Whisky schmeckt jetzt schon besser. »Alles hat mit diesem Foto angefangen.«

Ich ziehe das Foto aus der Tasche und muss aufstehen, um es ihr zu geben. Mila sieht es an, und dann erscheint ein Lächeln auf ihrem Gesicht.

»Wer ist der Freund?«

Verzweifelt schaue ich über ihre Schulter auf das Foto. »Das ist ja gerade das Problem; ich habe keine Ahnung. Ich weiß auch nicht, wo das Bild gemacht worden ist. Ich war da noch nie.«

»Du warst da noch nie? Hier, wo du auf dem Foto zu sehen bist?« Sie hebt das Bild hoch.

»Jetzt verstehst du sicher, warum ich so verwirrt bin.« Ich lasse mich wieder auf den Stuhl sinken. Mila scheint mehr und mehr von dem Foto fasziniert zu sein und betrachtet es aufmerksam.

»Es sieht echt aus. Keine Fotomontage oder so. Aber das heißt natürlich nichts. Heutzutage ist alles möglich.«

»Es kommt mir auch echt vor. Als ob ich dort gewesen wäre.«

»Aber warum weißt du das dann nicht mehr?«

Genau. Wir schweigen beide und hören unten ein Auto über die Straße fahren.

»Dann bin ich jetzt dran, was?« Sie legt das Foto neben sich. »Ich bin im Büro durch Zufall auf seltsame Überweisungen auf ein unbekanntes Konto gestoßen – merkwürdige Beträge, nicht ordentlich abgerundet wie der Rest. Ich arbeite häufig an fremden Computern, verstehst du? Um Viren zu entfernen oder Programme zu installieren. Oft allein, oft nach Feierabend, denn dann werden die Computer nicht gebraucht. Als ich ahnungslos zu Jacob gegangen bin und ihn damit konfrontierte, wurde er wütend und sagte, ich solle mich nicht so anstellen. Aber ich konnte das nicht loslassen. Ich rette keine Leben, aber ich will doch wissen, für wen ich arbeite, woher das Geld kommt, das ich verdiene. Tagelang schwirrten mir diese Zahlen durch den Kopf, ohne dass ich eine Erklärung dafür finden konnte. Bis ich sie, als ich mich einmal langweilte, mit Wechselkursen verglichen habe. Ich bin so an die hundert Länder durchgegangen, fand aber nirgendwo ein logisches Ergebnis. Bis auf eins. Da wurden die seltsamen Beträge plötzlich zu schönen runden Zahlen.« Sie legt eine dramatische Pause ein, und ich warte ruhig ab, während langsam zu mir durchdringt, was sie da gesagt hat. »Nigeria.«

»Was?«

»Wir haben noch nie Handelsbeziehungen mit Nigeria oder anderen afrikanischen Ländern gehabt. Warum werden uns also plötzlich hohe Summen in nigerianischen Naira überwiesen?«

Ich schüttele den Kopf. *Keine Ahnung.*

Sie redet weiter. »Nachdem ich Jacob zum ersten Mal darauf angesprochen hatte, merkte ich dann, dass ich genauer beobachtet wurde. Ich bekam weniger Aufträge, und ich wurde zu bestimmten Besprechungen nicht mehr eingeladen. Zu dir hatte ich Vertrauen und musste etwas darüber sagen, aber dann sah ich schnell ein, wie dumm das von mir war. Du bist der Schwiegersohn vom Chef, Jacobs Schwager. Ich beschloss, einen Strich unter die Sache zu ziehen und nicht weiter zu bohren.« Jetzt schaut sie mir in die Augen. »Und dann steigst du plötzlich bei mir ins Auto!«

»An der Amstel«, füge ich unnötigerweise hinzu.

»An der Amstel«, bestätigt sie lachend.

Das Glas in meiner Hand ist leer. Mila sieht es und steht auf, um nachzuschenken. Ich gehe zum Fenster und starre hinaus. Man schaut in den ersten und zweiten Stock gegenüber, und ich komme mir wieder vor wie ein Voyeur. Diesmal aber sehen mich die Menschen nicht.

»Ich versteh das noch immer nicht. Warum hat es mit mir angefangen?«, frage ich.

Mila kommt wieder ins Zimmer und bleibt neben mir stehen.

»Der Tag deines Unfalls ... Von jedem anderen Tag gibt es Berichte, ist die Buchführung gespeichert, gibt es eine Übersicht über Zahlungen, außer von diesem Tag. Es ist, als ob an diesem einen Dienstag im vergangenen Jahr die ganze Firma geschlossen gewesen sei und der gesamte Markt stillgelegen habe. Ich habe nachgesehen, über einen Black-out oder Crash ist nichts bekannt. Und doch sind am Tag deines Unfalls alle Daten gelöscht worden.«

Ich drehe mich wieder zum Fenster um. Unsere Firma ist bekannt für die solide Buchführung. Wenn ich einen Kaffee bestelle, wird erwartet, dass ich die Quittung aufbewahre. Es kann nicht sein, dass von dem einen Tag keinerlei Buchführung existiert. Dann geht mir ein Licht auf.

»Ein blauer Ordner …«, murmele ich.

»Was?«

»Ich habe bei Jacob einen blauen Ordner gesehen, den ich nicht kannte. Der kam mir wichtig vor. Jacob verhielt sich anders – verdächtig.«

»Verdächtig?«, wiederholt Mila.

Ich drehe mich zu ihr um. »Ich weiß nicht, was das alles zu bedeuten hat. Vielleicht sollten wir wirklich einen Schlussstrich darunter ziehen, wie du gesagt hast.« Meine eigenen Worte jagen mir einen Schreck ein, aber Mila schüttelt den Kopf und stellt die Gläser ab.

»Nein. Du musst wissen, was mit dir passiert ist. Wer der andere Mann auf dem Foto ist. Warum dein Schwiegervater dich beobachtet. Es ist deine Vergangenheit, nur deine, nicht die von jemand anderem. Und ich muss wissen, für wen ich arbeite.«

»Sollen wir die Polizei einschalten?«

»Das können wir machen, aber wir haben keine Beweise. Alle Daten sind gelöscht, wie ich gerade sagte.«

»Und das Foto?« Ich weiß nicht, was das beweisen soll, aber in einer Welt voller Lügen ist das Foto das einzig Konkrete.

»Genau, da muss die Antwort zu finden sein.« Sie sieht jetzt absolut entschlossen aus. »Wir können der Sache selbst nachgehen. In Jacobs Büro. Vielleicht gibt es eine doppelte Buchführung, und vielleicht liegen dort weitere Fotos. Fotos mit Erklärungen.«

»Warte«, falle ich ihr ins Wort, aber sie redet unverdrossen weiter.

»Willst du aufgrund unserer Hirngespinste zur Polizei gehen und deinen eigenen Schwiegervater anzeigen? Oder willst du einen Beweis dafür haben, dass wir nicht verrückt sind? Dass hier wirklich etwas Größeres anliegt?«

Das klingt logisch. Ich starre in ihre braunen Augen. Wir schweigen. Ich zweifle, ob ich in Jacobs Unterlagen herumwühlen soll, aber dann denke ich wieder daran, was ich heute gesehen habe. Wie vertraut er mit meiner Frau auf der Straße stand.

Was das alles zu bedeuten hat, weiß ich nicht. Ich weiß nur, dass ich verloren bin. Das war ich ohnehin schon, ehe ich mich überhaupt in Milas Auto gesetzt habe.

11

Schweigend sitzen wir in Milas Auto auf dem völlig verlassenen Parkplatz der Firma. Es fühlt sich merkwürdig an, um diese Tageszeit hier zu stehen. Sie hat ganz bewusst in einer dunklen Ecke geparkt, damit die Überwachungskameras ihr Nummernschild nicht sehen können. Ich will alles Mögliche sagen, Gründe anführen, warum wir das nicht tun sollten. Aber nach allem, was passiert ist, möchte ich auch unbedingt wissen, was in dem Ordner steht. Es kommt mir vor, als ob alle anderen ein Geheimnis teilen und ich als Einziger ausgeschlossen bin. Natürlich kann ich auch einfach zu Jacob gehen und ihn fragen – fragen, warum die Firma ein spezielles Konto für Nigeria hat, fragen, warum Huub Mitschnitte meiner Therapiesitzungen bekommt, fragen, warum Jacob sich heimlich mit meiner Frau trifft. *Und dennoch …*

Wenn ich mich irre – und so, wie ich das sehe, ist das noch immer die logischste Erklärung –, wenn es einen guten Grund gibt, den ich einfach noch nicht weiß, ist es besser, ich finde diesen Grund selbst, statt meine Familie gegen mich aufzubringen. Damit hat Mila recht.

Mila hat ihre Büroschlüssel bei sich, aber in meiner Hand liegen meine. Mila macht ein überraschtes Gesicht, aber dann scheint ihr einzufallen, dass sie es mit dem Schwiegersohn des Chefs zu tun hat. Huub hat mir diese

Schlüssel feierlich überreicht. *Jetzt bist du einer von uns.* Mit diesen Schlüsseln kann ich, als einer von wenigen, auch außerhalb der Bürostunden ins Haus. Falls ich arbeiten oder mich vor meiner Frau verstecken will, hatte er gescherzt. Bei dieser Ironie muss ich jetzt grinsen.

Wie Diebe in der Nacht laufen wir über den Parkplatz, noch immer ohne etwas zu sagen. Ungeschickt versuche ich dann, die Eingangstür zu öffnen, aber meine Hände zittern vor Spannung zu sehr, und Mila schiebt mich zur Seite, um die Tür selbst aufzumachen. Als wir dann im Haus sind, gehe ich sofort zur Alarmanlage und gebe den vierstelligen Code ein. Das Lämpchen springt auf Grün um.

Wir gehen durch die Pforte des Erkennungssystems, und ich staune darüber, dass gar nichts passiert, als Mila hindurchläuft. Aber Dado ist heute Abend nicht da, um Frauen abzutasten, und die Pforte ist ausgeschaltet. Wir erreichen die Lobby. Es ist stockdunkel, doch wir finden den Weg auch blind. Wir brauchen keine fünf Minuten, bis wir Jacobs Zimmer erreichen. Ich werfe kurz einen Blick auf mein eigenes Büro, das ebenso dunkel und verlassen daliegt wie die anderen. Ich frage mich für einen Moment, ob ich es je noch an einem Montagmorgen betreten werde, bereit zu einem neuen Arbeitstag. Diese Vorstellung kommt mir seltsam vor.

Mila hat die Tür bereits geöffnet, und wir gehen hinein.

Es dauert einen Moment, bis sich unsere Augen an die Dunkelheit gewöhnt haben, aber durch das Mondlicht von draußen können wir den Schreibtisch deutlich sehen. Rasch durchsuchen wir die Schubladen, eine nach der anderen wird herausgezogen. Trotz meiner Eile versuche ich, nichts durcheinanderzubringen, was bei Tageslicht meine Anwesenheit hier verraten könnte.

»Hier!« Mila steht vor einem Schrank hinter dem Schreibtisch, in dem sich ein Safe befindet. »Hier drin muss der Ordner liegen. Das ist die einzige Möglichkeit.«

»Oder er hat ihn nach Hause mitgenommen«, wende ich ein, aber sie schüttelt den Kopf.

»Nein, geheime Ordner werden in einem Safe aufbewahrt. Warum sollte man sonst überhaupt einen haben?«

Ich muss zugeben, dass das logisch klingt. Aber es ist offensichtlich, dass dieser Safe nur mit einem Schlüssel geöffnet werden kann.

»Hast du einen Schlüssel gesehen?«, fragt sie fluchend. Ich schüttele den Kopf. Wieder fängt sie an, Schubladen und Schrankfächer zu öffnen, aber ich drehe mich um. Das Gemälde, der Pollock, funkelt majestätisch im Mondlicht an der Wand. Diesmal hängt es kerzengerade, genau so, wie Jacob es haben will. Nicht schief, wie beim letzten Mal, als ich es sah.

Ich hole tief Luft und gehe hinüber. Vorsichtig schiebe ich es zur Seite, während Mila mich erstaunt beobachtet. Das Gemälde gleitet problemlos über die Wand und legt eine Schnur frei. Mit strahlendem Lächeln drehe ich mich zu Mila um, denn unten an der Schnur hängt ein kleiner Schlüssel.

Die Tür des Safes öffnet sich quietschend, und sehr bald sehen wir den Inhalt. Der blaue Ordner.

Beide schauen wir einen Moment verblüfft und es scheint zu uns durchzudringen, in was für einer Lage wir uns befinden. Zum Glück fasst Mila sich als Erste, zieht den Ordner hervor und legt ihn auf den Schreibtisch. Ich schaue ihr über die Schulter, während sie darin blättert.

»Was ist das?« Ihr Zeigefinger gleitet über mehrere Zeilen, Daten und Zahlen. »Ein Logbuch«, murmelt sie. Ich begreife nicht, was ich sehe, aber Mila wird offenbar schlau daraus. »Das hier geht um Reisen, die Huub und Jacob unternommen haben.«

Ich sehe auch wirklich, dass die Namen der beiden abwechselnd aufgeführt sind, zusammen mit den unterschiedlichsten Zielen: Málaga, Riga, Rom, Zagreb. Ich weiß, dass sie oft auswärts Termine haben, aber doch bestimmt nicht so viele und auch nicht an so weit entfernten Orten. »Das sind allesamt Flugreisen. Und sie finden immer vor den Überweisungen statt, die ich gefunden habe. Warte mal!« Sie blättert vor und dann wieder zurück. »Hier. Es gibt eine Autofahrt.«

Ihr Finger hält bei der einzigen Ausnahme auf dieser Seite. Das Datum liegt ein Jahr zurück. Ich hole tief durch die Nase Luft. Sie schaut mich an, aber ich habe nur noch Augen für die handgeschriebenen Buchstaben auf der Seite. Neben dem Datum, wo sonst nur »Huub« oder »Jacob« steht, lese ich: »Olaf und Alex«.

»Das ist nicht möglich«, sage ich heftig, aber ihr schmaler Finger bewegt sich jetzt nach rechts, auf den Zielort zu: Helsinki, Finnland.

Das laute Geräusch von einem Stock, der weiter hinten auf dem Gang umfällt, lässt uns zusammenfahren, dann hören wir das Fluchen einer tiefen Männerstimme. Shit! Voller Panik klappe ich den Ordner zu und will ihn wieder in den Safe legen. Niemand darf schließlich wissen, dass ich hier gewesen bin. Aber Mila hält mich zurück.

»Mitnehmen. Beweis.«

Ich nicke und klemme mir den Ordner unter den Arm. Mila schließt den Safe und hängt den Schlüssel hinter das Bild zurück, das sie dann wieder gerade schiebt.

»Weg hier.« Ich schaffe es nicht mehr zu flüstern, und wir stürzen auf den Gang. Der scheint noch immer verlassen, und es ist wieder still. Angespannt rennen wir zur Treppe, die zum Ausgang führt.

»Licht!« In der Ferne sehen wir den Schein einer Taschenlampe über die Wand gleiten. »Komm.« Mila zerrt mich ins erstbeste Büro. Dort versuchen wir im Dunkeln wieder zu Atem zu kommen, während wir hören, wie sich auf der anderen Seite der Tür Schritte nähern. Sie werden immer lauter, und für einen Moment scheinen sie genau vor uns stehen zu bleiben. Wir halten den Atem an.

Zum Glück gehen sie dann in Richtung von Jacobs Büro weiter. Als wir hören, wie dort die Tür geöffnet wird, sagt Milas Stimme dicht an meinem Ohr: »Jetzt!«

Wir nehmen die Beine in die Hand. Hinter uns schreit jemand, und der Strahl der Taschenlampe trifft unsere Rücken, aber wir sind schnell. Ehe ich michs versehe, haben wir das Ende des Ganges erreicht, und dann nehmen wir auf der Treppe zwei Stufen auf einmal. Beim Eingang laufen wir an der Pforte vorbei und durch die schweren Türen nach draußen. *Frische Luft!*

Ohne uns umzusehen, rennen wir zu Milas Auto. Sie lässt sich sofort hinter das Steuer fallen, und ich sinke auf den Beifahrersitz. Noch immer umklammere ich den blauen Ordner, als enthielte der die Antworten auf alle Fragen des Lebens. Als Mila den Zündschlüssel ins Schloss stecken will, lässt sie ihn vor Nervosität fallen. Sie flucht, und ich sehe durch die Windschutzscheibe den Mann mit der Taschenlampe aus dem Haus stürmen. Es ist jemand vom Bewachungspersonal.

Beim zweiten Versuch schafft sie es, und so wie sie den Zündschüssel umdreht, strahlen unsere Scheinwerfer die Mauer des Büros an. *Mein Büro*. Mein Büro, in das ich soeben eingebrochen bin. Ich versuche, nicht daran zu denken, während wir mit kreischenden Reifen vom Parkplatz brettern. Die Federung des Autos wird auf eine harte Probe gestellt, als wir über eine hohe Kante die Straße erreichen. Zum Glück ist sonst kein Verkehr. Hinter uns sehe ich, wie der Nachtwächter wild mit den Fäusten fuchtelt.

Seufzend drehe ich mich wieder nach vorn.

»Das ist doch gut gegangen, oder?«, höre ich Mila neben mir munter fragen. Ich kann nur den Kopf schütteln und aus dem Fenster starren. Auf die Welt, die jetzt so fremd zu mir zurückschaut.

12

»Alex.« Mila sieht mich an und hält mir wieder das Foto vors Gesicht. »Wir haben einen Vornamen.«

»Finnland«, stammele ich. »Wusste gar nicht, dass ich da schon mal war.«

»Gut, dass wir den hier mitgenommen haben«, sagt sie, während sie in dem blauen Ordner blättert. Sie liest, rechnet und murmelt laut.

Ich nicke. Wir sind wieder bei Mila zu Hause. Wir wollten so schnell wie möglich aus Naarden weg und sind über die verlassene Autobahn nach Amsterdam zurückgejagt. Die beiden neuen Whiskys, die sie vor dem Aufbruch eingeschenkt hatte, warteten unangerührt auf uns.

»Der Nachtwächter hat den Einbruch inzwischen sicher schon gemeldet. Wir können nur hoffen, dass es so dunkel war, dass die Kameras uns nicht erkannt haben.«

»Die Kameras?« Ich begreife, wie naiv ich war. *Natürlich*.

Diese ganze Situation übersteigt meinen Verstand. Es ist noch keinen ganzen Tag her, dass ich durch den Amsterdamse Bos gelaufen bin. Inzwischen bin ich auf der Flucht und habe sogar einen Einbruch begangen.

»Steht da was über illegale Praktiken?« Ich zeige auf den Ordner. »Können wir irgendwas beweisen?« Sie schließt den Ordner und sieht mich an.

»Beweisen? Da stehen tatsächlich Zahlen, die mit den

von mir entdeckten Überweisungen übereinstimmen. Das bedeutet, dass die Firma eine Art geheime Buchführung hat. Diese Zahlen reichen wirklich aus, um die Zollfahndung einzuschalten. Die werden dann eine Ermittlung in die Wege leiten und ihnen vermutlich ein hohes Bußgeld auferlegen oder die Firma bestenfalls sogar für bankrott erklären. Aber ist es das, was du willst?«

Ich überlege, versuche, ihrer Argumentation zu folgen, aber Mila redet schon wieder weiter. »Du wirst in diesem Ordner auch erwähnt.« Sie legt eine kleine Pause ein, um einen ordentlichen Schluck aus ihrem Glas zu trinken, ehe sie weiterredet. »Ich arbeite auch da, aber ich brauche nicht unbedingt multinationale Geschäfte auseinanderzunehmen und Komplotte zu entwirren, die bis in die höchsten politischen Kreise reichen. Was ich will, was ich jetzt will, ist, was du willst.«

»Wissen, was in Finnland passiert ist«, füge ich hinzu.

Sie nickt und schaut das Foto an.

»Du siehst fröhlich aus.« Sie spielt ein bisschen damit herum. »Alex auch. Sieht aus, als ob ihr euch nahesteht.« Das stimmt; wir sehen aus wie zwei Freunde im Urlaub. Zwei gute Freunde, *offenbar im Auftrag der Firma.* »Du weißt nicht mehr, was passiert ist, aber er vielleicht. Wir müssen ihn finden.« Sie denkt laut nach.

Plötzlich steht sie auf und schaltet einen Computer in der Zimmerecke ein, der mir noch nicht aufgefallen war. Es ist ein großes Gerät, mit mehr Kabeln, als mir nötig scheinen. Der Apparat rauscht, und der Bildschirm beleuchtet das Zimmer.

»Manchmal muss ich auch von zu Hause aus arbeiten können, und dann hab ich Zugang zu den Computern der anderen. Ich bekomme dann einen Code, und die anderen sehen, wie ich ihre Maus bewege. Meistens geht es dabei um Kleinkram, wie das Anschließen eines Druckers, aber manchmal muss auch eine gelöschte Mail wiederhergestellt werden.«

Während sie auf einige Programme wartet, die sie im Handumdrehen geöffnet hat, überlege ich.

»Aber dann hast du ja auch die Zustimmung desjenigen. Das scheint mir jetzt eher schwierig.«

Mila dreht sich um und schaut mich mit einem munteren Lächeln an. »Schwierig, ja. Aber nicht unmöglich.« Ihre Finger fliegen über die Tastatur, und plötzlich sehe ich fast nur noch Einsen und Nullen. »Ich habe jetzt einen Namen, Alex, den hatte ich bisher nicht. Damit kann ich zielgerichteter suchen.«

»In der Firma arbeiten bestimmt noch andere, die Alex heißen«, grüble ich.

»Elf Männer und eine Frau«, teilt sie mit, diesmal, ohne sich umzuschauen. »Von denen neun nicht im richtigen Alter sind, wenn wir davon ausgehen, dass dieses Foto vor einem Jahr aufgenommen wurde.« Sie klickt und sucht, aber bleibt dann stecken. Ich halte den Atem an und wage nichts zu sagen, was sie von ihrer Suche ablenken könnte. »Und nur einer, der gelöscht wurde«, flüstert sie. »Ich habe den Namen mit einigen Schlüsselwörtern gegengecheckt, und jetzt wird eine gelöschte Mail wiederhergestellt.«

Fasziniert schaue ich über ihre Schulter, aber ich werde noch immer nicht schlau aus dem, was ich hier sehe. Sie gibt einen Code ein, und wieder ändert sich der Bildschirm. Eine Mail erscheint, und als ich genauer hinschaue, kann ich sehen, dass Huub sie geschrieben hat.

»Wenn du eine Mail löschst, heißt das noch nicht, dass sie vollkommen verschwunden ist«, sagt sie lachend. »Diese Männer sollten es besser wissen!«

Ich überfliege den Inhalt der Mail: *Es ist wichtig, dass wir die Polizei nicht einschalten. Ich habe selber noch eine Nachforschung nach Alex laufen. Falls er Kontakt aufnimmt, dann sag mir sofort Bescheid und lass ihn herkommen. Wir stellen die Suche erst ein, wenn wir ihn gefunden haben. So einfach ist das. Du weißt, was auf dem Spiel steht. Schon was vom Palladium gehört?*

»Wem hat er das geschickt?« Ich traue meinen Augen nicht. Der Mann auf dem Foto wird offenbar von Huub gesucht.

Mila hält Ausschau nach der Mailadresse, aber ehe sie die gefunden hat, wird die Mail weggeklickt. Verdutzt starren wir Milas Finger an, der bewegungslos über der Maus schwebt.

»Was machst du da?«, frage ich angespannt.

»Ich mache nichts.«

Ein anderes Fenster wird geöffnet, und jemand scrollt. Ohne weiter nachzudenken, lässt Mila sich zu Boden fallen und zieht den Stecker aus der Steckdose. Der Bildschirm wird schwarz, und Stille senkt sich über das Zimmer. Wir schauen einander an; ich sehe Schweißperlen auf ihrer Stirn.

»Das ist nicht gut«, mehr bringt sie nicht heraus.

Unten auf der Straße ist wieder ein Auto zu hören, aber diesmal fährt es nicht vorbei. Ich gehe zum Fenster und schaue auf die durch Straßenlaternen beleuchtete Straße. Um diese Zeit ist fast niemand unterwegs, bis auf einen Mann mit einem Hund und ein schwarzes Auto, das gerade halb auf den Bürgersteig gefahren ist. Ich kann die Automarke nicht richtig erkennen. Vielleicht wird jemand abgeholt?

Als ich mich gerade umdrehen will, werden die Autotüren aufgestoßen. Ich schrecke auf, und Mila steht sofort neben mir.

»Was ist los?«

Wir sehen schwarzgekleidete Männer auf die Haustür zurennen, und Mila fährt herum. »Scheiße!«

»Wie konnten die uns so schnell finden?«, frage ich überrascht. »Du hast dich doch erst vor weniger als fünf Minuten eingeloggt.«

»Die sind schnell, klar?«

»Wer ist das?« Ich verstehe noch immer nicht so ganz, was hier vor sich geht, aber Mila reagiert schon nicht mehr. Sie schnappt sich eine Tasche und stopft einige Sachen, den blauen Ordner und ihren Laptop hinein.

»Weg hier, schnell.«

Wir rennen durch den Gang und ziehen die Wohnungstür hinter uns zu. Die Fahrstuhllampen zeigen an, dass der Lift schon auf dem Weg nach oben ist. Wir haben keine Zeit mehr, am Fahrstuhl entlang zum Treppenhaus zu laufen. *Wir sitzen wie die Mäuse in der Falle.*

»Robert!« Mila hämmert gegen die Tür gegenüber. »Robert, mach auf!«, schreit sie wieder. Nichts passiert. »Ach ja, der ist ja verreist.«

»Und jetzt?« Ich suche verzweifelt nach einer Lösung. »Vielleicht sollten wir einfach mit denen reden?« Ich weiß leider, dass das keine Alternative ist. Wir wissen nicht, wer da im Fahrstuhl steht und was diese Leute von uns wollen.

Mila fängt neben mir an, in ihrem riesigen Schlüsseletui

zu wühlen und einen Schlüssel nach dem anderen ins Licht zu halten.

»Was machst du da?«

»Ich soll seine Blumen gießen. Er hat mir seinen Schlüssel gegeben, aber welcher ist das? Warum hab ich so viele Schlüssel?« Die Spannung steigt, während sie einen Schlüssel probeweise ins Schloss schiebt. Den falschen. Ich sehe, dass die Fahrstuhllämpchen unsere Etage fast erreicht haben, und ungeduldig beobachte ich Milas zweiten Versuch.

Diesmal höre ich ein Klicken, und für den Bruchteil einer Sekunde sehen wir einander erleichtert an. In dem Moment, in dem die schweren Fahrstuhltüren mit einem Piepton auseinandergleiten, ziehen wir Roberts Wohnungstür hinter uns zu.

Wir warten im Dunkeln auf der anderen Seite der Holztür und schauen abwechselnd durch den Türspion. Ich sehe Milas Wohnungstür auf der anderen Seite des Ganges und weiche zurück, als zwei Männer mein Blickfeld betreten. Ihre Gesichter kann ich nicht erkennen, aber die Männer sind schwarz gekleidet und tragen schwarze Mützen.

Statt anzuklopfen, behält der eine den Gang im Auge, während der andere vor der Tür niederkniet und etwas ins Schlüsselloch schiebt. Ohne ein Geräusch zu verursachen, stehen sie innerhalb von zwanzig Sekunden in der Wohnung.

»Was machen sie?«, flüstert Mila. Ich sehe, wie der eine Mann kurz in unsere Richtung blickt. Sofort lege ich den Finger an die Lippen, und Mila erstarrt. Ich sehe, wie der Mann einige Schritte in Richtung von Roberts Tür macht.

Er lauscht, und ich starre weiter. Mein Oberhemd klebt an meinem Rücken, meine Finger zittern neben meinem Gesicht an der Tür. Dann entschließt sich der Mann, seinem Kumpel in Milas Wohnung zu folgen, und sie ziehen die Tür hinter sich zu. Mein Herz fängt wieder an zu schlagen, und ich sehe Mila an.

»Sie sind drinnen«, antworte ich flüsternd.

Wir wollen lieber nicht darüber nachdenken, was sie da machen und dass ihre Wohnung jetzt durchwühlt wird. Sie werden wissen, dass wir vor kurzem noch dort waren, und ich hoffe, dass sie glauben, dass wir über das Treppenhaus entkommen sind. Und dass sie zu ihrem schwarzen Auto zurücklaufen und wegfahren werden. Ich stelle mir vor, dass ich aufwache, am Montagmorgen an meinem Schreibtisch. Mit einem Klebezettel auf meiner Stirn, während Jacob fröhlich hereinkommt. Ich stelle mir vor, dass ich das Foto von Alex und mir nie bekommen habe, dass ich gleich begreifen werde, dass das alles nur ein Traum war. Dass gar nichts passiert ist.

Klopf, klopf. »Hallo?«

Mias Fingernägel bohren sich in meinen Arm. Ich will aufschreien, kann mich aber gerade noch beherrschen. Das Klopfen scheint ganz in der Nähe zu sein, aber nicht an unserer Tür. Diesmal schaut Mila durch den Türspion, dreht sich dann aber gleich wieder zu mir um, die Hand vor den Mund geschlagen und die Augen weit aufgerissen.

»Das ist Inge«, flüstert sie.

Jetzt schaue ich auch auf den Gang und sehe eine ältere Frau in einem weißen Bademantel vor Milas Wohnungstür stehen.

»Wer ist das?«, frage ich leise.

»Meine Nachbarin. Eine ganz Liebe.« Milas Stimme klingt höher als sonst.

Inge klopft wieder an die Tür auf der anderen Seite des Ganges. »Mila? Ich höre solchen Krach, ist alles in Ordnung?«

Ich will die Tür öffnen und sie warnen, aber die Männer sind schneller. Einer von ihnen erscheint in der Türöffnung und starrt die Nachbarin gelassen an. Jetzt kann ich zum ersten Mal sein Gesicht richtig sehen. Er hat einen dunklen Vollbart, eine schwarze Mütze, und an seinem einen Nasenflügel funkelt ein breites silbernes Piercing.

Inge erschrickt und tritt einen Schritt zurück, scheint aber nicht die Flucht ergreifen zu wollen. *Tapfere Frau*, denke ich. Ehe ich etwas sagen kann, packt der Mann sie am Bademantel und zerrt sie in Milas Wohnung. Die Tür fällt hinter ihnen ins Schloss, und ich schaue wieder auf den leeren Gang. Leichenblass drehe ich mich um, und ich sehe, dass mich Milas große braune Augen voller Todesangst anstarren.

»Sie haben sie.« Ich bringe das kaum über die Lippen.

»Nein!«, flüstert Mila zurück. Sie zittert und schüttelt den Kopf. »Warum? Warum Inge?« Sie redet jetzt lauter, als klug ist, und ich versuche, sie zu beruhigen, aber ich habe das Gefühl, immer weniger zu ihr durchzudringen. Ich drehe mich wieder zur Tür um, ich muss sehen, was passiert und ob ich noch etwas tun kann.

Als ich wieder durch das Guckloch schaue, sehe ich die Männer aus der Wohnung kommen. Der mit dem Nasenpiercing läuft voran und entzieht den anderen der Sicht. Sie ziehen die Tür zu und gehen wieder zum Fahrstuhl. Inge ist nicht mehr zu sehen. Ich versuche, den Männern hinterherzuschauen, aber sie verschwinden schon aus meinem Blickfeld.

Ich atme einige Male tief durch die Nase ein und durch den Mund keuchend aus, in der Hoffnung, so die Anspannung in den Griff zu bekommen. Mila sitzt noch immer hinter mir, und ich will, dass sie dort bleibt. Ich muss jetzt hingehen und nachsehen, das ist meine Aufgabe. Ich reiße ihr die Schlüssel aus der Hand und sage, sie solle sitzen bleiben. Sie steht sofort auf, und mir ist klar, dass ich hier nicht gewinnen kann.

Zusammen treten wir vorsichtig hinaus auf den Gang. Ich schaue um die Ecke zum Fahrstuhl hinüber und sehe, dass der wieder im Erdgeschoss steht. Von hier aus können wir nicht sehen, ob das Auto weggefahren ist, aber die Luft scheint rein zu sein.

Mila läuft hinter mir zu ihrer Wohnungstür. Nach kurzem Zögern öffnet sie sie, und wir treten gemeinsam ein.

»Nein!« Mila erstarrt in der Türöffnung. Ich schaue an ihr vorbei und sehe, dass die Wohnung total auf den Kopf gestellt worden ist. Das Sofa ist aufgeschlitzt worden, die Bücher sind zerrissen und ihr Computer zerstört. Ich gehe an Mila vorbei und begreife nun, was sie wie gebannt anstarrt.

Mitten in der Verwüstung liegt Inge, auf dem Rücken, mit ausgestreckten Armen und Beinen. Der Bademantel hüllt sie ein wie ein Leichentuch. Ich gehe neben ihr in die Hocke und lege ihr die Finger an den Hals. Nichts. Ihre weit aufgerissenen Augen, die in die Unendlichkeit starren, sagen mir eigentlich genug. Sie ist ermordet worden.

Meinetwegen ermordet!

An ihrem Hals sehe ich ein winziges Loch mit einem funkelnden kleinen Blutstropfen. Offenbar haben sie ihr eine Spritze gegeben. Eine Spritze – *was sind das für Menschen?*

»Sie sind weg.« Mila steht jetzt am Fenster. Wie betäubt schaut sie Inge an und schüttelt den Kopf. »Sie war immer so nett. So hilfsbereit.«

Ich richte mich auf. »Wir müssen weg.«

»Ja«, lautet ihre Antwort, aber es scheint noch nicht zu ihr durchzudringen.

»Die Männer sind weg, aber sie schicken sicher jemanden, der das Haus im Auge behalten soll. Wir müssen fliehen, solange es noch geht.«

Sie scheint wieder zu sich zu kommen und schaut mich an. »Die Kerle schrecken nicht einmal vor einem Mord zurück.«

Ich schlucke, mein Hals ist wie ausgetrocknet. »Was ist damals in Finnland passiert?« Aber auf diese Frage kann auch Mila keine Antwort geben.

Als wir kurz danach auf die Straße rennen, brennt die kalte Luft in meiner Lunge. Den blauen Ordner habe ich noch immer unter den Arm geklemmt. Mila schaut sich nach ihrem Haus um. Wahrscheinlich fragt sie sich, ob sie es jemals wiedersehen wird. Ich fühle mich schuldig, als mir klar wird, dass das nicht passiert wäre, wenn ich mich nicht zu ihr ins Auto gesetzt hätte. Aber es ist nun einmal passiert, und jetzt sind wir auf der Flucht.

Wir müssen weg.

13

Ich höre meinen Klingelton und drücke das Gespräch sofort weg. Es ist Liesbeth. Ich bin noch nicht so weit, dass ich mit ihr sprechen könnte. Aus ihrem Mund kommt ja doch kein wahres Wort – nicht über Jacob, nicht über Dr. Mantz, nicht über mich. Dann lohnt sich das Zuhören auch nicht. Mein Ziel ist einfach und klar, nur der Weg dorthin ist noch unbekannt. Ich muss wissen, was passiert ist.

Die Fenster sind beschlagen. Wir sitzen nebeneinander in Milas Auto und starren schweigend vor uns hin. Draußen wird es jetzt hell. Wir haben beide die ganze Nacht kein Auge zugemacht. Mila weint jetzt nicht mehr, aber es schien endlos lange zu dauern. Ihre Augen sind rot und geschwollen. Als wir einmal anhielten, drang erst richtig zu ihr durch, dass ihre Nachbarin ermordet worden ist. Es kostete mich viel Mühe, sie davon zu überzeugen, dass es nicht ihre Schuld ist. *Eher ist es meine.*

Wir stehen irgendwo in der Nähe der Amsterdam Arena in Amsterdam-Zuidoost. Wir wussten beide nicht, was wir tun sollen, denn wir waren beide noch nie in einer Situation gewesen, die auch nur die geringste Ähnlichkeit mit dieser hatte. Was tut man, wenn das Leben auf dem Spiel steht? Ich weiß es noch immer nicht.

Vor lauter Angst sind wir weggefahren. Erst sehr schnell,

bis deutlich war, dass wir nicht verfolgt wurden und auf diese Weise nur Aufmerksamkeit erregten. Danach fuhren wir lange Zeit im Kreis, bis wir beschlossen, in eine Gegend zu fahren, wo niemand uns suchen würde. Daalwijkdreef lese ich auf einem Schild. Da war ich noch nie, also rechnet auch niemand damit, uns dort zwischen den parkenden Autos zu finden.

Vorsichtig öffne ich mein Fenster, in dem Versuch, mit dem Glas auch meine Gedanken zu reinigen. Milas Auto ist ein altmodischer knallroter Alfa Romeo, ein sportliches Modell. Nicht gerade ein unauffälliger Wagen, aber wir haben keine Alternative. Mein Mercedes steht noch immer bei Huub vor der Tür, wenn Liesbeth ihn nicht mit nach Hause genommen hat.

Es hätte nicht viel gefehlt, und wir würden jetzt auch mit einem Loch im Hals auf dem Boden liegen, wie Inge. Die Wirklichkeit dringt langsam zu mir durch. Ich habe versucht, Mila um Entschuldigung zu bitten, aber sie will nichts davon hören. Sie sagte, dass ihre eigene Suche nach den seltsamen Überweisungen sie schon auf die schwarze Liste gebracht habe. Ich weiß, dass sie mir einfach keine Schuldgefühle machen will.

»Dann doch zur Polizei?« Ich erschrecke, als ich nach der langen Stille meine Stimme höre. »Wir schweben in Lebensgefahr. Das ist kein Spiel mehr.«

»War es denn bisher für dich ein Spiel?« Mila klingt beleidigt.

»Nein, nein. So war das nicht gemeint. Aber wenn uns die Falschen finden, ist Schluss. Mit unserem Leben … In was immer ich vor meinem Unfall auch verwickelt gewesen sein mag, das spielt jetzt keine Rolle mehr. Ich habe mir die

Suppe eingebrockt, jetzt muss ich sie auslöffeln. Wenn wir nur in Sicherheit sind und ich nur weiß, was passiert ist.«

Sie schaut mich traurig an und versucht ein Lächeln. »Das ist sehr lieb von dir, aber was willst du der Polizei erzählen?« Während ich noch über ihre Frage nachdenke, antwortet sie schon selbst. »Zwei Männer in Schwarz sind in meine Wohnung eingedrungen und haben Inge ermordet? Du hast nur einen gesehen.«

»Ja, genau. Ich würde ihn wiedererkennen, wenn er vorbestraft ist.«

»Wie willst du beweisen, dass nicht du Inge ermordet hast?«

Ich will genauso überzeugt antworten wie gerade, aber dann kommt nur ein leises Murmeln heraus. *Beweisen?*

»Die Überwachungskamera hat dich gefilmt, als du in ein Büro eingebrochen bist, am selben Abend. Du wirst in dem Ordner erwähnt, Olaf. Was glaubst du, was sie noch gegen dich in der Hand haben? Genauso gut hast du vor deinem Unglück fröhlich mitgemacht. Warst du einer von Huubs Stützpfeilern.«

»Dann will ich das jetzt gestehen. Anders könnte ich mit mir selbst nicht mehr leben.« Ich überrasche mich selbst mit dieser Selbstsicherheit, aber ich meine es wirklich ehrlich.

»Dann müssen wir Beweise finden. Wenn wir jetzt zur Polizei gehen, werden wir wegen des Mordes an Inge festgenommen. Sie liegt in meiner Wohnung, und unser Alibi ist ein Einbruch. Diese Typen würden uns zudem wohl finden, lange bevor die Sache vor Gericht kommt. Wenn wir jetzt aus der Deckung kommen, werden sie uns ausschalten. Das Einzige, was wir tun können, ist herausfinden, was passiert ist, damit wir sie mit unseren Beweisen festnehmen lassen können.«

»Wer sind ›sie‹?«, frage ich.

»Wie meinst du das?«

»Wir reden die ganze Zeit über ›sie‹, aber wer hat es eigentlich auf uns abgesehen? Ist das wirklich Huub?«

»Wenn sie uns das nächste Mal verfolgen, kannst du sie ja selbst fragen«, sagt Mila spöttisch. »Bis dahin müssen wir es selber herausfinden. Wenn es nicht Huub ist, dann will jemand anderes verhindern, dass du dich daran erinnerst, was in Finnland passiert ist.«

»Die wollen mich haben, aber für dich ist es doch noch nicht zu spät, um auszusteigen?« Meine Worte klingen eher nach einem Wunsch als nach einer Tatsache. Mila schüttelt den Kopf.

»Du hast es selbst gesagt: Meine Wohnung wird von jetzt an beobachtet, weil ich zu viel weiß. Nein, ich werde mitsuchen. Zurückzuschlagen ist unsere einzige Möglichkeit. Wenn ich es nicht für dich mache, dann für Inge.«

Für einen Moment ist wieder alles still, während wir an die unschuldige Frau denken, die in dieser Nacht ihr Leben verloren hat.

»Und wie machen wir das – zurückschlagen?«, frage ich.

»Indem wir Alex ausfindig machen. Erinnerst du dich noch an den letzten Satz in Huubs Mail?«

Durch die ganze Fassungslosigkeit kann ich mich daran nicht mehr erinnern, und ich schüttele den Kopf. Zum Glück ist Mila scharfsinniger. *Schon was vom Palladium gehört?*

Ich grabe in meiner Erinnerung, wo habe ich denn früher gern mein Bier getrunken? »Ist das nicht dieses Lokal auf dem Leidseplein?«

Sie reagiert nicht weiter, sondern lässt den Motor an. Wir fahren los.

~

»Alex.« Der Manager schüttelt den Kopf, als er diesen Namen hört. »Keine Ahnung, wovon du redest. Das hier ist der Leidseplein, mein Schatz. Weißt du, wie viele Menschen sich hier rumtreiben?«, lautet seine Antwort mit platter Amsterdamer Aussprache.

Sie haben an diesem frühen Morgen wohl gerade erst geöffnet, und nur zwei Frauen über fünfzig trinken draußen ihren Kaffee. Ich hatte schon Geschichten darüber gehört, dass hier allerlei Gestalten aus der Unterwelt verkehren, aber andererseits auch Spieler von Ajax. Das Café ist berühmt und berüchtigt, aber im Moment sieht es überhaupt nicht so aus.

Das Barpersonal richtet drinnen alles für den Tag her und macht sauber. Als wir unsere Frage gestellt hatten, wurde sehr schnell der kräftige Manager geholt, der jetzt breitbeinig vor uns steht. Ich schätze, dass er so um die zweihundert Kilo wiegt, und ihm steht der Schweiß auf der Stirn, während er uns ungeduldig Antwort gibt.

»Hat hier niemand nach ihm gefragt? Einschüchternde Männer? Einer mit einem Nasenpiercing vielleicht?« Als ich wieder sehe, wie der Mann den Kopf schüttelt, höre ich selbst, wie unbrauchbar unsere Fragen klingen.

»Wissen Sie wirklich nicht, wo wir ihn finden können?« Ich beschließe, meine persönliche Trumpfkarte auszuspielen, und ziehe das Foto von Alex und mir heraus. »Wir sind gute Freunde, und ich muss ihn unbedingt sprechen. Es ist sehr wichtig für ihn.«

Der Manager greift nach dem Foto und starrt es an. Ich mustere sein Gesicht und glaube für einen Moment, einen Schimmer des Erkennens zu sehen, aber dann gibt er mir das Foto schnell wieder zurück.

»Nee, keine Ahnung. Und jetzt muss ich weitermachen. Tschüss.«

Er dreht sich auf dem Absatz um und watschelt wieder nach hinten, wo er hinter der braunen Schwingtür verschwindet. Mila und ich tauschen einen verzweifelten Blick.

Die Sonne scheint, aber es ist sehr kalt an diesem Sonntagmorgen. Über dem Leidseplein wölbt sich ein strahlend blauer Himmel, und es ist schon ziemlich viel los. Straßenbahnen halten an und fahren weiter, Touristen laufen bekifft durch die Gegend, und ein Mann führt eine Fußballshow vor. Er klettert auf einen Laternenpfahl und hebt den Ball in die Luft. Um ihn herum stehen Leute und applaudieren.

»Das bringt uns nicht weiter«, sagt Mila. Wir stehen vor dem Palladium und wissen beide nicht recht, was unser nächster Schritt sein soll. Mit unseren logischen Schlussfolgerungen sind wir in einer Sackgasse gelandet. Wir wissen nicht, wie wir hier herauskommen sollen.

»He!«

Ich fahre zusammen, als ich hinter uns diesen kurzen Schrei höre. Die Barfrau aus Surinam, die mit Aufräumen beschäftigt war, als wir mit dem Manager gesprochen haben, kommt auf uns zu. Sie nickt uns kurz zu, um dann ohne Zögern in Richtung Innenstadt weiterzulaufen. Ich schaue Mila an, um mich zu vergewissern, dass sie es auch gesehen hat, und ihr Blick sagt mir sofort, dass das der Fall ist. Wir gehen hinter der Surinamesin her, was mir seltsam vorkommt, da sie sich kein einziges Mal nach uns umdreht. Angespannt beobachte ich die anderen Menschen auf der Straße. Ich sehe nirgendwo ein Nasenpiercing, aber mir ist natürlich klar, dass das nichts heißen braucht. Sie haben sicher nicht alle eins, wie eine Art Abzeichen. Ein Mann in einer Regenjacke starrt hinter uns her, und ein italienisch aussehendes Paar schaut träge hinter großen Sonnenbrillen in unsere Richtung.

Ich spüre einen Stoß in die Rippen, und wir sehen, dass die Frau in dem großen Kino am Leidseplein verschwindet. Schnell mustere ich noch einmal die Menschen hinter mir. Auf der anderen Straßenseite sehe ich die Säulen mit der lateinischen Inschrift: Ein Weiser pisst nicht gegen den Wind. Da habe ich aber gerade etwas größere Probleme, denke ich, als wir ebenfalls das Kino betreten.

Kaum haben wir das Foyer betreten, sehen wir die Surinamesin auch schon. Sie drückt gelassen auf die Knöpfe an dem gelben Automaten, wo man Eintrittskarten kaufen kann. Wir stellen uns vor den Apparat neben ihr und machen das Gleiche. Während wir alle drei unsere Blicke auf den Bildschirm richten, fängt sie an zu flüstern:

»Bist du wirklich ein Freund von Alex?«

»Ja, und ich muss ihm helfen«, antworte ich leise.

Sie schaut sich um, ob auch niemand mithört. Ich folge ihrem Beispiel und beuge mich danach zu ihr. »Vor wem hast du Angst?«

Rasch konzentriert sie sich wieder auf den Bildschirm,

und das mache ich auch, ich will sie ja nicht verjagen. Sie ist im Moment unsere einzige Hoffnung.

»Darf ich das Foto sehen?«, fragt sie, ein wenig misstrauischer als anfangs.

Erstaunt ziehe ich das Foto aus der Tasche und reiche es ihr so unauffällig wie möglich. Sie mustert es sorgfältig und gibt es mir dann zurück.

»Normalerweise würde ich das nicht tun, aber er hat wirklich Probleme. Und er ist ein lieber Junge, wirklich, er meint es gut.« Sie blickt uns durchdringend an, bevor sie weiterspricht. Seit sie das Foto gesehen hat, scheint sie alle möglichen Gefahren hier vergessen zu haben. »Wenn ihr ihm also helfen könnt, dann tut das. Er braucht alle Hilfe, die er kriegen kann.«

Nun schaut sie nur mich an, und ihr Blick macht mich nervös.

»Ihr hattet recht. Es waren Leute da, die Fragen gestellt haben. Aber das sind Gestalten, über die mein Chef nicht redet. Er hat auch seine Verbindungen, verstehst du?«

Ich nicke. »Und du hast denen nicht gesagt, wo sie Alex finden können?«

Sie schüttelt den Kopf. »Nix, absolut nichts. Alex sagt, dass sie ihn schon seit einem Jahr verfolgen. Denen geb ich keine Infos. Ich bin eine Freundin, weißt du?« Sie zwinkert mir zu und hält dabei meinen Blick fest. »Versprichst du mir, ihm zu helfen?«

Als stünde ich in den USA vor Gericht, hebe ich die rechte Hand. Ich räuspere mich feierlich. »Das verspreche ich.«

Sie scheint mit meiner Antwort zufrieden zu sein, und nun folgt ihre. »Ruigoord. Da kannst du ihn finden.«

Ich denke über diesen Namen nach. Er sagt mir etwas, aber ich weiß nicht genau, was. Plötzlich läuft sie zum Ausgang, als ob sie gerade gemerkt hätte, dass sie schon viel zu lange mit uns geredet hat. Sie zögert kurz und dreht sich ein letztes Mal zu uns um, um, ehe sie draußen verschwindet, noch hinzuzufügen: »Aber sagt ja nicht, dass ihr das von mir gehört habt.«

~

Ihre Haare wehen durch den Wind, der durch das Fenster ins Auto bläst, um ihr Gesicht. Während wir über den Haarlemmerweg fahren, schaue ich zur Seite. Es ist alles so schnell gegangen, dass ich mir noch gar nicht richtig klargemacht habe, mit wem ich hier eigentlich unterwegs bin.

Im Büro hatten mehrere Kollegen ihr Glück versucht und Mila gefragt, mit ihnen auszugehen, aber sie hatte alle Einladungen abgelehnt. Das hatte unter den Männern zu dem Gerücht geführt, sie sei lesbisch, aber dabei wollten sie eher ihr eigenes Ego retten und einen Grund finden, warum sie abgewiesen worden waren. Das Interesse an Mila nahm nicht ab, sondern wuchs noch, als alle nun versuchten, sie sich mit anderen Frauen vorzustellen. In unserem Büro – in erster Linie eine Männerwelt – wurde sie das Gesprächsthema. Sie war auch bei den Kolleginnen beliebt, aber weil sie solche Aufmerksamkeit erregte, wurde wohl sehr viel über sie getratscht. Ihr schien das alles nicht viel auszumachen.

Ich beschäftigte mich nicht damit und war eher ein Zuschauer am Rand. Natürlich klopfte ich Sprüche mit Jacob, wenn er wieder einmal seinen Fleischbeschauerblick durch die Kantine schweifen ließ, aber ich unternahm nichts. Schwiegersohn vom Chef zu sein bedeutete, dass ich mit dessen Tochter verheiratet war. Das war ein Kainszeichen, das in meine Stirn eingebrannt zu sein schien.

Nicht, dass ich das Bedürfnis nach einem Seitensprung verspürt hätte. Mit dem Stress einer Affäre hätte ich nicht leben können – das Lügen, das Betrügen, zwei Frauen bei Laune halten. Eine war schon anstrengend genug.

Bis sich dann herausstellte, dass Liesbeth diejenige mit der Affäre war. Vielleicht verrieten die Tränen, die ich gesehen hatte, als sie mit Jacob auf der Straße stand, dass sie das alles auch nicht so leicht wegsteckt. Ich weiß nicht, ob das ein gutes oder ein schlechtes Zeichen ist.

»Ich bin froh, dass du hier bist.« Die Wörter fliegen aus meinem Mund, ehe mir klar wird, was ich da sage. Mila lächelt, und ich spüre ihre Hand auf meinem Knie.

»Ich auch«, lautet ihre Antwort, und rasch schaue ich wieder aus dem Fenster.

»Scheußlich hier, was?« Ungeschickt versuche ich, ein anderes Thema anzuschneiden, und die Hand verschwindet von meinem Knie.

Neben mir höre ich jetzt nur noch ein zustimmendes Gemurmel. Schweigend schaue ich nach draußen, wo am Horizont das Westelijk Havengebied auftaucht. Die großen Windmühlen, mit denen Don Quijote wohl umzugehen wüsste, die Silos, die gewaltigen Fabriken. Es ist eine merkwürdige Vorstellung, dass hier irgendwo eine verborgene Gemeinschaft existiert. Ruigoord. Eine Art Künstlerkommune, die schon seit den Siebzigerjahren gegen die moderne Industriegesellschaft kämpft. Mein Onkel hat dort eine Zeitlang herumgehangen; das fiel mir ein, als ich auf dem Handy danach gesucht habe. Er hat oft heftige Anekdoten von dort erzählt. Ich schaue mich um. Trotz der sich ausbreitenden Hafenerweiterung existiert Ruigoord noch immer.

»Du erinnerst mich an meinen kleinen Bruder.«

Milas Bemerkung überrascht mich, und ich schaue sie an. »Was ist mit ihm passiert?«

Sie holt tief Luft. »Mein Bruder war achtzehn, als er einen Autounfall hatte. Er war mit Freunden unterwegs und saß selbst nicht am Steuer. Er hat nie getrunken, wenn er fahren musste. Der Typ, der fuhr, dagegen wohl. Der einzige Fehler meines Bruders war, dass er sich in dieses Auto gesetzt hat, und dafür muss er jetzt den Rest seines Lebens büßen. Dreimal in der Woche gehe ich mit ihm spazieren, aber er wird nie wieder der Alte werden.«

Ich schüttele den Kopf. »Das wusste ich nicht.«

»Das solltest du auch nicht wissen«, fährt sie fort. »Ich wollte nicht, dass jemand im Büro das erfährt. Die Menschen packen dich nur allzu gern in eine Schublade. Die von dem ›bedauernswerten Mädchen‹ wollte ich vermeiden. Ich erzähle es dir nur, weil ich mir gut vorstellen kann, wie es wäre, wenn wir nicht wüssten, was mit ihm passiert ist. Es ist in gewisser Weise beruhigend zu wissen, dass jemand anderes daran schuld war, dass es eine Erklärung für seinen Zustand gibt. Wie ungerecht die auch sein mag. Auf diese Weise kann man einen Schlussstrich ziehen, versuchen weiterzuleben. Ich kann mir nicht vorstellen, wie dir jetzt zumute ist: dass es irgendwo auf der Welt eine Wahrheit für dich gibt, dass du sie aber nicht erreichen kannst. Dass sie dir vorenthalten wird.«

Für einen Moment ist es still im Auto. Wieder weiß ich nicht, was ich sagen soll. Sie hat recht. Langsam beginnt meine Wahrheit zu mir durchzudringen. Jemand weiß mehr über mich als ich selbst, und das macht mich verletzlich und unsicher, aber es gibt mir auch Energie. Zum ersten Mal in meinem Leben bin ich dabei, das Steuer in die Hand zu nehmen.

Ich starre wieder nach draußen, und die Windmühlen fangen an, vor meinen Augen langsam hin und her zu tanzen.

Das liegt sicher am fehlenden Schlaf.

14

Ruigoord ist eine Ausfahrt, an der man ohne nachzudenken vorbeifährt. Es ist ein wenig grüner als die ausgedehnten Flächen hinter uns, ansonsten aber sieht es aus wie eine ganz normale Nebenstraße. Mila lenkt ihren Alfa geschickt weiter, und schon bald kommen wir an mehreren Häusern mit orangefarbenen Dächern vorbei. Dass wir vor zehn Minuten noch in Amsterdam unterwegs waren, kann ich mir schon fast nicht mehr vorstellen. Alles hier wirkt gemütlich, ländlich, mit großen Gärten.

Aber Ruigoord hat auch eine andere Seite – die aus den Geschichten meines Onkels –, an die ich jetzt vor allem denke. Es ist angeblich eine geschlossene Gemeinschaft, in der man nicht einfach akzeptiert wird und wo Fremde nicht immer willkommen sind. Die Hippie-Atmosphäre wird nun auch immer feindseliger, je mehr wir uns dem Herzen der Kommune nähern.

Als wir nach rechts abbiegen, werden wir durch die Fenster und von einzelnen Fußgängern scharf beobachtet. Eine ältere Frau hält sich ein Telefon ans Ohr, während sie auf einschüchternde Weise meinen Blick festhält.

Mit wem telefoniert sie da gerade?

»Erinnerst du dich schon an irgendetwas?«, fragt Mila neben mir.

»Wieso, meinst du denn, dass ich schon mal hier war?«

»Ich weiß es nicht, aber das ist ja gerade der Grund, warum wir unterwegs sind: Du musst versuchen, Erinnerungen wachzurufen, durch Flashbacks oder Déjà-vus, die dir dann kommen. So lange, bis du wieder weißt, was am Tag des Unfalls wirklich passiert ist.«

Ich schließe die Augen und gebe mir alle Mühe, aber es geschieht nichts. Solche Dinge kann man leider nicht erzwingen. Wir halten bei einer großen Kirche, die aus dem Nichts aufzutauchen scheint. Mit großen Augen schaue ich durch die Windschutzscheibe nach oben. Das riesige Gebäude scheint verlassen in einem Wald zu liegen. Ich muss mich daran erinnern, dass wir uns in Wirklichkeit in einem großen Industriegebiet befinden, um mir nicht ganz und gar wie in einem Märchen vorzukommen. Wir sind hier die einzigen Menschen, alles sieht aus wie ausgestorben, und wir können nicht wie im Palladium einfach jemanden ansprechen und nach dem Manager fragen.

»Die Surinamerin hat gesagt, dass Alex schon seit einem Jahr gesucht wird«, erinnere ich mich. »Wie finden wir jemanden, der nicht gefunden werden will?«

»Die wichtigste Frage ist, warum er noch immer hier ist«, antwortet sie. »Wenn mein Leben schon seit einem Jahr in Gefahr wäre, würde ich mich nicht mehr in der Nähe dieser Gefahr aufhalten. Hier taucht man nicht für ein Jahr unter, wenn man sich auch nach Spanien absetzen kann.«

»Vielleicht hat er kein Geld, um nach Spanien zu fahren?«, schlage ich vor.

Sie schüttelt nachdenklich den Kopf. »Aber egal wie, hier ist er in Gefahr. Oder er denkt, dass es nur vorübergehend ist. Dass die Lösung für seine Probleme irgendwo hier liegt und dass er deshalb hierbleiben muss.«

»Genau wie wir«, sage ich zustimmend. »Wenn wir herausfinden, was passiert ist, können wir zurückschlagen. Wenn wir aufgeben und fliehen, bleibt uns nichts mehr.«

»Genau.«

Sitzen dieser Alex und ich wirklich im gleichen Boot? Ich muss zugeben, dass sich das nicht schlecht anhört: ein neuer Bundesgenosse. Eine Stütze. Er muss ohnehin mehr wissen als ich, aber dazu gehört nicht viel.

»Gib mir das Foto.« Milas Stimme klingt gebieterisch, und ich gehorche sofort. Sie dreht ihr Fenster herunter, und jetzt sehe auch ich den kleinen Jungen. Er zieht einen Ast hinter sich her über den Boden und ist nur mit einer Hose bekleidet.

Mila lächelt. »Hallo, ist dir nicht kalt?«

Stumm schüttelt der Kleine den Kopf. Mila hält ihm durch das Fenster das Foto hin, sodass er die Gesichter sehen kann. »Hast du diesen Mann schon mal gesehen? Den suchen wir nämlich.«

Der Kleine betrachtet das Foto aufmerksam, dann sieht er Mila wieder an, mit einem schläfrigen Blick in den Augen.

»Na?«, fragt sie.

Er nickt zustimmend, und Mila sieht mich erleichtert an. *Das war einfach*, denke ich. Aber dann zeigt der Kleine auf mich. Mila lacht. »Nein, den anderen Mann. Hast du den auch schon mal gesehen?«

Jetzt schüttelt der Junge den Kopf und zuckt mit den Schultern.

»Was soll das?« Eine tiefe Stimme schallt über das Gelände. Ein kahlköpfiger Mann kommt mit drohender Miene auf uns zu. Der Kleine nimmt sofort die Beine in die Hand. Mila steigt aus dem Auto, und obwohl ich lieber weggefahren wäre, folge ich ihrem Beispiel.

Der Mann bleibt dicht vor uns stehen, sein dicker Bauch bebt noch nach von der Bewegung. »Was wollt ihr von meinem Sohn?«

»Wir suchen jemanden«, erklärt Mila mit ihrer liebenswürdigsten Stimme.

»Einen Freund«, füge ich rasch hinzu.

»Und was hat mein Sohn damit zu tun?« Der Mann schnaubt und erinnert mich an einen wilden Stier.

»Wir dachten, er könne uns vielleicht weiterhelfen, aber jetzt, wo Sie hier sind, geht es sicher einfacher.« Ich bin beeindruckt davon, wie ruhig Mila bleibt.

»Wen sucht ihr?« Der Mann scheint sich auch einigermaßen zu beruhigen.

»Alex.«

»Welchen Alex?«

Sie zeigt ihm das Foto, und er nimmt es grob an. Sofort sieht er mich an und zeigt dann auf das Foto. »Das bist du.« Ich nicke zustimmend. *Wie der Vater, so der Sohn.* »Und das ist Alex? Wie heißt er weiter?«

Mila schaut mich unbeholfen an und wendet sich dann wieder dem Mann zu.

»Wir kennen ihn nur als Alex.«

Jetzt ist sein Misstrauen wieder geweckt, und rasch gibt er ihr das Foto zurück. »Seid ihr von der Polizei?« Er spricht das z aus wie ein »Nein, nein. Keine Polizei«. Ich lache, höre aber sofort auf, als er mir einen wütenden Blick zuwirft.

»Denn wenn ihr von der Polizei seid, dann sagt das lieber gleich. Sonst ist es Betrug. Dann gilt es nicht«, sagt er atemlos.

»Wir sind nicht von der Polizei«, bestätige ich noch einmal, diesmal ernster.

Er dreht sich um. »Ich kenne diesen Alex nicht. Noch nie gesehen, und ich kenne hier alle.« Der Mann trottet hinter seinem Sohn her und lässt uns verblüfft stehen.

»Und jetzt?«, frage ich.

Wir drehen eine Runde um die Kirche, aber sonst ist niemand unterwegs. Viele Vorhänge sind geschlossen, und ich stelle mir vor, dass wir auf dieselbe Reaktion stoßen würden wie eben, wenn wir auf gut Glück bei jemandem klingeln würden. Ich drücke gegen die dicke Holztür der Kirche, und zu unserer Überraschung öffnet sich diese knarrend. Wir gehen hinein.

Es ist eine große Kirche mit hoher Bleiverglasung, die bunte Lichtstrahlen auf den Holzboden fallen lässt. Aber es sieht aus, als würde das Kircheninnere häufiger für Kunstausstellungen benutzt als für Gottesdienste.

Ein dumpfes Dröhnen ist zu hören, als eine kleine Frau vom Altar auf den Boden springt. Sie hat lange graue Locken, die ihr bis auf die Hüfte fallen, aber ansonsten sieht sie nicht so alt aus. Mit weit geöffneten Armen kommt sie auf uns zu.

»Willkommen. Wen darf ich hier begrüßen?«

Diesmal räuspere ich mich, um als Erster zu sprechen, aber wieder kommt Mila mir zuvor. »Ich bin Mila, und das ist Olaf. Was für eine schöne Kirche. Gehört die Ihnen?«

»Sag ruhig du, und nein. Ich verwalte sie nur. Die Kirche gehört uns allen. Auch euch.«

Ach, so eine ist das also. »Ich wusste nicht, dass ich eine Kirche habe. Wie schön«, sage ich so ehrlich wie möglich, was mir aber von Mila einen tödlichen Blick einbringt.

»Und was führt euch her? Wollt ihr euch für den Kurs am nächsten Wochenende anmelden?« Sie steht jetzt vor uns und ist noch kleiner, als ich erst dachte. Der Größenunterschied macht das Gespräch unangenehm, aber ich bin offenbar der Einzige, dem es so geht. Mila zeigt wieder das Foto.

»Wir suchen nach unserem Freund, und wir haben gehört, dass er vielleicht hier in der Gegend sein könnte.«

Ein schriller, fröhlicher Schrei schallt durch die Kirche. »Alex! Wie geht es ihm denn?«

»Du kennst ihn?«

»Natürlich, er hat zwei Monate bei uns gewohnt.«

»Und ist er jetzt hier?« Ich merke, dass ich meine Begeisterung nicht unterdrücken kann.

»Hier? Nein, ich hab ihn schon über ein halbes Jahr nicht mehr gesehen.«

»Was? So lange?«

»Ja, eines Morgens war er verschwunden. Genauso plötzlich, wie er damals aufgetaucht ist. Das tun diese Typen wohl häufiger, deshalb war ich nicht überrascht. Netter Kerl.« Sie schaut noch einmal liebevoll das Foto an und gibt es dann zurück. »Grüßt ihn von mir, ja?« Dann macht sie auf dem Absatz kehrt und gibt uns damit zu verstehen, dass das Gespräch beendet ist. Ich schaue Mila an und hebe die Augenbrauen.

Was für Leute!

Wir sitzen wieder in Milas Auto, und ich starre einen Specht an, der sich an einem Baum festkrallt. Ein tiefer Seufzer steigt aus meinem Bauch auf.

»Hier werden wir ihn nicht finden.«

»Das ist offensichtlich«, sagt sie zustimmend.

»Dass er plötzlich verschwunden ist, kann bedeuten, dass er geflohen ist oder dass sie ihn gefunden haben.« Über die Möglichkeit, dass Alex schon längst ausfindig gemacht und aus dem Weg geräumt worden ist, haben wir noch nicht einmal nachgedacht. Dass die Surinamesin dachte, er sei noch in Ruigoord, bedeutet, dass auch sie ihn seit mindestens einem halben Jahr nicht mehr gesprochen hat. Dann kann Nasenpiercing, egal, für wen er arbeitet, seine ganze Aufmerksamkeit auf uns konzentrieren. Eine Vorstellung, die mich nun wirklich nicht beruhigt.

Mila schaut mich an, und ich sehe Erschöpfung in ihren Augen.

»Das bedeutet, dass es niemanden mehr gibt, der uns helfen kann«, flüstere ich.

15

Das Licht brennt. Sie ist zu Hause. Sie hat alle beruflichen Termine abgesagt, weil sie so besorgt ist. Sie kann nicht trinken, nicht essen, nicht schlafen, wenn ich weg bin. Liesbeth vermisst mich. Ich starre meine eigene Haustür an, zurück in Amstelveen.

Nach dem soundsovielten verpassten Anruf – ich hatte aufgehört zu zählen – und der soundsovielten aufgesprochenen Nachricht meldete sich in meinem Kopf doch eine leise Stimme zu Wort. Und stellte sich die Frage, wie viel Liesbeth eigentlich von allem weiß, von diesem Komplott. Natürlich, ich habe sie und Jakob gesehen. Aber was hat sie nun wirklich getan? Die Kassetten habe ich bei meinem Schwiegervater zu Hause gefunden, und ohne Liesbeth damit zu konfrontieren, habe ich die Flucht ergriffen. Weiß sie, wie gefährlich Huub ist, oder schwebt sie selbst auch in Gefahr? Bei diesem Gedanken fasse ich einen Entschluss. Ich bin schließlich immer noch ihr Mann.

»Bist du dir sicher?« Mila sitzt wieder hinter dem Steuer und lässt ihren Blick besorgt zwischen meinem Haus und meinem Gesicht hin und her wandern. Wir haben unauffällig auf der gegenüberliegenden Straßenseite geparkt. Ich zucke mit den Schultern.

»Dieser Alex will nicht gefunden werden, oder es gibt

ihn schon nicht mehr. Die Einzige, die ich wirklich fragen kann, was hier los ist, ist Liesbeth.«

»Das weiß ich«, wehrt sie sich. »Aber du warst doch davon überzeugt, dass sie dir keine Antwort geben wird.«

»Es hat mich einfach alles überrumpelt.«

»Du hörst jetzt also auf mit unserer Suche?« Sie klingt enttäuscht.

»Nein, ich beschleunige sie. Statt wie ein Kind im Kreis zu rennen, gehe ich jetzt zum Kern. Und das hätte ich schon viel früher tun sollen.«

»Du weißt, dass die Überwachungskameras auch mich aufgenommen haben?«

»Hör zu.« Je länger ich mich reden höre, desto überzeugender klinge ich. »Liesbeth ist Huubs Liebling. Wenn es eine Erklärung gibt, kann sie ihn zurückrufen. Vielleicht hilft sie uns sogar, ihren Vater vor Gericht zu bringen. Sie ist sehr gegen Gewalt. Was, wenn das alles ein Missverständnis ist?«

»Inge ist ermordet worden, Olaf. Sie ist tot.« Milas Stimme überschlägt sich vor lauter Gefühlen.

»Das weiß ich, und das muss geklärt werden. Aber wer sagt, dass Huub dahintersteckt? Wir wissen bisher nur, dass er einen korrupten Betrieb leitet. Mehr nicht.«

Mila seufzt tief auf. Sie scheint aufzugeben.

Ich werde Liesbeth mit der Sache konfrontieren, aber sie wird eine Antwort haben. Vielleicht wollte sie einfach mit Jacob eine Überraschungsparty für mich organisieren.

Hab ich nicht bald Geburtstag?

»Ich finde die Idee schlecht. Im Büro läuft offenbar etwas Kriminelles, und der Beweis dafür befindet sich in dem blauen Ordner. Du hattest damit zu tun und warst deshalb in Finnland. Glaubst du wirklich, dass deine Frau davon nichts weiß? Huubs Tochter? Es gibt ein Geheimnis, und du wirst belogen. Hör doch mal auf dein Gefühl.« Sie macht noch einen Versuch, aber die Überzeugung ist verschwunden.

Ehe ich reagieren kann, klingelt Milas Handy. Sie entschuldigt sich, steigt aus dem Auto und lässt mich überrascht zurück. Dieses plötzliche Eindringen der Außenwelt bringt mich durcheinander. Natürlich wird sie Freundinnen oder Familie haben, aber dies ist doch ein merkwürdiger Moment, um ans Telefon zu gehen.

Auch ich steige aus. Milas Worte gehen mir immer wieder durch den Kopf. Sie kennt Liesbeth nicht, lautet meine Schlussfolgerung. *Aber ich.*

Behutsam überquere ich die Straße. Jetzt, da ich eine Entscheidung getroffen habe, scheint die Spannung aus meinem Rücken zu verschwinden. Es hat lange genug gedauert, und es wird Zeit, wieder nach Hause zu gehen. Natürlich wird Liesbeth ein paar Dinge erklären müssen, aber wir werden einen Schlussstrich ziehen und mit unserem Leben weitermachen. *Fast freue ich mich schon auf die Campingferien in Nordfrankreich.*

Dennoch werden meine Füße langsamer, als ob sie etwas eher begriffen hätten als meine Augen. Statt direkt zur Haustür zu gehen, weiche ich in Richtung Fenster aus. Hinter mir höre ich Mila beim Telefonieren hin und her laufen; sie scheint sich mit der Person am anderen Ende der Leitung zu streiten.

Ohne mich sehen zu lassen, lehne ich mich mit dem Rücken neben dem Fenster an die Mauer. Ich muss es mit eigenen Augen sehen, ich kann einem Augenblick nicht vertrauen. Es muss ein Irrtum sein. Ganz langsam drehe ich mich um, um vorsichtig nach drinnen schauen zu können.

Da sitzt sie: Liesbeth, meine Frau. Ich staune auch nicht so sehr über sie, sondern über den Mann, der vor ihr hin und her läuft. Er hat ein Glas Rotwein in der Hand, und jetzt sehe ich auch vor Liesbeth ein Glas auf dem Tisch stehen.

Sie werden doch wohl nicht meinen guten Montrachet Grand Cru geöffnet haben, um am helllichten Tag zu feiern, dass ich nicht mehr da bin?

Ich versuche, mich zusammenzureißen, während ich sehe, wie mein bester Freund und Schwager zufrieden einen Schluck von meinem Wein nimmt, zusammen mit meiner Frau. Ich weiß nicht, was ich erwartet hatte – Suchaktionen oder Vermisst-Plakate –, aber das hier jedenfalls nicht.

Waren die verpassten Anrufe kein Flehen, um mich zurückzuholen, sondern die Bestätigung dafür, dass ich wirklich verschwunden bin?

Jacob geht um den Tisch herum und setzt sich jetzt neben sie auf das Sofa. Es ist wieder genau wie ein Autounfall: Ich will weggucken, aber meine Augen zwingen mich dazu, alles zu sehen. Ohne dass er darum zu bitten braucht, vergräbt sie ihr Gesicht an seinem Hals. Er legt ihr die Arme um die Schultern und streichelt sie. So intensiv, so intim und beide dermaßen ruhig und gelassen, dass ich mir die Nägel in die Handflächen bohren muss, um nicht loszuschreien. Es ist keine Träne mehr zu sehen, wie gestern auf der Straße. *Als ich noch im Bild war,* denke ich. Jetzt bin ich weg, verschwunden. Jetzt ist die Bahn frei.

In meiner Hemdtasche brennt das Foto auf meiner Brust.

Ich habe genug gesehen.

Schnell drehe ich mich um und laufe zum Auto zurück. Mila schaut mich überrascht an, als ich ihr ein Zeichen gebe, mir zu folgen. Sie beendet ihr Gespräch und steigt gleichzeitig mit mir ein. Im Auto blickt sie mich fragend an.

»Fahr«, mehr sage ich nicht, und zum Glück gehorcht sie. Ohne dass jemand etwas bemerkt, verschwinden wir wieder aus der stillen Straße. Mila biegt nach links und dann nach rechts ab. Nach fünf Minuten halte ich es nicht mehr aus.

»Anhalten.«

»Was?«

»Jetzt. Anhalten.«

Sie tritt voll auf die Bremse, und ich stoße abrupt meine Autotür auf. Aus der Tiefe meines Magens kotze ich alles heraus. Das Erbrochene klatscht auf den Asphalt, aber zum Glück stehen wir dicht am Rinnstein. Tränen laufen mir über die Wangen, und vor meinen Augen dreht sich alles.

Ich spüre, wie eine warme Hand beruhigend meinen Rücken streichelt. Das hilft. Während ich mir den Mund abwische, sehe ich, dass mich ein Junge mit einem Fußball angewidert anstarrt. Ich winke ihm kraftlos zu und ziehe die Autotür schnell wieder hinter mir zu.

Wir fahren weiter, ohne ein Wort zu wechseln.

~

Es wird schon dunkel, als wir auf den Teich hinausblicken. Nach einer Weile haben wir bei einem Park gehalten, um zur Ruhe zu kommen. *Um alles wieder auf die Reihe zu kriegen,* so hat Mila das ausgedrückt.

»Morgen fängt die Arbeitswoche wieder an. Normalerweise würde ich heute Abend früh ins Bett gehen, aber jetzt weiß ich nicht einmal, wo ich schlafen werde.« Ich lache über die Absurdität der Situation.

»Normal ist es schon seit einer Weile nicht mehr«, bestätigt Mila. Sie hat sich eine Zigarette angesteckt, und der Rauch zieht zu mir herüber. Ich fange an, mich daran zu gewöhnen. »Was glaubst du, was passiert, wenn wir morgen ganz normal zur Arbeit erscheinen, als ob nichts passiert wäre?« Ich schaue sie überrascht an, aber sie lässt sich nicht beirren. »Die Polizei wegen des Einbruchs anrufen können sie nicht, weil wir zu viel wissen. Wegen des Ordners und unserer Aussagen würde die gesamte Firma auf den Kopf gestellt werden. Das können sie nun wirklich nicht wollen. Also, was glaubst du, was passieren würde?«

Ich versuche, mir Huub vorzustellen, den Mann, der immer nur will, dass alles perfekt ist. »Wenn ich eine Erklärung dafür habe, warum wir am Wochenende im Büro waren, und wenn ich ansonsten so tue, als ob nichts passiert wäre, wird er es wohl dabei belassen.«

»Bei dir vielleicht. Du bist sein Schwiegersohn. Mir würden sie eine Spritze verpassen, genau wie Inge.« Ihr ernster Blick und ihre drohenden Worte gehen mir auf die Nerven.

»Das würde Huub niemals tun. Oder doch?«

»Du hast die Gefahr doch auch gespürt, als du die Kassetten gefunden hast? Er behält dich genau im Blick, weiß alles über deine Psyche. Olaf, ich habe die Beträge gesehen. Es geht hier nicht um ein paar Zehner. Er wird alles tun, um dieses Kapital zu behalten. Einfach alles.«

Auch ich werde jetzt ernster. Wegen dessen, was sie da sagt, aber vor allem wegen dessen, was ich sehe.

»Warte«, flüstere ich. Erschrocken folgt sie meinem Blick am Teich entlang, zu dem darumlaufenden schmalen Sandweg. Vom Wasser steigt Dampf auf, und durch die Dämmerung ist es schlecht zu sehen, aber wir denken beide dasselbe.

Da steht jemand.

»Wer ist das?«, flüstert Mila. Ich höre die Angst in ihrer Stimme.

»Keine Ahnung.« Normalerweise würde ich denken, dass es jemand ist, der den Hund rauslässt, aber Mila hat es eben schon gesagt: Normal ist schon seit einer Weile nichts mehr.

Die Silhouette setzt sich in Bewegung und kommt langsam auf uns zu. Ich spüre, dass wir beide erstarren, und ich spiele mit dem Gedanken an Flucht, aber ich könnte Mila hier nicht im Stich lassen. Die Silhouette wird immer größer und kommt in bedrohlichem Tempo immer näher.

»Was machen wir?«, frage ich.

»Warte«, lautet ihre Antwort. *Ich warte.* Nicht, dass ich viele Zufluchtsorte hätte, denke ich.

Die Laternen im Park werden eingeschaltet, weil es scheinbar sonst zu dunkel würde. Der Lichtschein fällt genau vor der Silhouette auf den Boden, wodurch die Person sich zeigt, als sie durch das Licht läuft. Als das ihr Gesicht streift, wird mir alle Luft aus der Lunge gepresst.

Mila schaut mich erschrocken an, aber ich habe nur

noch Augen für den Mann, der auf uns zukommt. In seinem Gesicht zeigt sich ein zaghaftes Lächeln.

»Olaf?«, höre ich ihn fragen. Ich erkenne die Stimme.

»Alex?«, gebe ich zweifelnd zurück.

Mit offenem Mund sehe ich, wie der Mann vom Foto vor uns stehen bleibt.

16

»Gas geben, weg hier!« Alex sitzt nervös auf der Rückbank im Auto. Er war wohl noch angespannter als wir und schaute sich im Park immer wieder um. Mila hatte vorgeschlagen, an einen Ort zu fahren, wo sie ein Boot liegen hat, bei der NDSM-Werft. Die Lagerhalle sei auf ihren Bruder registriert, dort wären wir also vorläufig sicher.

»Ja, ich fahr, so schnell ich kann. Aber wir wollen ja auch nicht auffallen«, gibt Mila unwirsch zurück. Wir fahren jetzt über den Ring nach Noord, und ich kann mich nicht mehr zurückhalten. Mit einem Ruck drehe ich mich um.

»Wie hast du uns gefunden?«, frage ich, gierig wie ein Kind. Endlich können meine Fragen beantwortet werden. Das Ende unserer Suche ist in Sicht, das spüre ich. Alex sieht älter aus als auf dem Foto. An seinen Schläfen und in seinen Bartstoppeln sind schon einzelne graue Haare aufgetaucht. Er hat ein hübsches, fast jungenhaftes Gesicht, aber die Jahre fangen an, sich bemerkbar zu machen. Die Furchen in seiner Stirn erzählen von vielen durchwachten Nächten.

»Euch gefunden?«, er lacht verächtlich. »Meiner Meinung nach wart ihr das, die in Ruigoord rumgelaufen seid. Ich bekam eine WhatsApp-Nachricht von jemandem dort; jemand hat ein Foto von euch gemacht und das an mich geschickt. In letzter Zeit zeige ich mich nicht mehr so einfach in der Öffentlichkeit. Es gibt einige Leute, die mich suchen, verstehst du?« *Das gilt jetzt auch für uns,* gebe ich im Stillen zurück. Er redet weiter.

»Ich hab dich nicht sofort erkannt. Dich hätte ich da wirklich nicht erwartet, das schwöre ich dir. Mein letzter Stand war, dass du im Koma lagst und dass kaum eine Chance bestand, dass du wieder zu Bewusstsein kommen würdest. Und dann läufst du plötzlich durch die Gegend, noch dazu in Ruigoord. Ich wusste nicht, was ich machen sollte, also bin ich ganz schnell hingefahren.« Sein Blick schießt kurz nach draußen, er scheint sich zu schämen. »Danach bin ich euch einfach gefolgt. Zu deinem Haus, wo ich gesehen habe, dass du dich im Vorgarten seltsam verhalten hast, bis zum Park. Erst als wir allein waren, habe ich mich getraut, auf dich zuzugehen.«

Stolz sehe ich Mila an.

»*Wir* haben *ihn* gefunden, nicht andersherum.« Sie scheint sich weniger darüber zu freuen als ich, und ich konzentriere mich wieder auf den Mann auf dem Rücksitz. »Von wem hast du gehört, dass ich im Koma lag?«

»Liesbeth.«

Es kommt mir merkwürdig vor, ihren Namen aus seinem Mund zu hören. »Von meiner Frau? Kennt die dich?«

Alex zupft unsicher an meiner Rücklehne herum. »Kennen ist wohl übertrieben. Aber weißt du wirklich nichts mehr?«

Ich schüttele den Kopf.

»Unglaublich«, murmelt er.

Mila nimmt auf dem Ring die Abfahrt Noord und schlägt den Weg zur Werft ein. Es ist inzwischen stockdunkel und ruhig. Die Straße ist aufgebrochen, deshalb folgen wir einer Umleitung. Ich frage mich manchmal, ob die Stadt darum gewettet hat, wie viele Bauprojekte sie gleichzeitig anfangen kann. Wäre es keine gute Idee, zuerst eins abzuschließen, ehe man mit dem nächsten anfängt? Einmal habe ich einen Komiker sagen hören, wenn es in Amsterdam je ein Attentat gibt, wird man erst eine Stunde lang den Tatort suchen müssen, weil dauernd alles abgesperrt ist. Wie auch hier.

»Musst du die nicht nehmen?« Alex hört sich nervös an und zeigt auf eine Ausfahrt, fast gebieterisch, und dabei sind wir doch wirklich unterwegs zu Milas Boot. Sie gehorcht, aber ich kann ihr ansehen, dass sie sich ärgert. Sie mag es nicht, so herumkommandiert zu werden.

Am Rand der Straße, die jetzt nur noch aus Sand besteht, liegen stapelweise Ziegelsteine. Wir fahren im Slalom zwischen Sperren und Schildern hindurch und erreichen endlich ein stilles Hafengebiet. Kurz darauf sitzen wir schweigend im Auto, ohne Licht, auf dem NDSM-Gelände. Der bunte Hebekran, der inzwischen zum Hotel geworden ist, ragt über uns auf. Mila und ich wollen aussteigen, aber Alex hält uns zurück. Wortlos gibt er uns zu verstehen, dass wir noch Geduld haben sollen. Er hat eine gebieterische Art, zumal für jemanden, den wir gerade erst kennengelernt haben. Ich kann Mila ansehen, dass sie dasselbe denkt.

»Psst«, flüstert Alex.

»Wir haben nichts gesagt«, antwortet Mila, etwas zu laut.

»Psst«, sagt er noch einmal, während er weiterhin aus dem Fenster schaut. Für einen Augenblick halten wir alle drei den Atem an. »Okay, wir können«, sagt er dann.

Endlich steigen wir aus. Mir weht ein frischer Wind entgegen, und für einen Moment fühle ich mich wie am Meer statt am zugebauten IJ.

Vor uns wiegen die Boote ruhig gegeneinander. Niemand scheint in der Nähe zu sein, was ich für diese Uhrzeit durchaus normal finde. Als ich mich umdrehe, sehe ich ein riesiges Graffito auf einer Backsteinmauer. Zwischen allen Ajax-Anspielungen steht in eleganten Buchstaben das Wort Evolve.

»Hier lang.« Wir folgen Mila am Kai entlang.

»Welches ist deins?«, fragt Alex, und wir suchen alle Boote ab.

»Das steht drinnen. Ich war schon eine Ewigkeit nicht mehr damit unterwegs.«

»Ein Boot, das nicht im Wasser liegt – praktisch«, murmelt er so leise, dass nur ich es hören kann. Ich schaue ihn befremdet an, als wäre es noch viel zu früh für vertrauliche Gespräche. Ich will vor allem so schnell wie möglich meine vielen Fragen loswerden.

Wir gehen weiter bis zu einer Reihe von ovalen grünen Hallen, von denen aus man aufs IJ hinausfahren kann. In der Ferne ist Musik zu hören, die immer lauter wird.

»Shit. Was ist das?« Mila flucht und wird langsamer. Alex und ich folgen einen Meter hinter ihr, und wir gehen an allerlei Türen vorbei, die Zugang zu den ersten Lagerhallen bieten. Offenbar findet in einer davon ein Fest statt. Wir sehen einander an, aber uns bleibt nichts anderes übrig, als weiterzugehen.

Ich laufe hinter den anderen her, als neben mir eine Tür aufgeht. Die Musik kommt aus einem anderen Schuppen weiter vorn, deshalb erschrecke ich bei dieser plötzlichen

Bewegung. Mila und Alex bleiben stehen und drehen sich um, aber es ist schon zu spät: Hinter der Türöffnung taucht ein Riese auf. Alles scheint in Zeitlupe abzulaufen, als das Monstrum auf mich zukommt. Voller Angst schaue ich mich um, aber es gibt nicht einmal eine Stelle, an der ich ins Wasser springen könnte. Ich kann nur warten. Als er näher kommt, sehe ich es. Er hat keinen Menschenkopf und keinen Hals, und auf seinen Schultern ruht etwas Riesiges. Ich zittere am ganzen Leib, weil ich es erkenne. *Ich sehe das nicht zum ersten Mal.*

Das Wesen muss sich in der Tür ducken und steht mir jetzt gegenüber auf dem Bootssteg. Ich schaue hoch in die pechschwarzen Knopfaugen. *Wir hätten niemals hierherkommen dürfen.* Vor mir steht ein breiter, muskulöser Männerkörper mit einem großen, schwarzgefiederten Vogelkopf. Der scharfe Schnabel bewegt sich auf mich zu, als der Körper sich beugt und schwere Arme den Vogelkopf greifen.

»Nein!«, schreie ich. *Das kann doch nicht wahr sein!* Mit einer gleitenden Bewegung enthauptet er sich selbst – der Vogelkopf wird hochgehoben. Darunter erscheint ein lachendes Männergesicht. Es war eine Maske.

Ich höre jetzt auch Mila und Alex lachen, die mich kopfschüttelnd anstarren.

»Sorry, ich wollte euch nicht erschrecken, aber es hat doch gut geklappt, was?« Die Stimme des Mannes klingt um einiges weniger einschüchternd, als ich mir vorgestellt hatte.

»Was ist los?«, bringe ich stammelnd hervor.

»Ein Fest, ein Stück weiter. Wir ziehen uns hier drinnen um.«

Ich nicke freundlich und laufe mit schweißnassem Rücken zu Mila und Alex, die noch immer lachen.

»Wo ist denn deine Lagerhalle?« Ich werde jetzt ungeduldig.

Sie zieht einen Schlüssel aus der Tasche und öffnet eine wacklige Tür ein Stück weiter.

»Hier ist es. Hab bloß keine Angst«, sagt sie lachend. Eilig gehe ich an ihr vorbei in den dunklen Raum.

»Hast du bei uns gearbeitet? Im Büro?«

Alex lacht kurz auf. »Es ist schon komisch, Mann, dir das zu erzählen, wo du doch dabei gewesen bist.«

»Das weiß ich«, antworte ich, fast schuldbewusst. »Es ist noch komischer, es zu hören, das kannst du mir glauben. Das Koma hat mir viele Erinnerungen geraubt.«

»Mm-mm«, lautet seine Antwort.

Im Hintergrund ist der harte Bass der Musik zu hören, und das gibt mir ein Gefühl der Geborgenheit, genau wie der Regen auf dem Zelt in Nordfrankreich dafür sorgt, dass ich mich geborgen fühle. Oder *fühlte,* korrigiere ich mich.

Wir sitzen in einer dunkelgrünen Lagerhalle, vor uns ein auf Böcke gelegtes Ruderboot aus Holz. Dieses Fahrzeug hat wirklich die Form eines Bootes, ansonsten ist es schwer zu definieren.

»Meine Yacht«, scherzt Mila. Das Plätschern des Wassers hallt von dem ovalen Dach wider. Mila zieht unter der schwarzen Plane eine Flasche Wodka und aus einem Schrank drei Gläser hervor. Jedem wird eins in die Hand gedrückt. Zum ersten Mal umspielt ein zaghaftes Lächeln Milas Lippen.

»Prost«, flüstert sie.

»Und jetzt erzähl: Was ist dort mit dir passiert? Niemand wollte mir etwas verraten«, sagt Alex.

»Das wollte ich dich doch fragen.« Erstaunt schaue ich ihn an.

»Was meinst du mit ›dort‹?«, fragt Mila, und ich begreife, dass das eine logischere Frage ist.

»Finnland natürlich.« Alex schaut uns erstaunt an. »In Finnland bist du verschwunden, und als Nächstes höre ich dann, dass du im Koma liegst.«

»Hatte ich meinen Unfall denn in Finnland?« Ich schließe die Augen.

»Das ist das Einzige, was ich weiß. Danach bist du in die Niederlande überführt worden und hast hier im Krankenhaus gelegen.«

»Du weißt, was das bedeutet, Olaf.« Mila spricht die bedeutungsschwangeren Worte aus.

Das weiß ich.

»Das bedeutet, dass ich die richtige Entscheidung getroffen habe, als ich nicht nach Hause zurückgegangen bin. Liesbeth muss doch davon gewusst haben, etwas anderes ist nicht möglich«, antworte ich widerwillig.

»Wow, was ist denn bloß alles passiert?«

Ich reiche Alex das Foto, mit dem alles angefangen hat, und er lacht.

»Ach, das war eine schöne Zeit. Woher hast du das?«

»Das lag plötzlich in meinem Briefkasten, ohne irgendeine Mitteilung, ohne Absender. Ich kann mich an nichts davon erinnern. Meine Familie hat mir vorgelogen, ich hätte in den Niederlanden einen Autounfall gehabt.«

»Was?« Seine Stimme klingt ungläubig. »Wieso denn?«

»Das ist eben die große Frage«, sagt Mila. »Das werden wir herausfinden. Ich bin eine Kollegin von Olaf, ich arbeite im gleichen Büro. Hab denselben Chef. Wie ist es möglich, dass ich dich da nie gesehen habe?«

Alex zuckt mit den Schultern. »Ich war Chauffeur. Hab nur ganz bestimmte wichtige Typen kutschiert. Sonst habe ich niemanden gekannt. Den da kannte ich vor der Reise auch nicht.« Er nickt in meine Richtung.

Mila scheint mit dieser Antwort zufrieden zu sein und macht weiter. »Wir haben entdeckt, dass einige mysteriöse Zahlungen stattgefunden haben und dass eure Reise nach Finnland damit zu tun hatte.«

»Hör mal.« Alex hebt die Hände. »Alles, was ich tun sollte, war, Olaf irgendwo abzusetzen und in die Niederlande zurückzukehren. Wie schon gesagt: Ich war Chauffeur, weiter nichts. Ich wollte mich danach ganz normal im Büro zurückmelden, wie immer nach einer Tour. Aber da wurde mir ein schwarzer Sack über den Kopf gezogen, und ich wurde an einen geheimen Ort gebracht.«

»Was? Warum?« Mila verschluckt sich fast an ihrem Wodka.

»Es ging um offene Fragen und dass ich Pech hätte. Ich beschloss, nicht länger um Erklärungen zu bitten, denn sie hatten eine Schaufel und ein dickes Seil bei sich. Als sie für einen Moment abgelenkt waren, konnte ich entkommen. Ich bin in die Dunkelheit gerannt.« Seine Stimme versagt fast, als er das erzählt. »Ich glaube, ich habe erst irgendwo in Brabant aufgehört zu rennen. Meine Füße waren blutüberströmt.«

»Du solltest also ermordet werden, weil das mit Olaf passiert war? Und du hast von allem nichts gewusst?« Mila versucht, ihre Gedanken zu sortieren, aber ich kann sehen, wie schwer ihr das fällt.

»Sie dürften kein Risiko eingehen, haben sie mir gesagt. Was das bedeutet – keine Ahnung. Ich weiß nur, dass mein Leben dadurch auf den Kopf gestellt wurde. Ich ging sofort zur Polizei und versuchte, alles zu erklären, was mir passiert war. Man kann doch nicht so einfach entführt werden? Jedenfalls nicht hier in den Niederlanden. Nachdem ich meine Geschichte erzählt hatte – der Beamte hatte mir aufmerksam zugehört –, wurde ich mitgenommen, und ich dachte, dass ich gerettet werde.« Er unterbricht sich kurz, aber fasst sich gleich wieder. »Aber er brachte mich geradewegs zurück zu den Männern, die mich verschleppt hatten. Denen mit der Schaufel und dem Seil. Sie standen seelenruhig draußen neben ihrem Auto und warteten. Der Polizist sah mich eiskalt an und sagte, dass es das Beste wäre, wieder zu ihnen ins Auto zu steigen.«

Ich schüttle den Kopf, denn ich kann es nicht glauben. Alex nickt heftig und erzählt weiter. »Nicht mal der Polizei kann man vertrauen. Ich dachte nicht lange nach, sondern stürzte wieder los. So dicht vor dem Eingang zur Wache konnten sie nicht viel machen. Ich konnte sie ein zweites Mal abschütteln, aber ich wusste, dass es mir ein drittes Mal nicht gelingen würde.«

»Unglaublich.« Ich verstehe jetzt erst, wie mächtig unser Feind sein muss.

»Ich bin untergetaucht. Überall und nirgends. Bis ich in Ruigoord einen Unterschlupf fand. Aber du, Olaf, du bist meine Rettung.« Nun läuft eine Träne aus einem Augenwinkel über seine Wange, doch er scheint es nicht zu bemerken. »Du weißt, was passiert ist, wie wir ihnen das Handwerk legen können. Die Wahrheit kann ans Licht.«

»Ich weiß nichts mehr.« Schnell versuche ich zu erklären, was Sache ist, bevor er mir alles aufhalst.

»Deine Erinnerung wird schon wieder zurückkommen. Das muss sie einfach.« Alex lässt das fast wie einen Befehl klingen.

»Immer mit der Ruhe, wir haben ja auch vor, so lange zu suchen, bis Olaf weiß, was passiert ist«, schaltet Mila sich ein. »Das braucht Zeit, aber es wird klappen.« Meine Schultern zittern für einen Moment. Jetzt muss ich nicht nur mein eigenes Leben retten, sondern auch das von diesem Mann, mit dem ich offenbar eine lange Reise gemacht habe.

»Wo in Finnland solltest du mich absetzen?«, frage ich.

»In einem Hotel. Jedenfalls dort in der Nähe. Gleich außerhalb von Helsinki. Du wolltest nicht, dass ich wusste, welches Hotel das war.«

Ich lasse mich auf eine Kiste sinken.

»Ich komm hier einfach nicht mehr mit«, stammle ich. »Wir sind zusammen nach Finnland gefahren, und dort wurde dieses Foto gemacht. Du bist nach Hause zurückgekehrt und wurdest verschleppt; ich hatte einen Unfall, lag im Koma, und als ich zu mir kam, haben mir alle gesagt, dass ich einen Autounfall in den Niederlanden hatte. Warum lügen, warum eine dermaßen komplizierte Illusion aufrechterhalten?«

»Das scheint mir offensichtlich«, antwortet Mila. »Weil sie nicht wollen, dass du dich daran erinnerst, was in Finnland passiert ist.«

Wie von selbst schaue ich Alex an, aber der geht sofort wieder in die Defensive.

»Ich war nur der Chauffeur, mit dem Auftrag, dich irgendwo abzusetzen. Klar, unterwegs hatten wir Spaß und haben einiges zusammen erlebt, aber vor der Reise habe ich dich überhaupt nicht gekannt. Deine Familie, das Büro – ich hab mich da doch nicht mehr in die Nähe getraut. Ich hätte nie damit gerechnet, dass du mich plötzlich wieder suchen würdest.« Er schüttelt verzweifelt den Kopf. »Und schon gar nicht mit so einer Geschichte.«

Ich trinke einen großen Schluck Wodka, und Mila schenkt sofort nach. Ich sehne mich zurück nach Deutlichkeit, nach meinem normalen Leben, auch wenn das auf Lügen beruhte. Aber es war doch um einiges beruhigender als die Wahrheit, die jetzt langsam zu mir durchdringt. Auch wenn ich weiß, dass es so nicht funktioniert.

»Ich muss wissen, was mit mir geschehen ist. Ich muss nach Finnland.«

Aber in diesem Moment ertönt ein Geräusch, das uns alle drei verstummen lässt. Geschrei. Wir schauen einander angespannt an, während wir lauschen. Eine laute Männerstimme klingt drohend, und den Reaktionen nach handelt es sich um eine Konfrontation. Mila steht auf und geht vorsichtig zur Tür. Sie öffnet sie und schaut um die Ecke. Ihr Kopf bewegt sich von links nach rechts, dann zieht sie sich sofort in unsere Lagerhalle zurück. Im Hintergrund ist noch immer die laute Musik zu hören.

»Sie sind hier.« Milas Worte bleiben in der Luft hängen.

»Was? Wer?«, kann ich gerade noch herausbringen.

»Männer in Schwarz. Sie fragen ein paar Jungen, die zum Fest unterwegs sind, und es scheint ziemlich grob vor sich zu gehen. Wir sind umzingelt.«

Mit einem Ruck springe ich auf. »Woher wissen sie, dass wir hier sind?«

»Sie sind uns offenbar gefolgt und haben wahrscheinlich gedacht, wir wollten auf das Fest.« Alex sucht nach einer Erklärung. »Da sie uns da nicht gefunden haben, werden sie jetzt die Lagerhallen durchkämmen.«

»Wir sitzen fest.« Ich rede schneller als sonst.

»Es gibt noch einen anderen Weg.« Mit einer gleitenden Bewegung zieht Mila die schwarze Plane vom Ruderboot, das jetzt ganz zu sehen ist. Wir starren alle drei den Kahn vor uns an.

»Kann der uns tragen?«

»Es gibt nur eine Möglichkeit, das festzustellen.«

Wir nicken und heben gemeinsam das Boot von den Böcken. Es ist leichter, als ich gedacht hatte, und das verheißt nichts Gutes. Vorsichtig, um nicht schon jetzt etwas abzubrechen, lassen wir das Boot in das plätschernde Wasser hinter der Halle hinab. Die Stimmen draußen sind jetzt nicht mehr zu hören. *Sie,* wer immer sie sein mögen, sind vermutlich jetzt damit beschäftigt, die Lagerhallen zu durchsuchen. Es wird nicht mehr lange dauern, bis sie hier vor der Tür stehen. Wir haben nicht vor herauszufinden, ob sie sich dann mit einer verschlossenen Tür zufriedengeben werden.

Wir steigen nacheinander ins Boot, und bei jeder Bewegung glaube ich, dass wir gleich kentern werden, aber das Fahrzeug treibt erst einmal weiter. Mit angehaltenem Atem stoßen wir uns von der Seite ab und fahren langsam das IJ hoch. Jetzt bekommen wir einen immer besseren Überblick über die verschiedenen Lagerhallen, die nebeneinanderliegen. Alex packt das einzige Ruder, das unten im Boot liegt, und fängt langsam an zu paddeln.

In der Ferne ist ein großer Frachter unterwegs, ansonsten ist es still auf dem Wasser. Ich höre auf der anderen Seite der Lagerhallen zwei Männerstimmen, die einander rufen, aber ich kann niemanden sehen. Ruhig bewegen wir uns parallel zum Ufer weiter, weg von den Stimmen, auf der Suche nach einer Stelle, wo wir an Land gehen und zum Auto laufen können. Seit wir ins Boot gestiegen sind, hat niemand mehr ein Wort gesagt. Zum Glück wissen wir offenbar alle, dass Geräusche über Wasser besonders gut weitergeleitet werden.

Wir sind fast an der letzten Halle vorbei, als ich jemanden auftauchen sehe. Die anderen sehen ihn auch, und alle bücken sich. Alex zieht das Paddel ins Boot, und das Einzige, was wir tun können, ist hoffen, dass die Nacht uns ausreichend versteckt. Vorsichtig schaue ich über den Bootsrand und sehe, wie der Mann frustriert die Hände hebt. Aber dann verschlägt es mir den Atem.

Als sich der Mann umdreht und das Mondlicht auf sein Gesicht fällt, erkenne ich ihn sofort. Diesmal trägt er keine Uniform, sondern einen schwarzen Pullover und ein schwarzes Sakko. Aber es ist dasselbe Gesicht, das ich in den vergangenen Jahren fast jeden Morgen gesehen habe. Fröhlich lachend, während er eine hübsche Frau abtastete. Dado, der Mitarbeiter des Sicherheitsdienstes von meinem Büro.

Offenbar setzt Huub ihn auch außerhalb des Büros ein, oder ist er aus einem anderen Grund hier? Ich sehe, dass sich ein zweiter Mann zu ihm gesellt, aber durch eine dunkle Kappe ist dessen Gesicht in Schatten getaucht. Zusammen laufen sie weg, ehe die Polizei eintrifft. Und das müssen wir auch, vor allem nach der Geschichte, die

Alex vorhin erzählt hat. Ich drehe mich auf den Rücken und sehe den mondhellen Himmel über Amsterdam, der sich ruhig hin und her bewegt, bis er in hohem Tempo Runden zu drehen beginnt.

»Ich komme mit dir mit.« Milas Stimme klingt entschlossen, und ich sehe sie an.

»Bist du dir sicher?«

»Ja. Ob ich nun will oder nicht, ich muss ja auch meine eigene Unschuld beweisen.«

Dankbar nicke ich ihr zu.

»Und ich ebenfalls.«

Wir sehen Alex an.

»Ich weiß als Einziger, wo ich dich abgesetzt habe. Du bist auch meine Rettung. Je eher du dich an alles erinnerst, desto besser.«

Das Schuldgefühl, weil ich die beiden in diese Lage gebracht habe, lastet schwer auf meinen Schultern, aber ich weiß auch, dass ich ohne sie keine Chance habe. Der Pakt, den wir hier eingehen, in diesem Ruderboot auf dem IJ, kommt mir stark vor.

Wir fahren nach Finnland.

Teil II

17

»Ich hätte mir auch eine Sonnenbrille kaufen sollen.« Alex' Stimme klingt locker, sogar munter. Ich lehne mich an Milas Auto und schließe für einen Moment die Augen, während die Sonnenstrahlen mein Gesicht wärmen. Mein Blick ist schärfer; ich sehe die Welt jetzt deutlicher. In der Hand halte ich einen Pappbecher mit Kaffee, und im Kofferraum liegen allerlei Plastiktüten mit neuer Kleidung. Auch Alex hat das ein und andere angeschafft und raucht eine Zigarette, während er vor mir hin und her läuft. Mila ist noch im Einkaufszentrum und braucht etwas länger, um sich eine neue Garderobe auszusuchen.

Ich habe die Hälfte meiner Anschaffungen nicht einmal anprobiert, aber die Klamotten sind bestimmt in Ordnung. Einkaufen habe ich schon immer schrecklich gefunden. Dieses Umherschlendern, Aussuchen, Anprobieren und wieder Zurückhängen. Sie hatten nie etwas in meiner Größe. Furchtbar. Niedergeschlagen treffen meine Blicke auf die von anderen verlorenen Männern, nur von ihrer Frau begleitet. Diesmal hatte es etwas Befreiendes, als ich auf gut Glück allerlei Kleidungsstücke in meinen Einkaufskorb warf. Ich habe auch einen größeren Betrag am Automaten abgehoben, deshalb brauche ich mir über das Geld erst einmal nicht den Kopf zu zerbrechen. Ich kann mir vorstellen, dass Liesbeth diese Abbuchung sieht, aber das ist mir egal.

Nachdem wir gestern Nacht an Land gegangen waren, fuhren wir sofort Richtung Deutschland. Dort sollte unsere Reise beginnen, und zwar sofort. Wir brauchten allesamt neue Kleidung, und wir hatten keine Zeit, um noch in unseren Wohnungen vorbeizuschauen. Irgendwo in der Nähe von Groningen haben wir deshalb gehalten, um uns neu einzukleiden.

»Bitte, nimm das Gespräch an oder stell das Ding auf lautlos«, fleht Alex, als mein Telefon klingelt. Es ist meine Frau, zum soundsovielten Mal. Ich wiege das Handy für einen Moment wie ein Goldstück in der Hand, dann werfe ich es mit großem Vergnügen in einen etwas weiter entfernt stehenden Mülleimer.

»Sieh an, das gefällt mir.« Mila kommt zwischen den parkenden Autos angelaufen, mit zweimal so vielen Tüten, wie wir anderen haben. Ich nicke, es ist gut so. Die Zeit der Lügen ist vorbei. Jetzt bricht die Phase der Wahrheit an. Das hier muss ich selbst erledigen, und dabei kann Liesbeth mir nicht helfen. *Und die trinkt ja sicher noch immer zusammen mit Jacob meinen Rotwein aus.*

~

Melancholischer Jazz schallt aus den Boxen, während die Bäume an meinem Fenster vorüberjagen. Durch dieses Tempo sehen sie aus wie ein langer Zaun mit grünen Blättern. Gitter, aus denen man nur entkommen kann, wenn man auf die Bremse tritt. Solange man rennt, wird alles ein Nebelschleier, man muss still stehen, um die Einzelheiten sehen zu können. Das habe ich in der vergangenen Woche am eigenen Leib erfahren.

Ich flog zu schnell durch die Tage, und obwohl etwas an

meinem Gedächtnis nagte, nahm ich mir nicht die Zeit, um genauer hinzusehen. Einerseits, weil ich abgelenkt wurde, weil ich es nicht besser wusste, aber andererseits auch, weil ich Angst davor hatte, was ich entdecken könnte. Das merke ich erst jetzt, als ich spüre, wie die Angst durch meinen Körper strömt. Und doch empfinde ich es als eine Befreiung, denn das hier ist meine eigene Entscheidung. Im Gegensatz zum Rest meines Lebens ist mir das hier nicht befohlen worden.

Die Seite meines Kopfes schlägt leise gegen das kalte Glas. Wir jagen über die Autobahn und haben die deutsche Grenze fast schon erreicht. Anfangs schauten wir uns alle fünf Minuten um, aber sehr bald waren wir uns sicher, dass wir nicht verfolgt werden. Mila summt die Musik leise mit, und Alex sitzt auf dem Rücksitz und blättert in einer Zeitschrift.

Es ist verrückt, was die Wahrheit mit uns machen kann. Tag für Tag saß ich neben Huub am Besprechungstisch, und alles kam mir vertraut vor. Natürlich sah ich auch, dass er unbarmherzig sein konnte, aber das gehört zum Erfolg dazu, sagte ich mir immer wieder. Vor allem in letzter Zeit hagelte es Entlassungen, denn in schweren Zeiten müssen Opfer gebracht werden. Doch zwinkerte er mir immer beruhigend zu, wenn ich seinem Blick begegnete. So wie bei den vielen Essen im Familienkreis fühlte ich mich willkommen. Meine Schwiegerfamilie brachte mir nach meinem Unfall Geduld entgegen und nahm sich Zeit für mich. Jetzt weiß ich, weshalb, und ich erschaudere, wenn ich daran denke, wie oft ich mich bei ihnen bedankt habe. *Danke, dass ihr immer für mich da seid*. Verdammt! Jetzt denke ich anders darüber. Jetzt, wo ich die Wahrheit kenne oder jedenfalls die Lügen, sehe ich Huub mit anderen Augen. Als ich in seinem Arbeitszimmer meine Stimme auf dem Tonband hörte, veränderte sich alles. Auch an Inge muss ich wieder denken, das unschuldige Opfer. Ich weiß nicht mehr, wozu Huub fähig ist, doch nach allem, was ich in letzter Zeit durchgemacht habe, bleibt mir nur ein Schluss: zu allem.

»Deutschland über alles«, höre ich Mila sagen, als wir die Grenze überqueren. Wir haben beschlossen, nach Finnland zu fahren, an den Ort, wo sich Alex' und meine Wege getrennt haben. Das Letzte, woran er sich erinnern kann, ist hundertmal mehr, als ich weiß. Bereits kurz nach unserem Aufbruch stellte Mila die Fragen, die ich noch nicht laut ausgesprochen hatte: Wer hat das Foto gemacht? Und wer hat es geschickt?

Die erste Frage ließ sich problemlos beantworten. Ein zufälliger Passant, erzählte Alex. Ein älteres Paar, von dem der Mann mit meiner Kamera die Fotos machte. Die andere Frage konnte er nicht beantworten. Unsere Wege hatten sich an einem bestimmten Punkt nun einmal getrennt, was danach passiert ist, weiß Alex also nicht. Wir fahren jetzt genau dieselbe Strecke wie damals, bis mir endlich etwas dämmert.

So wie wenn mir ein Wort einfach nicht einfallen will, liegt mir die Wahrheit auf der Zunge. Ich weiß, dass ich es weiß, aber ich bekomme es nicht zu fassen. Wenn sich der Nebel Stück für Stück lichtet, werde ich mich von selbst daran erinnern. Das weiß ich sicher.

Denke ich.

18

Es schneit wieder. Ein schmaler Pfad schlängelt sich quer durch einen dichten Wald. Erstaunt schaue ich mich um. Ich weiß nicht mehr, wie ich hierhergekommen bin. Rasch drehe ich mich um mich selbst, um alle Richtungen im Blick zu haben. Die Gefahr kann von überall her kommen, das weiß ich.

Vor mir sehe ich das Auto. Wo der Weg eben noch verlassen war, steht jetzt ein weißer Range Rover. Die Fenster sind verdunkelt, aber das des Chauffeurs ist einen Spalt breit geöffnet. Ein Rauchfaden kommt heraus und steigt in Kringeln in die eiskalte Luft. Meine Kehle ist wie ausgetrocknet, und meine Arme sind schwer. Ich spüre am ganzen Leib, dass Wegrennen keine Hilfe wäre. Meine Rettung ist zu weit weg, die Bedrohung würde mich einholen. Dieser Tatsache muss ich ins Auge blicken.

Die schwere Autotür öffnet sich, und zwei schlanke Frauenbeine erscheinen. Ich taumele und taste nach Halt, denn hiermit hatte ich nicht gerechnet. Es ist Mila, mit einer Zigarette, die in ihrem Mundwinkel baumelt. Quälend langsam hebt sie die Hand und richtet den Zeigefinger auf mich, während sie den Daumen hebt, wie zu einer Pistole.

Ich warte darauf, was jetzt geschehen wird, aber dann bewegt sie kurz den Daumen nach unten und hebt ihn dann wieder. *Sie schießt!* Ich lasse mich fallen, aber die

Kugel trifft die Windschutzscheibe neben ihr. Das ist ein unmöglicher Winkel, da sie doch neben dem Wagen steht, und ich begreife gar nichts mehr. Milas Zeigefinger ist nämlich noch immer auf mich gerichtet. Wieder bewegt sie den Daumen, und die nächste Kugel bohrt sich in den Autoreifen, aus dem pfeifend die Luft entweicht. Aufgrund des platten Reifens steht das Auto nun schief. Mila bleibt unbeweglich stehen und schaut mir ins Gesicht. »Was machst du da?«, schreie ich, aber es kommt keine Antwort.

Keine Reaktion, und ich denke ganz kurz, dass wir ewig so stehen bleiben können. Ohne etwas zu sagen, einfach nur starrend. Mila durchbricht diesen Stillstand, und ich erschaudere bei dem, was ich nun sehe. Sie reißt die Augen beängstigend weit auf, so weit, dass sie fast aus den Augenhöhlen zu fallen drohen. Weiter, noch weiter. Dann schreit sie. Hart, kalt. Der Klang geht mir durch Mark und Bein. Es klingt tierisch, wie der Schrei eines Vogels. Wie der Schrei eines großen, gefährlichen schwarzen Vogels.

»Das Lämpchen leuchtet.« Wir schrecken allesamt hoch. Nach den schlaflosen Nächten bin ich vermutlich eingedöst. Ich schaue mich zu Alex um, der seinerseits in Richtung Armaturenbrett nickt. Auch Mila sieht das orange leuchtende Symbol für den Benzinstand.

»Keine Ahnung, wie lange schon«, sagt sie überrascht. Auch sie hat genug andere Sorgen. Ich versuche, den Traum, den ich gerade hatte, abzuschütteln, und reibe mir die Augen. Zum ersten Mal spielt jemand anders eine Rolle in meinem Traum, auf jeden Fall jemand mit einem menschlichen Gesicht. Vielleicht kein Wunder, wenn man so viel Zeit mit jemand verbringt auf einer dermaßen emotionalen Reise. Liesbeth konnte meine Träume nie erreichen, und ich weiß nicht, was das bedeutet. Draußen sehe ich ein blaues Verkehrsschild. Noch zwanzig Kilometer bis Hamburg.

»Der hat ja auch lange durchgehalten.« Ich hatte damit gerechnet, schon viel früher tanken zu müssen.

»Sie.«

»Hä?«

»Mein Auto ist eine Sie. Kein Er«, gibt Mila entschieden zurück. Ich murmele eine Entschuldigung und halte Ausschau nach einer Ausfahrt.

»Wir sind eben an einer Tankstelle vorbeigekommen«, hören wir vom Rücksitz.

»Nützliche Information.« Mila klingt mürrischer, als ich es von ihr gewöhnt bin, und ich hoffe, dass wir nicht jetzt schon am Rand der Autobahn stranden werden.

»Weißt du noch, der dicke Deutsche?« Alex muss plötzlich lachen, und ich warte, bis er weitererzählt. Ich habe nämlich keine Ahnung, wovon er redet. Als ihm das ebenfalls auffällt, verstummt sein Lachen. »Oh Shit, ja. Sorry. Als wir das letzte Mal durch Deutschland gefahren sind, haben wir bei einer Raststätte angehalten. Ich meine, das müsste hier irgendwo gewesen sein.«

Ich schaue aus dem Fenster. »Sind wir über diese Straße gefahren?« Nichts hier kommt mir bekannt vor.

»Ja.« Er redet begeistert weiter. »Da gab es so ein Büfett, und ein Deutscher drängte sich dauernd vor. So ein dicker LKW-Fahrer. Ich wollte ihm schon auf die Schulter klopfen und sagen, er sollte sich mal zusammenreißen. Es gibt schließlich Regeln bei so einem Büfett, und er hatte sich schon zwei Teller bis an den Rand vollgepackt. Du hast mich zurückgehalten. Du fandst es nicht nötig, hier einen Streit zu riskieren.«

»Das klingt wirklich nach Olaf«, brummt Mila dazwischen.

»Also habe ich mich beherrscht«, erzählt Alex weiter. »Ich war ja nur der Chauffeur, weißt du, und wir waren gerade erst losgefahren. Mich jetzt schon mit dir anzulegen … aber die Tische waren alle ziemlich voll, und ich sah dann ganz hinten doch noch einen. Wir liefen schnell hin, und was glaubst du, wer gleichzeitig mit uns bei diesem Tisch ankam? Der Deutsche. Ich wollte mich sofort hinsetzen, aber du warst wieder dagegen. Ich ließ ihn vor, und du nicktest mir beruhigend zu. Erst begriff ich nicht, was du meintest, und hielt dich für einen Schlappschwanz.«

»Hat diese Geschichte irgendwann mal eine Pointe?«, fragt Mila, zusehends ungeduldiger.

»Aber dann ließ er sich, ohne sich zu bedanken, auf so einen festen Sitz am Tisch fallen – du weißt schon, so eine Sitznische.« Alex muss sich immer größere Mühe geben, um nicht wieder loszuprusten. »Und sofort saß er fest. Er kam nicht mehr raus!« Jetzt kullern ihm vor Lachen die Tränen über die Wangen. »Er musste von der Feuerwehr befreit werden. Das nennt man doch Karma! Du hattest das gesehen und hast zugelassen, dass er sich total lächerlich gemacht hat. Und da wusste ich, dass du in Ordnung bist!«

Er klopft mir freundschaftlich, wenn auch ein wenig zu hart auf die Schultern.

»Weißt du das wirklich nicht mehr?«

Ich schüttele den Kopf, und Alex verstummt.

»Es ist verdammt merkwürdig, eine Anekdote zu hören,

in der du selbst vorkommst, und dich dann an nichts erinnern zu können«, erkläre ich.

Die Straßenbeleuchtung fliegt vorüber, während es jetzt schon fast dunkel wird. Ich spüre eine leichte Berührung an meinem Oberschenkel, und Milas freundlicher Blick neben mir beruhigt mich. Offenbar hat sie sich von dem Stress von vorhin erholt, denn sie zwinkert mir zu. Wie zur Belohnung dafür, dass wir das erste Hindernis überwunden haben, taucht vor uns ein Hinweis auf eine Tankstelle auf. Erleichterung breitet sich im Auto aus.

Eine Melodie schwebt durch die Luft. Es dauert einen Moment, bis ich bemerke, dass es Mila ist, die pfeift. Ganz sauber und mysteriös. Wir stehen nebeneinander am Rand der Tankstelle, Alex ist kurz pissen gegangen. Ich sehe, dass sie ihr Telefon in der Hand hält, und mir wird bewusst, dass ich als Einziger hier keinen Kontakt zur Außenwelt habe. Die dramatische Geste, mit der ich vorhin mein Handy weggeworfen habe, hat mich isoliert. Ich fand diese Geste notwendig, aber jetzt macht sie mir Angst.

Die Vorstellung, dass ich hier überhaupt nichts zu suchen habe, meldet sich in meinem Hinterkopf immer wieder zu Wort. Gibt es nicht viel vernünftigere Lösungen, viel erwachsenere? Beruht das alles hier nicht einfach auf einem Missverständnis, und werde ich nicht hinter meinem Rücken deshalb ausgelacht? Mein altes Ich taucht auf, das alle Probleme so weit wie möglich unter den Teppich kehren und mit einem Lächeln beiseiteschieben wollte. So bin ich im Grunde also noch immer.

Schnell versuche ich, meine Unsicherheit zu überwinden. Es ist kein Missverständnis; es passiert alles Mögliche. Etwas zwischen Liesbeth und Jacob, etwas im Büro, während alle an den Lügen über meinen Unfall festhalten. *Ein Mord.*

Ein frischer Wind kommt auf, und ich spüre die Abkühlung auf meinem Gesicht. Am Horizont sehe ich ein rotes Glühen. Unter anderen Umständen würde ich jetzt mit einer Tasse Tee auf dem Sofa sitzen, unter einer Decke, und mich durch mein Netflix-Menü scrollen. Erstaunt bemerke ich, dass ich dann doch lieber hier bin.

»Was ist los?« Mila steckt wie ertappt ihr Telefon weg und kommt auf mich zu. Mir fällt auf, dass ich sie angestarrt habe, und ich versuche schnell, etwas zu sagen.

»Sieh dir mal diesen Sonnenuntergang an!« Wir gehen von der Tankstelle weg, bis unsere Schuhe im Gras versinken. »Sehr schön«, bestätigt sie. Aber dennoch spüre ich ihren forschenden Blick.

»Ich habe mit meinem Bruder auf Whatsapp geschrieben, wenn du das wissen willst.«

Ich zucke mit den Schultern und lächele, das ist mir egal. Sie versetzt mir einen Rippenstoß und sieht mich an. »Das ist mir egal«, wiederhole ich.

Dann sehe ich, dass sie etwas anderes meint. Langsam drehe ich mich zu der Tankstelle um und merke, dass die Luft um mich herum erstarrt. So frei, wie ich mich eben noch gefühlt habe, so angespannt bin ich jetzt.

Neben ihrem Auto, das vollgetankt neben der Zapfsäule auf uns wartet, steht ein Mann. Nicht diese Tatsache lässt uns vor allem erstarren, sondern eher, wie er aussieht. Er trägt eine lange schwarze Jacke und ein weißes Oberhemd. Seine sorgfältig nach hinten gekämmten Haare bilden einen Kontrast zu seinem üppigen Bart. Die letzten Sonnenstrahlen lassen das Piercing in seiner Nase aufblitzen. *Das ist der Mann aus Milas Wohnung!* Er geht vor unserem Auto in die Hocke und notiert das Kennzeichen. Anschließend nimmt er sein Handy und gibt eine Nummer ein. Ich trete vorsichtig einen Schritt zurück, aber ich spüre einen Graben hinter mir. Ich will mich umdrehen, wegrennen, aber kann nirgendwo mehr hin.

»Wie ist das möglich? Hier?«

Milas Blick bestätigt, dass auch sie die Antwort nicht weiß.

Der Mann mit dem Piercing hat uns noch nicht bemerkt und geht jetzt zum Kiosk. Aber statt die Schiebetüren zu öffnen, läuft er in einem Bogen zur Rückseite, und wir begreifen beide gleichzeitig, was das bedeutet. Alex ist auf der Toilette hinten im Gebäude, und er ahnt nicht, dass er verfolgt wird.

»Wir müssen los.« Milas Stimme klingt entschieden, und ich bin es leid, dass sie recht hat. Ich habe Alex ausfindig gemacht, ich habe ihn mitgenommen, also kann ich ihn nicht seinem Schicksal überlassen.

Mit geballten Fäusten laufen wir hinter dem Mann her. Dass ich nachdenke, ob ich bei einer Schlägerei meinen Daumen in die Faust stecken muss oder nicht, beruhigt mich nicht gerade.

Bei der Tankstelle ist ansonsten alles still. Hinter mir fährt das letzte Auto weg, und ich sehe nur im Kiosk eine gelangweilte Verkäuferin Kaugummi kauen, während sie sich die Nägel lackiert.

Der Mann ist inzwischen um die Ecke gegangen, und ich will etwas sagen. Etwas, um die Situation zu erklären, etwas, um uns zu beruhigen, um eine andere Lösung vorzuschlagen, aber mein Verstand hat hier keinen Einfluss drauf. Ich schlucke, mein Hals ist wie ausgetrocknet.

Wir kommen der Ecke immer näher.

Mila geht jetzt vor mir und kehrt, als wir stehen bleiben, ihren Rücken der Mauer zu. Wir sind wie ein Einsatzkommando kurz vor der Razzia – jedenfalls so, wie ich das in der Sicherheit meines Sofas in Filmen gesehen habe. Jetzt, wo ich wirklich hier stehe, spüre ich vor allem den Schweiß in meinen Handflächen.

Mila nickt mir zu, was vermutlich bedeutet, dass es so weit ist.

Das Brechen klingt verhängnisvoll. Es ist kein Glas, und doch höre ich Scherben, die zu Boden fallen. Gefolgt von einem dumpfen Schlag. Mila und ich bleiben einen Moment lang wie angewurzelt stehen, ehe wir vorsichtig um die Ecke schauen.

Alex sieht noch überraschter aus als wir, als er nun in der Türöffnung der Toilette steht. Vor seinen Füßen liegt bewegungslos der Mann mit dem Piercing. Ein kleines Blutrinnsal breitet sich auf den Bodenfliesen aus, während ich erst jetzt die Scherben neben seinem Kopf liegen sehe. Offenbar hat Alex einen großen Blumentopf aus Terrakotta auf dem Kopf des Mannes zerschlagen.

Wortlos schauen wir einander an. Alle drei wissen wir, was hier passiert ist, und Adrenalin wird durch unsere Körper gepumpt. Dann rennen wir so schnell wir können zurück zu Milas Auto. Ängstlich schaue ich mich noch einmal zum Kiosk um, aber ich sehe, dass sich die Verkäuferin noch immer nichtsahnend die Nägel lackiert. Einen Moment lang bin ich erleichtert über die schlechte

Arbeitsmoral an dieser Tankstelle, aber viel Zeit habe ich nicht dafür. Weiter vorn sehe ich schon das Blinklicht des nächsten Autos, das von der Autobahn und in unsere Richtung abbiegt. Ich schlage auf das Dach unseres Autos, in der Hoffnung, die beiden damit zu schnellerem Einsteigen zu bewegen.

»Macht schon!«

Als beide sitzen, springe ich wieder auf den Beifahrersitz.

In dem Moment, in dem wir losfahren, fällt mir ein, dass wir das Benzin nicht bezahlt haben. Aber dann werde ich durch Alex' zitternde Stimme aus meinen Gedanken gerissen:

»Er hatte eine Pistole.«

19

»Was bedeutet das?«

»Dass sie immer noch hinter uns her sind.«

Im Auto ist es wieder still. Inzwischen ist es Abend geworden, während wir der vielbefahrenen Autobahn folgen.

»Ich hab noch nie eine echte Pistole gesehen«, stelle ich laut fest. »Höchstens mal am Gürtel eines Polizisten.« *So ein behütetes Leben habe ich geführt.*

»Ich schon«, antwortet Alex. »Es ist beängstigend, wenn ein Finger an einem Abzug den Unterschied zwischen Leben und Tod bedeutet.« Ich schaue verstohlen zu Mila hinüber, aber sie reagiert nicht, sondern starrt durch die Windschutzscheibe.

»Kanntest du ihn?«

Ich drehe mich zu Alex um, denn ich begreife seine Frage nicht. Er hat nur Augen für Mila.

»Nein, wieso?«, lautet ihre Antwort, während sie weiterhin die Straße im Blick behält.

»Weil er bei deinem Auto stand. Ein Typ mit einer Pistole hat dein Auto erkannt, nicht meins und nicht das von Olaf. Wo haben die das schon mal gesehen?« Die Stimmung schlägt um, und das kommt für mich total überraschend. Wie so oft war ich in Gedanken noch mit meinen eigenen Problemen beschäftigt und noch nicht mit einer

Analyse der Lage. Schon gar nicht mit einer Analyse, in der Mila in Verdacht gerät. Mir fällt ein, dass Alex noch nichts davon weiß, was in Milas Wohnung passiert ist.

»Wir sind diesem Mann schon einmal begegnet«, schalte ich mich eilig ein.

»Er hat meine Nachbarin ermordet«, fügt Mila wütend hinzu, beleidigt durch Alex' gerade gemachte Andeutung.

»Was?« Alex scheint zu erschrecken. »Wovon redest du da?«

»Sie haben sie ermordet, als sie Olaf und mich nicht finden konnten.«

»Und das erzählst du jetzt erst? Ich hab wahrscheinlich genau derselben Pistole gegenübergestanden«, ruft Alex empört.

Mila zuckt gelassen mit den Schultern.

»Das war eine Injektion, keine Pistole.«

»Was?«

»Okay, okay. Immer mit der Ruhe. Wenn wir schon Schlussfolgerungen ziehen, dann doch bitte nicht übereilt.« Ich versuche, die Bombe zu entschärfen, und sehe, dass wir inzwischen Dänemark erreicht haben. »Vielleicht wäre es besser, irgendwo hier zu übernachten, statt in eine große Stadt zu fahren?«

Keine Reaktion. Keine Zustimmung, aber auch kein Widerspruch. Damit muss ich mich bis auf weiteres zufriedengeben, beschließe ich.

~

Die Landschaft hat immer noch große Ähnlichkeit mit den Niederlanden und Deutschland, aber wir befinden uns eben doch in Skandinavien. Es ist dunkel, denn es gibt hier nur wenige Straßenlaternen. Ich drücke mein Gesicht gegen die Fensterscheibe und versuche, für einen Moment einen Blick auf den Sternenhimmel zu werfen. Das mache ich immer, wenn ich nicht von den Lichtern der Stadt umringt bin; wie ein kleines Kind staune ich dann über das Universum. In Frankreich gehe ich manchmal in einen Wald und kann stundenlang auf dem Rücken liegend zu den Sternen hochschauen.

Ein Flug für drei von Amsterdam nach Helsinki wäre schneller gewesen, aber Liesbeth sollte nicht sofort erfahren, wohin ich unterwegs bin. Sie kennt alle meine Passwörter, und ich weiß mit Sicherheit, dass sie mein Konto genau im Blick hat. Welche Rolle sie spielt, weiß ich noch nicht, aber ich weiß, dass ich ihr nicht vertrauen kann. Allerdings ist der Hauptgrund, aus dem wir mit dem Auto nach Finnland fahren, der Roadtrip, den ich laut Alex mit ihm unternommen habe. Ich hoffe, dass sich meine Erinnerung schneller wieder einstellen wird, wenn ich meine früheren Erfahrungen so getreu wie möglich wiederhole.

»Soniat House. Nächste links.« Mila sieht ein Schild, auf dem eine Übernachtungsmöglichkeit angezeigt wird. Sie schaltet die Scheinwerfer ein, um den Weg besser sehen zu können, und wieder aus, als uns jemand entgegenkommt. So jagen wir durch die dunkle Landschaft – keine Ahnung, wo wir sind. An Dörfern sind wir noch nicht vorbeigekommen, nur an Gruppen einiger großer, allein stehender Häuser. Sie kommen mir amerikanisch vor, dann ist auch damit Schluss, und sie weichen Kilometern von Weideland.

»Hier«, ruft Alex vom Rücksitz aus, als unser Scheinwerfer wieder ein weißes Schild trifft. Mila biegt in einen schmalen Weg ein, an dem beidseitig Bäume stehen. Links und rechts liegen verlassen aussehende Bauernhöfe, aber wir müssen zu einem niedrigen weißen Haus. Der Kies knirscht unter unseren Rädern, und alles verschwindet wieder in der Dunkelheit, als Mila den Motor ausschaltet. Sie streckt sich, müde von der Reise.

»Ich finde, wir haben allesamt eine gute Nachtruhe verdient.«

~

Eine Frau mit einer bunten Maske. Die Wasserfarben laufen über ihren nackten Körper hinunter. Das Gemälde steckt in einem roten Rahmen und hängt an der Wand über meinem Bett. Darunter steht ein potthässliches gelbes Sofa mit Blümchenmuster. Daneben, in der Zimmerecke, ein Kühlschrank. Ich liege auf der Bettdecke und habe die Hände auf dem Bauch gefaltet.

Wir haben drei Einzelzimmer genommen.

Es war noch gar nicht so spät, aber die alte Frau, die uns in Empfang genommen hat, stellte sich an, als hätten wir sie mitten in der Nacht gestört. Wahrscheinlich bekommt sie nicht viele Gäste, und schon gar nicht um diese Uhrzeit. Erst als ich etwas Bargeld auf den Tresen legte, schien sie wach zu werden.

Zum Glück hatte sie freie Zimmer, und obwohl hier die Zeit stillzustehen scheint, ist es geräumig. Das Bett riecht ein bisschen muffig, aber ich bin froh, dass ich endlich liegen kann. Langsam fallen mir die Augen immer weiter zu, während der Wind draußen die Bäume sanft hin und her wiegt.

»Olaf.«

Ich drehe mich noch einmal um. Liesbeth weckt mich immer zu früh. Sie weiß, dass ich nicht sofort aufstehen kann, und berücksichtigt das. Das weiß ich inzwischen aber auch und reagiere deshalb nicht sofort.

»Olaf.«

Okay, okay. Da sie nicht lockerlässt, mache ich die Augen auf.

Verblüfft schaue ich Alex ins Gesicht. Er steht neben meinem Bett und ist bereits angezogen. Draußen ist es noch dunkel. Verwirrt setze ich mich halbwegs auf und schaue mich um; jetzt weiß ich wieder, wo ich bin: in Dänemark.

»Was willst du in meinem Zimmer?«, stammele ich.

»Wir müssen los. Sofort.« Er klingt bedrohlich, und ich setze mich auf. Ich schalte die Nachttischlampe ein, und nun sehe ich auch Mila auf dem gelben Sofa sitzen. *Was ist los?* Ich ziehe die Decken höher über meinen nackten Oberkörper. Ich bin überrascht und fühle mich angegriffen von den Einzigen, die mich noch unterstützen.

»Was ist los?«, wiederhole ich jetzt laut.

Mila bewegt die Hand, und erst jetzt sehe ich darin die Fernbedienung. Die richtet sie auf den Fernseher, und die dänischen Nachrichten erscheinen. Wie sehr ich mir auch die Augen reibe, die Gesichter auf dem Bildschirm verändern sich nicht. Ich erkenne mich und Mila, von einer Überwachungskamera festgehalten. Wir sind zwar im Dunkeln und durch die schlechte Bildqualität nicht deutlich zu erkennen, aber es ist kein Zweifel möglich: Das sind wir. Um dies noch einmal zu betonen, wird nun auch ein Foto von Milas rotem Auto gezeigt, einschließlich des Nummernschilds.

»Was sagen sie?«

»Mein Dänisch ist genauso gut wie deins«, antwortet Mila. »Aber ich hab mich im Foyer an den Computer der Wirtin gesetzt. Wir haben an der Tankstelle nicht bezahlt, dann wird sowieso ein Foto von dir gemacht. Zum Glück ist das Auto nicht auf meinen Namen zugelassen.«

Ein lauter Schrei erklingt im Raum. »Warum habt ihr nicht bezahlt? Was habt ihr eigentlich gemacht, als ich pissen war?« Alex hört sich panisch an.

»Aber wenn man an einer Tankstelle nicht bezahlt, kommt man doch nicht in die Nachrichten?«, frage ich.

»Das nicht, aber da gibt es noch das kleine Problem eines bewusstlosen Mannes«, fährt Mila fort. »Vielleicht glauben sie, dass wir einen Überfall geplant hatten. Der Mann ist jedenfalls ins Krankenhaus gebracht worden, mehr wurde über seinen Zustand nicht gesagt.« Nun schaut sie Alex an. »Übrigens auch nichts von einer Pistole.«

Ich ziehe die Augenbrauen zusammen, aber Alex reagiert sofort.

»Natürlich nicht, warum sollten sie das jetzt schon bekanntgeben? Sie müssen doch erst wissen, mit wem sie es zu tun haben. Es dauert jetzt nicht lange, bis sie uns hier finden oder bis diese Alte hier wach wird und das Auto erkennt. Wir müssen los.«

So schnell ich kann, ziehe ich mich an und gehe nach draußen. Alex hält ein paar Schlüssel hoch, und ich blicke ihn fragend an.

»Wir müssen unser Auto stehen lassen. Die hier hingen an der Rezeption.«

Mir klappt das Kinn herunter. »Du willst ein Auto klauen? Das von dieser netten Frau?«

»Das versteht sie sicher schnell, und sie kriegt im Gegenzug ja auch ein schönes.«

»Ja, meins«, schimpft Mila.

Ich schaue sie an und schüttele den Kopf. »Es tut mir leid.« Langsam verwandelt sich dieses Abenteuer in einen Albtraum.

»Warte.« Ich muss erst einmal meine Gedanken sortieren.

»Keine Zeit«, sagt Alex und geht zu einem blauen VW. Mila folgt ihm.

»Nein, das ist mein Problem. Ich gehe zur Polizei und erkläre alles. Sie werden die Beschreibung dieses Autos hier schnell genug bekanntgeben, das ist also keine Lösung.«

»Seh ich auch so.« Das hat Mila gesagt. »Aber ob wir es wollen oder nicht, wir stecken mit drin. Was, wenn dieser Mann im Krankenhaus stirbt? Ganz zu schweigen von anderen Bewaffneten, die hinter uns her sind. Die Polizei weiß sonst noch nichts über uns. Wenn wir es dabei belassen und außer Sicht bleiben, sind unsere Chancen größer. Huub ist auch nicht damit gedient, die Polizei einzuschalten, nach allem, was wir wissen, der wird also nichts verraten.«

Sie sieht meine Verwirrung und kommt auf mich zu. Ihre Hand gleitet in meine.

»Glaub mir, Olaf. Wenn ich eine andere Lösung sähe, würde ich mich dafür entscheiden. Wir müssen dieses Auto nehmen und zusehen, dass wir so weit wie möglich kommen. Das klingt besser, als jetzt zu Fuß zu gehen.« Ich muss zugeben, dass sie recht hat, dass beide recht haben. Aber mein Schuldgefühl lastet noch immer schwer auf meinen Schultern, als ich auf dem Rücksitz Platz nehme. Meine

Kopfschmerzen hämmern wieder los, als ob sie meinen Schädel sprengen wollten. Alex setzt sich ans Steuer, und wir fahren noch vor dem Morgengrauen zurück über den Kiesweg.

Auf jeden Fall haben wir jetzt ein dänisches Nummernschild.

20

Was Liesbeth jetzt wohl macht?

Ich frage es mich, und mir fällt auf, dass ich keine klare Antwort darauf weiß. Wird sie ihre Arbeit weitermachen, als ob nichts geschehen wäre, wird sie sich mit gebrochenem Herzen bei der Polizei ausweinen oder Urlaub mit Jacob planen? Ich kann mir alles vorstellen.

Flüchtig lasse ich die Erinnerungen, die ich noch habe, an mir vorüberziehen. Wie sie sich abends an mich schmiegt und ich mit dem Finger ihrem geraden Scheitel folge. Wie sie auf einer Terrasse so laut lachen muss, dass ihr der Rosé aus der Nase spritzt. Wie ihre Hand sich gespannt um mein Handgelenk schließt, während sie mit verzücktem Gesicht die Schauspieler auf der Bühne beobachtet.

Ich muss mir Mühe geben, um mich an unschöne Dinge zu erinnern. Die Streitereien, meistens über nichts. Der Ärger, der zum Zusammenleben dazugehört. Offene Zahnpastatuben, dreckige Waschbecken. Aber nichts Großes. Die Grundlage war immer stabil.

Und doch. Ich erinnere mich daran, warum ich hier auf dem Rücksitz eines gestohlenen Autos sitze. Wenn man unter all den schönen Erlebnissen eine große Lüge entdeckt, kann keins von ihnen noch standhalten. Es war eine Farce, ein Theaterstück, in dem ich mitspielte, ohne es zu wissen.

Das Komplott ist offenbar größer, als ich gedacht habe, und dass bei uns im Büro rein gar nichts stimmt, ist mir jetzt klar. Was waren das für Termine, die sie überall in Europa hatten? Warum konnten die nicht ganz normal bei uns im Besprechungsraum stattfinden? Und warum musste ich nach Finnland? Bei der Vorstellung, dass ich mit den illegalen Unternehmungen zu tun gehabt habe, verspüre ich einen bitteren Geschmack im Mund.

Der Wachdienst wird jetzt offenbar auch außerhalb der üblichen Arbeitszeit eingesetzt, aber hat Huub auch Männer mit Pistolen auf seiner Gehaltsliste? Männer, die kaltblütig eine unschuldige Frau ermorden? Ich kann es noch immer nicht glauben, aber wer hat es dann auf uns abgesehen?

Ein unheimliches Gefühl überkommt mich bei dem Gedanken an das, was uns an unserem eigentlichen Ziel erwartet. Denn zu einem schaurigen Geheimnis gehört doch sicher eine noch schrecklichere Wahrheit.

Wir rasen mühelos über das Wasser, und am Horizont sehe ich die Sonne aufgehen. Die Brücke, die Dänemark und Schweden verbindet. Auf halber Strecke halte ich doch eben Ausschau nach der Stelle, wo in der skandinavischen Krimiserie, auf die Liesbeth so verrückt war, die Leiche gefunden wurde. Der eine Teil des Leichnams lag in Dänemark, der andere in Schweden, was zu einem bürokratischen Chaos führte. Jetzt liegt hier keine Leiche, und die Autos fahren ordentlich aneinander vorbei, vorbereitet auf einen neuen Tag. Zum ersten Mal weiß ich wirklich nicht, wie der für mich aussehen wird, wodurch ich früher eine Panikattacke bekommen hätte. Jetzt schlage ich mich durchaus noch gut.

Ich schnappe nach Luft. Ich ertrinke, kann nicht mehr atmen.

Erschrocken schaue ich mich um. *Wo bin ich?* Milas Lachen beruhigt mich, und ich weiß es wieder: Ich habe auf dem Rücksitz geschlafen. Ihrem Blick nach zu urteilen, nicht gerade in charmanter Haltung. Das habe ich immer schrecklich gefunden: mit offenem Mund zu schlafen. Leider hat der Körper während des Schlafens die Kontrolle, nicht man selbst.

Ich staune darüber, dass ich hinter dem Fenster keine Bewegung sehe. Wir stehen. Ich reibe mir das Gesicht und setze mich auf. Jetzt sehe ich vor uns die roten Bremslichter – Stau.

»Wie lange stehen wir hier schon?«, frage ich.

»Zehn Minuten. Nichts bewegt sich.«

Um uns herum gibt es nur Bäume. Dicke Stämme mit einem dunkelgrünen Blätterdach. Eine ganz andere Welt als die angelegten Beete in Amstelveen.

»Komische Stelle für morgendlichen Berufsverkehr.« Die anderen stimmen mir zu, und uns ist klar, dass es einen anderen Grund geben muss. Weiter vorn steigen Leute aus den Autos, um nachzusehen, warum es nicht weitergeht. Mila sagt, dass sie nachschauen will, und steigt ebenfalls aus. Die Tür fällt hinter ihr zu, und Alex und ich bleiben schweigend zurück.

Wir sehen, dass Mila auf eine Gruppe von Menschen zugeht und lächelnd ein Gespräch beginnt. Alle sehen entspannt aus.

»Nette Frau«, sagt Alex. Ich nicke. »Dass sie einfach mitkommt, um dir zu helfen … Ich glaube nicht, dass sie das für jeden tun würde.«

Ich schüttele den Kopf. »Zwischen uns läuft nicht, falls du das gemeint haben solltest.«

»Nein, das meine ich nicht.« Dann wird er ernster. »Kannst du ihr vertrauen?«

»Hä?« Ich begreife nicht, warum er das sagt. *Wir drei sind doch jetzt ein Team?* »Sie findet im Büro etwas Verdächtiges, misstraut dem, was da passiert, und zieht mit dir los«, fährt er fort.

»Mit uns«, korrigiere ich unnötigerweise.

»Kommt dir das nicht alles ein bisschen zufällig vor? Ich meine, das Einzige, was ich weiß, ist, dass sie für den Mann arbeitet, vor dem du jetzt auf der Flucht bist.«

Für einen Moment macht mich diese Bemerkung unsicher, aber ich fasse mich rasch wieder.

»Ich habe auch für ihn gearbeitet, ohne Verdacht zu schöpfen, Alex. Ich habe sogar mit ihm Weihnachten gefeiert. Mila steht auf meiner Seite, das war immer schon so. Sie hat zwar ihre eigenen Probleme, aber umso mehr spricht es für sie, dass sie mir hilft. Es ist so, wie du gesagt hast: Auch sie arbeitet für Huub. Und deshalb will auch sie die Wahrheit ans Licht bringen.«

Ich sehe, dass er schweigend durch die Windschutzscheibe starrt und noch nicht überzeugt zu sein scheint. Weiter vorn verabschiedet sich Mila und kommt mit einem strahlenden Lächeln zurück zu unserem Auto. Ich atme erleichtert auf – na also, kein Grund zur Aufregung.

»Mach dir ihretwegen bloß keine Sorgen«, sage ich noch schnell, bevor sie einsteigt.

Mila lässt sich auf ihren Sitz fallen, zieht ihre Wagentür zu und dreht sich dann abrupt um. Ich sehe Angst in ihren Augen.

»Wir haben Probleme. Große Probleme.«

»Was denn?«

Sie schluckt, und ich sehe, dass sie versucht, sich zu beruhigen. »Offenbar gibt es eine Polizeikontrolle. Jedes Auto wird kontrolliert. Sie suchen zwei Männer und eine Frau.«

Alex schlägt auf das Lenkrad. »Auch mich? Wie das denn? Außerdem war die Tankstelle in Deutschland, und inzwischen sind wir in Schweden. Seit wann ist das hier eine internationale Treibjagd?«

»Vielleicht ist dem Mann, den du k.o. geschlagen hast, etwas passiert«, antwortet Mila. »Oder sie haben die Verbindung zu diesem gestohlenen dänischen Auto entdeckt. Sie haben wirklich Gründe genug.«

Einen Moment lang starren wir schweigend vor uns hin. Ab und zu rücken wir ein paar Meter vor, und als Alex zögert, weil uns das immer näher zu den Polizeibeamten bringt, werden wir durch die Autos hinter uns ungeduldig weitergehupt. Auf dieser Weise erregen wir nur noch mehr Aufmerksamkeit, deshalb tun wir das Einzige, was uns übrigbleibt: Schritt für Schritt weiterfahren.

Ich versuche, mich darauf vorzubereiten, was ich gleich sagen soll. Wie kann ich etwas erklären, das ich selbst nicht begreife? *Es tut mir leid, aber ich muss wissen, wer ich bin. Meine Frau hat mich belogen. Mein Leben ist eine Lüge.* Ich bezweifele, dass sich die schwedische Polizei davon beeindrucken lassen würde, und im Grunde weiß ich die Antwort ja schon.

Der Blinker leuchtet auf, und wir wechseln auf die Fahrspur rechts von uns. Noch immer hören wir das eintönige Geräusch des Blinkers, den Alex wieder eingeschaltet hat.

Er schaut sich um, an mir vorbei, und versucht, die nächste Öffnung auf der äußersten Fahrspur zu finden.

»Was machst du?«, frage ich. Es folgt keine Reaktion, und er bugsiert uns zwischen zwei Autos durch. Hinter uns hupt jemand wütend los, der mit unserem Manöver überhaupt nicht einverstanden ist, aber das ist auch alles.

Dann sehe ich, worauf Alex zusteuert. Ein Stück weiter vorn, noch weit von der Kontrolle entfernt, gibt es einen Rastplatz. Eine Verbreiterung des Standstreifens, auf dem man bei einem Unfall stranden kann. Man könnte sagen, dass wir uns jetzt in einer solchen Situation befinden, und Alex steuert das Auto geschickt darauf zu. Er schaltet den Motor aus, während neben uns die Autoschlange stetig weiterfährt. Die Polizei kann uns glücklicherweise noch nicht sehen, und wir steigen schnell aus.

»Und jetzt?«, fragt Mila ungeduldig. Alex weist mit dem Kopf zum Wald hinüber, wo die Bäume dicht an dicht stehen, bis sie sich im Schatten auflösen. Wir wissen alle drei, wie unsere Alternative aussieht, deshalb verlassen wir die Straße in aller Eile. Der Boden ist mit Blättern übersät, die ich unter meinen Schuhen knirschen höre. Ich schaue mich noch einmal nach dem blauen Auto um, das wir zurücklassen. Es wird sicher bald gefunden und zu der netten Dame zurückgebracht werden – das stelle ich mir wenigstens vor.

Wenn ich die Möglichkeit bekäme, ihr alles zu erklären, würde sie mich verstehen.

21

»Gib mir mal.« Ich übernehme eine von Milas Tüten. Wir schleppen unsere Plastiktüten mit den erst gestern gekauften Kleidern mit. Jetzt, wo wir kein Auto mehr haben, sind wir auf unsere Arme angewiesen. Mila hat mehr Tüten als ich, und ich sehe, dass ihr das Gewicht größere Mühe bereitet.

»Danke«. Sie lächelt dankbar.

»Allein der Gedanke daran, dass du gleich ein Outfit anziehen musst, das nicht zusammenpasst.« Alex hört sich wieder sarkastisch an.

»Wir wissen nicht, wo wir rauskommen werden. Rechne mit allem, hat meine Mutter immer gesagt.«

»Ich weiß ja nicht, ob sie Stöckelschuhe gemeint hat.«

Wir müssen alle drei lachen.

Nachdem wir ausgestiegen sind, sind wir zuerst eine ganze Weile in die gegenüberliegende Richtung von der Straße weg gegangen, bis wir sie fast nicht mehr sehen konnten. Dann beschlossen wir, unseren Weg parallel zur Straße fortzusetzen, um nicht ganz woanders zu landen.

Jetzt sind wir schon ziemlich lange unterwegs – keine Ahnung, wie lange – in eine Richtung, die wir weiterhin für die richtige halten. Jetzt müssten wir doch längst an der Kontrolle vorbei sein, denke ich. Aber ich wage noch nicht, einen Vorschlag zu machen, denn wir wissen alle drei gleich viel, oder besser gesagt: gleich wenig.

Ich bleibe stehen. Meine Füße halten an, und ich kann einfach nicht mehr. Alex und Mila gehen vor mir und bemerken gar nicht, dass ich ihnen nicht mehr folge. Mich durchläuft ein Prickeln. Ein Gefühl des Wiedererkennens. Ein Vorbote einer Erinnerung, wie etwas, das dir auf der Zunge liegt, und du begreifst plötzlich, dass du es erreichen kannst. Fast euphorisch.

Ganz langsam drehe ich mich um, während ich die Tüten zu Boden fallen lasse. Als ich mich umschaue, sehe ich sie schon. Ihre dunklen Locken wehen im Wind, und mit einem verspielten Lächeln streicht sie sich eine hinters Ohr. Ich kann meine Beine noch immer nicht bewegen, doch zum Glück kommt sie auf mich zu. Ich hole tief Luft und spüre, wie mein Seufzer auf halbem Weg steckenbleibt. *Da ist sie.*

Eine Träne rollt über meine Wange. Es ist ein unbeschreibliches Gefühl, sich so lange an nichts erinnert zu haben und jetzt zum ersten Mal etwas zu sehen. Etwas, das wirklich passiert ist, eine, die wirklich existiert hat. Ich bin nicht verrückt, denn dort steht sie.

»Olaf?« Hinter mir höre ich in der Ferne Stimmen; Mila und Alex haben gemerkt, dass ich nicht mehr hinter ihnen bin. Mir ist das egal, denn ich stehe Auge in Auge mit ihr.

Wie schön sie ist!

Die Hand legt sich grob auf meine Schulter. »Was machst du?« Alex steht hinter mir und versucht, zu mir durchzudringen. Schnell schaue ich mich nach der Frau um, aber sie ist schon verschwunden. Aber nicht so wie früher, für immer fort; diesmal ist sie dorthin zurückgekehrt, wo sie hingehört: in meine Erinnerung.

»Ich kann mich an jemanden erinnern.« Ich höre, wie glücklich meine Stimme klingt.

»An wen?« Auch Mila steht jetzt bei uns.

»Eine Frau mit dunklen Locken.«

»Wer ist das?«

Ich schaue Alex an, in der Hoffnung, dass er weiß, von wem ich rede. »Sind wir ihr zusammen begegnet?«

Er schüttelt den Kopf. »Wir waren immer nur zu zweit, nie zu dritt, so wie jetzt.«

»Vielleicht …« Ich sehe, dass Mila nachdenkt. »Vielleicht bist du ihr begegnet, nachdem ihr euch getrennt hattet. Vielleicht hast du ihr das Foto gegeben, und sie ist diejenige, die es dir jetzt geschickt hat?«

»Woran kannst du dich noch erinnern?«, fragt sie, jetzt auch energischer, da wir einen neuen Anknüpfungspunkt haben.

»Dass wir in einem Wald standen. Dass sie mich angelächelt hat und dass sie einfach blendend schön war«, antworte ich. Zu meiner Überraschung sehe ich, dass Mila einen Schritt zurückweicht, getroffen von meinem Loblied. Sie schüttelt den Kopf.

»Ist das alles?«

Ich zermartere mein Gehirn, aber ich kann nichts herausbekommen. Enttäuscht schüttele ich den Kopf, aber wieder klopft mir Alex energisch und aufmunternd auf die Schulter.

»Ist doch gut. Das bedeutet, dass deine Erinnerung zurückkehrt. Wir sind auf dem richtigen Weg. Jetzt müssen wir einfach durchhalten. Und uns nicht entmutigen lassen.« Alex klingt begeisterter als ich selbst. Ich ringe mir ein Lächeln und ein Nicken ab. Wir setzen unsere Wanderung fort.

Meine Hochstimmung von vorhin ist schon wieder verflogen.

Die Erinnerung hat vor allem bewiesen, dass es wirklich ein anderes Leben gab, von dem ich jetzt nichts mehr weiß. Eine andere Frau, die völlig aus meinem Gedächtnis verschwunden ist. *Welche Rolle hat sie gespielt?*

»Da!« In der Ferne, zwischen den Bäumen, sehen wir einen Mann neben einem grauen Pick-up stehen. Er zieht breite Riemen über Bretter, die hinten über die Ladefläche ragen. Wir gehen instinktiv schneller, aber Mila hält uns auf.

»Wartet mal.«

Sie zieht einen kleinen Spiegel aus der Tasche und macht sich zurecht, so dass sie nicht aussieht, als ob sie seit Stunden durch einen Wald getrottet wäre. Dann, mit gespieltem Selbstvertrauen, geht sie auf den Mann zu.

Alex und ich können auch jetzt nicht verstehen, was gesagt wird, aber ich sehe, dass sie den Mann mit Leichtigkeit um den Finger wickelt. Sind Frauen so stark und Männer so schwach, frage ich mich. Dann zeigt sie auf uns, und wie zwei Trottel heben wir beide die Hand. Unsicher winkt der Mann zurück.

Der heftige Wind, der uns um die Ohren saust, erfrischt mich. Er weckt mich wie eine kalte Dusche. Auf meinem Gesicht zeigt sich sogar ein zaghaftes Lächeln. Alex lacht zurück, als er das sieht.

Wir klammern uns an die Bretter hinten auf der Ladefläche, während Mia drinnen auf dem Beifahrersitz sitzt. Der Wagen rast über die fast leere Straße. Ich schaue mich um.

»Die Polizei kontrolliert immer noch sehr gründlich«, schreie ich, um den Wind zu übertönen. Alex nickt.

»Warum, glaubst du? Wir sind keine Schwerverbrecher«, frage ich.

»Wenn der Mann von der Tankstelle nicht überlebt hat, sind wir Mörder auf der Flucht.« Langsam dringen seine Worte zu mir durch. *Mörder*. Sind wir das wirklich? Oder bin ich einfach nur ein Komplize? An sich klingt das auch nicht viel besser, merke ich.

»Vielleicht hat Liesbeth dich schon vermisst gemeldet?«, schlägt Alex vor.

»Vermisst?«

»Na ja, du gehst nicht mehr ans Telefon. Du bist weggelaufen. Das passt nun wirklich nicht zu dir, oder? Du weißt nicht, was genau sie von alldem weiß. Vielleicht glaubt sie, dass du an einer Psychose erkrankt bist.«

Ich will, dass er den Mund hält. Seine Worte treffen mich zu hart. Kaum hatte ich mich ein wenig damit versöhnt, dass ich das hier selbst lösen muss und dass ich meiner Frau nicht mehr vertrauen kann, sät er wieder Zweifel. Mila war sich sicher: Ich sollte den Kontakt abbrechen. Sonst würde ich nie herausfinden, was wirklich passiert ist. Aber was, wenn tatsächlich alles anders ist, als ich denke? Wenn Liesbeth mich nun zusammen mit der Polizei sucht und ich ihnen entkomme?

»Das Wichtigste ist jetzt, dass du nach vorn schaust«, fügt Alex hinzu. Ich folge seiner Anweisung und sehe den Weg, der sich vor uns durch den Wald schlängelt. Der Wind streicht wieder über mein Gesicht, und ich merke, dass Alex recht hat. Die Antwort auf all diese Fragen liegt vor mir, nicht hinter mir.

Mila schiebt das Fenster hinten im Führerhaus auf. Sie streckt den Kopf heraus und sieht Alex an. Sie zwinkert.

»Mit allem rechnen. Seht ihr.«

Ich lächele, aber dann schießt mir wieder das eine Wort in den Kopf. Das Wort, das der Grund für die gründliche Suchaktion hinter uns sein kann.

Mörder.

22

»Tack.« Wir bedanken uns bei dem Mann in unserem besten Schwedisch. Keine Ahnung, was sie ihm erzählt hat, aber er war so nett, uns am nächsten Bahnhof abzusetzen. Die Polizei überprüft die Straßen, was bedeutet, dass sie ein Auto suchen. Wenn wir jetzt einen Zug nehmen, besteht die Chance, durch die Maschen ihres Netzes zu schlüpfen.

Wir sind in Schweden noch nicht weit gekommen, und vor uns liegt noch ein langer Weg. Wir sind bei einem sehr kleinen Bahnhof ausgestiegen. Wenn man hier schnell vorbeifährt, könnte man denken, dass er verlassen ist, aber offenbar hält hier doch ein Zug. Die gelben Backsteine sind an vielen Stellen mit Graffiti verschmiert, und es fehlen allerlei rote Dachziegel.

Ich stoße gegen eine blassgrüne Tür, die sich quietschend öffnet. Dahinter sieht es nicht viel moderner aus, aber jedenfalls ist das Gebäude geöffnet. Auf einer Holzbank sitzt eine Mutter mit einem Kinderwagen; sie liest eine Zeitschrift und schaut nicht auf. Wir gehen zum Schalter aus weißen glatten Fliesen, hinter dem ein älterer Schwede sitzt. Sein grauer Schnurrbart zittert bei jedem Atemzug und ist unten gelb – ein echter Raucher. Träge richtet er seinen Blick auf uns.

»Stockholm.« Mehr kann ich nicht herausbringen. Der

Mann nickt und tippt mit seinem Bleistift auf einen am Fenster klebenden Zettel. Darauf soll ich offenbar die Preise lesen, aber ich sehe nur Zahlen in fremden schwedischen Kronen.

»Shit, die haben hier keinen Euro«, fluche ich laut. Unbeholfen hebe ich meine Geldscheine hoch und blicke den Mann entschuldigend an. Er schüttelt ärgerlich den Kopf und tippt wieder mit dem Bleistift gegen die Glasscheibe, um sich danach wieder seinem Kreuzworträtsel zu widmen.

»Hilfsbereiter Typ«, murmelt Mila.

»*No kronor?*«, fragt hinter uns eine Stimme. Wir fahren herum und schauen in das freundliche Gesicht der Frau mit dem Kinderwagen. *»No problem. Here, you give me the euros, and I give you the kronor. I can change at the bank.«*

Erleichtert überhäufen wir die Frau mit Dank. Nach der Fahrt mit dem Lastwagen und der Begegnung mit dieser freundlichen Fremden fängt unsere Lage wieder an, etwas rosiger auszusehen. Stolz drehe ich mich zu dem gelben Schnurrbart um, dem es nicht zu passen scheint, dass die Frau uns geholfen hat.

Mit deutlichem Widerwillen reicht er uns drei Fahrkarten. Ich sehe das in meiner Brieftasche verbliebene Geld an und verfluche mich, weil ich nicht mehr abgehoben habe. Ab und zu essen und trinken, dann ist das Geld schnell ausgegeben. Das hier ist meine Suche, und ich fühle mich verpflichtet zu bezahlen. Jetzt Geld abzuheben würde verraten, wo ich mich aufhalte, aber vielleicht muss ich es bald tun. Ich mustere die Fahrkarte in meiner Hand.

Bis auf weiteres können wir unsere Reise also fortsetzen.

Wir gehen nach draußen, wo wir auf den Zug warten. Die Luft ist blau, aber es ist doch kühl. Ich ziehe meine Jacke etwas dichter um mich und merke, dass Mila sich gegen mich lehnt. Ungeschickt versuche ich, ihr einen Arm um die Schultern zu legen, da ich denke, dass sie das von mir erwartet, aber es kommt mir so forciert vor, dass ich den Arm sofort wieder zurückziehe. Alex schaut grinsend zu, aber ich würdige ihn keines Blickes. Ich habe andere Dinge im Kopf.

Der Waggon ist fast leer. Hier und dort sitzen schweigende Menschen. Hier brauchen sie kein Ruheabteil. Ich lasse mich auf einen Sitz fallen und merke sofort, wie sich die Müdigkeit in meinem Körper ausbreitet. Wir sind die ganze Zeit nur unterwegs.

Dann sehe ich sie. Zwei Polizisten laufen draußen über den Bahnsteig, einer hat einen Schäferhund an der Leine. Die erstaunten Blicke der wenigen Wartenden auf dem Bahnsteig machen deutlich, dass das hier kein alltäglicher Anblick ist, und das steigert meine Besorgnis nur noch.

Ich versuche, die Polizisten zu beobachten, ohne sie anzustarren. Durch das Fenster kann ich nicht hören, was sie sagen, während sie den Zug von außen inspizieren. Sie scheinen kurz in meine Richtung zu blicken, und sofort wende ich mich ab. Mila und Alex schauen mich überrascht an, aber sie sehen dann schnell, woher meine Anspannung kommt.

»Wir sollten uns ein bisschen verteilen«, sage ich. Sie nicken und verstehen sofort, was ich meine. Alle suchen zwei Männer und eine Frau, also ist es klüger, nicht immer als Gruppe aufzutreten. Die beiden stehen auf und suchen sich Plätze an jeweils anderen Enden des Waggons.

Ich schaue wieder nach draußen, kann die Polizisten aber nicht mehr sehen. Als ich die Wange an die Scheibe presse, kann ich gerade noch sehen, wie sie am Zug entlang aus meinem Blickfeld laufen. *Was machen sie?* Gehen sie weg, oder steigen sie ein? Ich kann es nicht sehen.

Seufzend und stöhnend setzt sich der Zug in Bewegung. Ich sehe den Bahnsteig langsam vorübergleiten, bis wieder ein Wald in hohem Tempo vorbeifliegt. Das rhythmische Dröhnen der Gleise beruhigt mich. Es erinnert mich an das Piepen bei Dr. Mantz und seine beruhigende Stimme.

Wie er mich immer wieder den Unfall schildern ließ. Einen Unfall, der niemals stattgefunden hat. So würde ich mich der Wahrheit immer weiter nähern, log er. Warum – ich habe keine Ahnung. Vielleicht ging es ganz einfach um Geld, vielleicht wurde er von meinem Schwiegervater unter Druck gesetzt, vielleicht wollte er mich vor der Wahrheit schützen. Ich schaudere, als ich an diese letzte Möglichkeit denke.

Ich habe das Gefühl, langsam wegzusacken. Ich greife mir kurz in die Innentasche, um mich davon zu überzeugen, dass das Foto noch da ist und ich meinen einzigen Hinweis nicht verloren habe. Das beruhigt mich, und meine Hand sinkt auf meinen Schoß. Das Gesicht der Frau ist das Letzte, was ich sehe, wie sie mich in dem Wald dort angelächelt hat. So vertraut, so liebevoll. Und doch … Irgendwo hinter dem warmen Gefühl verbirgt sich ein kaltes Zittern. Ich spüre es, so deutlich, wie ich spüre, dass der Schlaf näher kommt. Die schöne Frau mit den dunklen Locken schwebt in Gefahr. Eine Gefahr, von der ich langsam bezweifle, ob ich damit wohl umgehen kann. Was will die Frau mir mit dem Foto sagen?

Die Kugel schlägt neben mir in den Baum ein. Ich kann gerade noch den Kopf einziehen, um ihr auszuweichen. Ohne hinzuschauen, renne ich weiter. Als ich den zweiten Schuss höre, platzt die Baumrinde rechts von mir auseinander. Ich jage zwischen den verschneiten Bäumen weiter und versuche, mich nur auf meinen Atem zu konzentrieren.

Zweimal durch die Nase ein und einmal durch den Mund aus, wie ich es als Kind von meinem Vater gelernt habe. Meine einzige Rettung liegt jetzt darin, dass ich länger durchhalte als mein Verfolger, und wenn ich tagelang weiterrennen muss.

Meine Füße drohen im Schnee zu versinken, aber ich habe inzwischen ein Tempo erreicht, in dem ich geradezu über den weißen Boden fliege. Ich spüre, dass mein Vorsprung größer wird. *Das geht gut.*

Doch ich bleibe wachsam, vor allem, als die Bäume plötzlich aufhören und eine offene Fläche vor mir liegt. Hier bin ich eine leichte Beute, deshalb muss ich im Zickzack rennen. Keuchend jage ich hin und her, während ich mich immer wieder umblicke. *Nichts,* noch niemand folgt mir aus dem dichten Wald. Ich schaue nach oben und presse die Zähne zusammen. Nicht aus dem Wald, sondern aus der Luft! Ein großer Schatten bewegt sich über die offene Fläche, und Angst steigt mir in die Kehle. Als der Schatten zurückkommt, versuche ich, immer schneller im Zickzack zu laufen. Ich weiß nicht, wie lange ich das noch aushalten kann.

In diesem Moment sehe ich sie. Sie steht in der Mitte der Lichtung und hat die Arme weit ausgebreitet, wie eine Jesus-Statue. Es ist die Frau mit den dunklen Locken. Sie schreit, dass ich wegbleiben soll, dass ich weiterrennen soll. Aber ich will sie retten, kann sie hier nicht zurücklassen. Deshalb renne ich geradewegs auf sie zu.

Ihre Panik wächst, als sie das begreift, und sie schreit weiter, ich solle kehrtmachen. Ich höre nicht auf sie und laufe weiter. Sie muss wissen, dass ich sie nicht zurücklassen werde, sie muss wissen, dass es noch nicht zu spät ist.

Erst als ich sie fast erreicht habe, begreife ich, was ich getan habe. Ich habe aufgehört, im Zickzack zu rennen. Der große Schatten über mir sieht mich, er hat mich eindeutig im Visier. Der schrille Schrei vom Himmel donnert auf mich zu, und es gibt nichts, was ich dagegen tun kann.

»*Biljett.*« Ich brauche kein Schwedisch zu können, um zu begreifen, was gemeint ist. Die Schiebetüren des Abteils fliegen auf, und ich schrecke hoch. Ich habe keine Ahnung, wie lange ich geschlafen habe, aber es kommt mir noch längst nicht lange genug vor. Ich erwarte einen Schaffner, aber zu meinem Schrecken erkenne ich den Polizisten mit dem Schäferhund, den ich vorhin draußen gesehen habe. *Dann ist er also doch eingestiegen.*

Sein Kollege ist nirgendwo zu sehen, aber das beruhigt mich nicht. Der Mann hält ein Blatt Papier in der Hand, das er immer wieder anschaut, bevor er die Gesichter der Reisenden mustert. Ganz offensichtlich vergleicht er alle mit einem Foto.

Ich kann einen kurzen Blick auf das Foto werfen und erkenne unsere dunklen Gesichter bei der Tankstelle. Sie haben uns offenbar noch nicht identifiziert, denn sonst hätten sie sich ein deutlicheres Bild kommen lassen.

Der Polizist ist bereits an Mila vorbeigegangen, was

mich überrascht, und nun kommt er auf mich zu. Ich gebe vor, schon eine ganze Weile gelassen aus dem Fenster zu starren, und er begrüßt mich auf Schwedisch. Ich sehe ihn an und nicke freundlich zurück.

»*Biljett.*« Ich reiche ihm meinen Fahrschein. Er überprüft ihn sorgfältig, dann wirft er wieder einen Blick auf das Foto in seiner Hand. Man sollte meinen, er wüsste inzwischen, wie die Menschen auf dem Bild aussehen, aber ehe ich diesen Gedanken zu Ende denken kann, schaut er mich wieder an. Der Hund schnüffelt an meiner Hand, und ich ziehe sie rasch zurück.

Die Augen des Polizisten bohren sich in meine. Ich versuche, so gelassen wie möglich zurückzublicken, aber ich habe vergessen, wie das geht. Er erkennt mich, etwas anderes ist nicht möglich. In diesem Moment fängt der Hund an zu bellen. Alle im Abteil zeigen auf mich, und am nächsten Bahnhof werde ich in Handschellen abgeführt.

Ich bin mir ganz sicher.

»*Tack.*« Er gibt mir die Fahrkarte zurück und geht weiter zum nächsten Fahrgast. *Was?* Ich schaue wieder nach draußen und versuche, das Herz, das mir bis in den Hals schlägt, zu beruhigen.

In der Fensterscheibe sehe ich, wie mein Spiegelbild meinen Blick erwidert. Ich sehe die dunklen Ringe unter meinen Augen, meine zerzausten Haare und die Furchen auf meiner Stirn. Ich würde mich auch nicht erkennen, das muss ich ehrlich zugeben.

23

»Das sieht ja gleich ganz anders aus«, höre ich Mila sagen. Sie hat recht: So klein und verlassen der vorige Bahnhof war, so groß und hektisch ist der von Stockholm. Die klassischen Lampen über uns bilden einen Kontrast zu der ovalen modernen Decke. An den Seiten gibt es allerlei Wandmalereien, und mitten im Raum steht ein runder Informationsstand. Wir eilen unter der grünen digitalen Anzeigetafel durch, auf der die Abfahrtszeiten stehen. Unseren Blick halten wir auf den Boden gerichtet.

»Beim vorigen Mal sind wir direkt zum Hafen gefahren. Keine Ahnung, wo der sich befindet«, sagt Alex. Er schaut sich suchend um. Letztendlich geben wir uns mit dem Schild UTGÅNG zufrieden.

Draußen ist es kühl, aber die meisten Menschen sind sommerlich gekleidet. Sie sind hier an kälteres Wetter gewöhnt. Sobald grüne Blätter an den Bäumen hängen und keine dicke Schneeschicht den Boden bedeckt, ist hier scheinbar offiziell Sommer. Ich bin dankbar für meine warme Jacke, die ich ebenfalls neu gekauft habe. Liesbeth kennt mich gut genug, um zu wissen, dass ich nicht einfach zum Vergnügen einkaufen gegangen bin, sondern eher als gezielter Schritt in einem größeren Plan. Vielleicht wusste sie da bereits genau, wohin ich fahren würde.

Ich bleibe kurz vor einer großen Statue eines mir unbekannten Mannes stehen. Würdevoll schaut er auf mich herab, und ich lese den Namen Nils Ericson auf der Säule. Sein drohender Blick scheint mich zu warnen, mir zu sagen, dass ich kehrtmachen und wieder in den Zug steigen soll. Ich beschließe, nicht auf Nils zu hören. Was immer am Ende dieses Weges liegt, es ist ein Teil von mir, von meiner Vergangenheit, und ich bin hier, um es mir anzueignen.

»*Vårifrån kommer du?*«

Die freundlichen Augen schauen mich erwartungsvoll an. Sowie sie in den Bus stieg und sich neben mich setzte, wusste ich: Das ist eine Plaudertasche. Ich versuche ungeschickt, mit den Schultern zu zucken, um deutlich zu machen, dass ich kein Schwedisch spreche.

»Sorry«, murmele ich und schaue wieder aus dem Fenster. Neben mir spüre ich die Enttäuschung darüber, dass auf dieser Fahrt kein Gespräch möglich sein wird. Von nun an wird sie sich die Alternativen im Bus erst genauer ansehen, denkt sie sich, statt sich unbesonnen neben den Erstbesten zu setzen.

Mila, Alex und ich haben uns wieder verteilt, als wir in den Bus gestiegen waren. Die Fahrt nach Kapellskär dauert zwei Stunden, und wir dürfen nichts riskieren. Von dort geht die Fähre hinüber aufs finnische Festland.

Die Überfahrt dauert etliche Stunden, wir sind also noch längst nicht am Ziel. Wütend schaue ich hinaus auf die Straße. Ich muss das hier schon einmal gesehen haben, ich muss etwas erkennen, aber leider steigt nichts aus den Tiefen meiner Erinnerung nach oben. Nach der Frau mit den dunklen Locken habe ich nicht einmal mehr die kleinste Erinnerung.

Beim letzten Mal haben wir in Kopenhagen den ersten Zwischenhalt eingelegt, hat Alex erzählt. Wir hatten ein Luxushotel in der Stadtmitte gebucht; schließlich bezahlte der Chef. Alex hatte sich nicht sattsehen können, aber was ihn vor allem überraschte, war, dass ich genauso beeindruckt war. Er hatte gedacht, ich sei ein erfahrener Reisender, ein Mann von Welt. Wir hatten an einem Platz in der Nähe des Hotels gegessen, und dort erzählte ich, dass Liesbeth und ich eigentlich immer nur Campingurlaub machten. Er dachte, in Belgien, aber ich korrigierte ihn: *Nein, in Nordfrankreich*. Am nächsten Tag fuhren wir dann ohne Zwischenhalt zum Fährhafen weiter.

Während der Bus versucht, sich aus der geschäftigen Stadt zu manövrieren, überlege ich, was das über mich sagt. Ich flog jedenfalls nicht wie Jacob und Huub zu geheimen Verabredungen quer durch Europa. Es war eine einmalige Tour für mich, etwas, das ich ungeheuer spannend fand. Das finde ich ziemlich beruhigend, und es bekräftigt mein Gefühl, dass ich mit der ganzen Sache wirklich nichts zu tun hatte. Jedenfalls, wenn ich damals Alex gegenüber die Wahrheit gesprochen habe.

Dass ein Land so viele Bäume haben kann, finde ich unbegreiflich. Ich habe es nicht überprüft, aber Schweden muss so ungefähr das waldreichste Land der Welt sein. Alles andere ist unmöglich.

Überall wird der Blick auf den Horizont von Tausenden Bäumen verstellt. Ab und zu taucht ein See auf, der aber rasch hinter einem neuen Waldrand verschwindet. Das Foto liegt in meiner Hand, und ich falte es auseinander. Die fröhlichen Gesichter von Alex und mir in dieser verschneiten Landschaft ... Ich frage mich, ob wir diese Stelle wiederfinden werden, wo doch jetzt alles grün ist statt weiß. Alex hat mir versichert, dass er noch weiß, wo es war, aber ich erkenne immer deutlicher, dass er selbst dann überzeugt klingt, wenn er keine Ahnung hat, wovon er redet.

Weiter vorn sehe ich Mila sitzen. Sie plaudert fröhlich mit ihrem Nebenmann, niemals verlegen um ein nettes Gespräch. Ohne eine sichere Wohnung, zu der sie zurückkehren könnte, ohne Auto, auf einer Suchaktion mit einem Kollegen, auf der Flucht vor der Polizei, und dann einfach ein Gespräch anfangen mit einem Mann, der zufällig neben ihr sitzt. Ich verspüre eine Mischung aus Zuneigung und Misstrauen. Wenn ich nur so im Leben stehen könnte: akzeptieren, was mir geschieht, ohne dass meine Persönlichkeit dadurch angegriffen wird. Nicht in die Opferrolle verfallen, sondern die Initiative ergreifen. Aber ich habe auch meine Zweifel, denn ist das überhaupt möglich? Stimmt es, dass sie so fröhlich ist? Manchmal bezweifle ich ihre Beweggründe. *Aufhören. So nicht.* Kein Misstrauen zulassen, das bringt mich nicht weiter. Ich brauche jede Hilfe, die ich bekommen kann, und ich versuche, meinen Blick von Mila loszureißen.

Ich schaue weg, denn ich kann meinen Augen nicht trauen. Aber das halte ich nur zwei Sekunden durch, und wieder wandert mein Blick nach vorn. Über der Nackenlehne des zweiten Sitzes von rechts, in der dritten Reihe, ragt ein dunkler Lockenkopf auf. Ich beuge mich nach links und versuche, einen Blick in ihr Gesicht zu werfen. Die Frau neben mir wirft mir einen verärgerten Blick zu: Erst will ich kein Gespräch führen, und dann hänge ich mich auch noch über ihr Buch. Als die Frau mit den dunklen Locken zur Seite schaut, sehe ich es: Es ist nicht die Frau aus meiner Erinnerung.

Mila schüttelt verständnislos den Kopf, als unsere Blicke einander begegnen. Die Spannung steht mir auf die Stirn geschrieben. Ich winke ab. *Alles wird gut.* Rasch schaue ich wieder aus dem Fenster. *Ach, wie schön:* Noch mehr Bäume.

Die zweispurige Straße schlängelt sich durch den Wald. Die Baumreihe löst sich kurz auf, um eine Wiese zu enthüllen. Dahinter stehen zwei dunkelrote Häuser. Ich sehe, dass über dem Gras ein Raubvogel kreist, ohne mit den Flügeln zu schlagen. Er wartet auf seine Beute, er wartet auf den richtigen Augenblick.

»Wir sind gleich da«, höre ich hinter mir jemanden rufen. Alex hebt breit grinsend den Daumen. Einige Schweden wechseln verwirrt Blicke, wie ertappt, ohne sich klarzumachen, dass auch Ausländer im Bus sitzen. Ich versuche, ihm zu verstehen zu geben, dass er nicht so laut sein soll. Leider gehört Zurückhaltung nicht gerade zu seinen Stärken.

Der Bus wird langsamer und biegt nach links ab. Wir fahren auf einen großen Parkplatz, wo weiße Schilder uns die richtige Richtung anzeigen. Es könnte sich auch um ein Militärlager handeln, auf das wir kommen, mit den vielen Zäunen und dem Stacheldraht. Aber die Schiffe und das dunkelblaue Wasser verraten uns, dass wir hier richtig sind.

Abrupt bleiben wir stehen, und wir werden alle gebeten auszusteigen. Endstation. Terminal.

»Hundert Euro? Pro Person?«

»Wieso weißt du das nicht mehr?«, frage ich Alex fast flehend. Er zuckt mit den Schultern.

»Ich hab da wirklich nicht drüber nachgedacht. Alles wurde für uns bezahlt; du hast ihnen einfach deine Karte gegeben. Shit.«

Wir stehen vor dem Schalter – einem weißen Häuschen. Es fängt an zu nieseln. Die Frau hinter der Kasse zuckt mit den Schultern; sie kann auch nichts daran ändern.

»*And one way?*«, fragt Mila.

»Ich habe durchaus vor zurückzukommen«, werfe ich schnell ein. Sie nickt, aber wir müssen doch irgendetwas tun.

»*That is one way. You want return?*«

Wir schütteln alle drei den Kopf, und ich schaue Alex an. Er tritt einen Schritt zurück und hebt beide Hände, wie um zu zeigen, dass wir auf ihn wirklich nicht zählen können.

»Sorry, ich hab mein Portemonnaie nicht bei mir. Wir mussten nach dem Tod von Inge so schnell weg, ich hab da nicht drüber nachgedacht«, sagt Mila.

Ich werfe einen Blick in mein Portemonnaie. Das Geld darin reicht nicht mehr für die Überfahrt. Mir bleibt also nichts anderes übrig, als mit meiner Kreditkarte zu bezahlen. Vielleicht werden Liesbeth oder sogar Huub es sehen, vielleicht auch nicht. »Uns bleibt nichts anderes übrig«, sage ich laut.

»*Sorry, doesn't work*«, sagt die Frau in gebrochenem Englisch, nachdem sie meine Karte durch den Scanner gezogen hat.

»*Please try again*«, antworte ich. *Das ist unmöglich*, ich habe genug auf dem Konto. Die Frau zuckt wieder mit den Schultern und macht noch einen Versuch. Wieder leuchtet ein rotes Lämpchen auf, und ein Piepton erklingt. Sie schaut mich mit müdem Blick an.

»*Blocked.*«

»*Blocked?*«

»*Blocked.*« Sie nickt wieder. Ich schaue Mila an.

»Was bedeutet das?« Ich kann es nicht glauben, und sie legt mir die Hand auf den Arm.

»Dass deine Karte gesperrt ist, Olaf.«

»Kann Liesbeth das einfach so machen? Braucht sie dazu nicht meine Zustimmung? Das ist doch mein selbstverdientes Geld!« Ich spüre, dass die Wut zurückkehrt, die in mir hochgekocht ist, als ich sie mit Jacob auf unserem Sofa sitzen sah. Sollten wir den weiten Weg gemacht haben, um jetzt hier zu stranden?

Wütend reiße ich meine Kreditkarte an mich, und wir machen kehrt.

Die Fähre geht erst in zwei Stunden. Weiter vorn befindet sich ein klassisch wirkendes Restaurant, und ich gehe darauf zu. Mila und Alex folgen mir niedergeschlagen, denn es gibt keine wirkliche Alternative.

Über uns ballen sich dunkle Wolken zusammen. Die inzwischen grau gewordenen Schaumkronen schlagen gegen das Ufer, und ich habe keine Ahnung, wie wir dieses brodelnde Wasser überqueren sollen.

24

In der Ferne warten schon Autos, in einer Reihe, um dann auf die Fähre zu fahren. Wir stehen in dem kleinen Restaurant am Fenster, das auf den Parkplatz hinausblickt. Eine Serviererin sitzt ein Stück weiter auf einem Hocker und scrollt auf ihrem Telefon. Sie scheint es nicht schlimm zu finden, dass wir noch nicht bestellt haben.

»Da stehen wir also.« Ich höre selbst, wie mutlos ich klinge, und räuspere mich ganz schnell.

»Wir können es über den Norden versuchen, aber ich habe so ein Gefühl, dass das nicht die einfachste Route ist. Eisige Landschaften, hohe Berge. Und die Fahrt dauert mindestens zwanzig Stunden.« Mila ist in ihr iPhone und Google Maps vertieft.

»Man sieht das Land ja praktisch schon«, flucht Alex und versetzt einem kleinen Ball, der auf dem Boden liegt, einen Tritt. Er schaut mich an. »Voriges Mal hast du es einfach hingeblättert, für uns beide.«

»Das Geld liegt auch jetzt auf meinem Konto, ich kann nur nicht dran. Ich weiß nicht, ob du gerade dabei warst, als wir das erfahren haben?« Meine Geduld neigt sich langsam dem Ende zu. Diese ganze Reise dauert länger, als ich erwartet hatte, und ich stecke fest. Wenn ich etwas nicht ertragen kann, dann in einer Situation festzustecken, aus der ich so schnell wie möglich wegwill.

»Ho, ho. Jetzt spiel mal nicht den Coolen, ja? Ich bin deinetwegen hier.« Auch Alex wird jetzt frustriert, merke ich. Es ist mir egal, und ich bin eh schon auf der Palme.

»Hab ich dich vielleicht darum gebeten? Nein.«

»Ohne mich würdet ihr doch immer noch auf der Bank im Park sitzen und jammern. Aber ich kann gern wieder gehen.«

»Jungs …« Mila tritt zwischen uns, aber nun hören wir plötzlich eine andere Stimme.

»Reisen und Freundschaften passen nicht immer zusammen.« Ein älterer Mann an einem kleinen Tisch neben uns schaut von seiner Zeitung auf. Er hat uns auf Niederländisch angesprochen, und wir sind alle drei sprachlos.

»Entschuldigt, wenn ich euch erschreckt habe, aber ihr redet ziemlich laut. Alle können hier mithören, aber ich bin vermutlich der Einzige, der etwas versteht.« Er lacht, ganz tief aus dem Bauch heraus, und endet mit einem Grunzen. All unser Frust ist plötzlich wie weggeblasen, und wir fangen alle drei an zu grinsen.

»Ich bin Albert.« Fröhlich streckt er die Hand aus. Wir schütteln sie der Reihe nach, aber wir verstehen noch nicht so recht, worauf der Mann hinauswill.

»Wenn ich das richtig verstanden habe, seid ihr hier gestrandet. Gestrandet am Ufer des Bottnischen Meerbusens.«

Ich nicke und mustere ihn forschend. Albert hat kurze graue Haare, eine dickglasige Brille auf der Nase – die er bei jedem Satz mit dem Zeigefinger an seine Stirn hochschiebt – und ein weißes Sakko. Er ist eine ungewöhnliche, aber sympathische Erscheinung.

»Und was machen Sie hier, in diesem verlassenen Restaurant?«, frage ich ihn. Wieder lacht er.

»Sag bitte du. Wenn ich auf die Toilette gehe, werde ich schon deutlich genug an mein Alter erinnert, hier muss ich das wirklich nicht auch noch haben.« Er faltet sorgfältig seine Zeitung zusammen und schaut uns dabei der Reihe nach an.

»Was ich hier mache, ist ganz einfach. Euch retten.«

Alex tritt nach dieser klaren Ansage sofort einen Schritt zurück. Es ist noch nicht lange her, dass wir überall Gefahren gewittert haben; ich kann seine Reaktion also gut verstehen. Albert versucht ihn jedoch sofort zu beruhigen.

»Entschuldige, ich mache manchmal Witze. Das werdet ihr schon noch merken.« Er zeigt nach draußen, und ein Stück entfernt sehe ich ein großes weißes Wohnmobil mit schwedischem Nummernschild. »Seht ihr dieses Ungetüm da hinten? Wenn ihr euch hinten reinsetzt und wartet, dann sorge ich dafür, dass ihr sicher an Bord der Fähre kommt. Ist das ein guter Plan? Eine Art Trojanisches Pferd. Wenn es bei den Griechen funktioniert hat, dann bei uns doch sicher auch?«

Wieder wechseln wir Blicke untereinander. Mir ist klar, dass wir nicht viele Alternativen haben, und hinten in einem Wohnmobil sitzen klingt um einiges bequemer, als durch den Bottnischen Meerbusen zu schwimmen.

»Das ist nett von dir«, antworte ich also als Erster. »Wenn du uns eben gehört hast, dann weißt du wahrscheinlich auch, dass wir nichts bezahlen können.«

Er legt die Hand auf Milas und sieht sie fest an. »Das weiß ich, aber ich gebe mich mit dieser schönen jungen Dame zufrieden.«

Ängstlich zieht sie sofort ihre Hand zurück und versteckt sich hinter meinem Rücken. Ich mache mich breit, um sie zu beschützen, aber schnell ertönt wieder Alberts brüllendes Lachen.

»Ihr habt wirklich keinen Sinn für Humor, nicht wahr? Ganz ruhig, war nur ein Scherz. Meine Güte, hier muss ich wirklich jedes Wort auf die Goldwaage legen.« Er erhebt sich mühsam – er scheint Probleme mit dem Rücken zu haben – und nickt in Richtung Wohnmobil. »Ich hab Platz und ihr Gesellschaft. Ich finde, wir ergänzen einander geradezu perfekt.«

Innen ist das Wohnmobil größer, als es von außen aussieht.

Inzwischen regnet es richtig, und wir hören, wie die Tropfen über uns auf das Dach prasseln. Fast alles in diesem Wohnmobil ist aus dunklem Eichenholz, abgesehen von den weißen Tischen, Bänken und Wänden. Alles ist durchgestylt und sieht noch ganz neu aus. Der Bank gegenüber, die in U-Form einen kleinen weißen Tisch umgibt, ist ein kleines Spülbecken und daneben ein Herd. Ganz hinten steht ein ordentlich gemachtes Bett, daneben sehe ich eine Tür, die vermutlich in eine Dusche führt. Hier drinnen könnte man wirklich gut wohnen.

»Hast du den gemietet?«, fragt Mila. Das Nummernschild ist ihr offenbar auch aufgefallen. Albert nickt.

»Lange Geschichte. Das Wichtigste ist, dass er um einiges billiger ist als eine Seniorenwohnung. Ich habe hier alles, was ich brauche, und kann selber fahren, wohin ich nur will. Aber weißt du, was ich in dem Moment tun werde, wenn ich wirklich Pflege brauche?« Er wartet ihre Antwort gar nicht erst ab. »Auf Kreuzfahrt gehen.«

»Auf Kreuzfahrt?«, wiederholt Mila überrascht. Albert klingt überzeugt.

»Eine endlose Kreuzfahrt. Stell dir vor: Die durchschnittlichen Kosten für ein Pflegeheim liegen bei zweihundert Euro pro Tag. Auf einer Kreuzfahrt kann ich einen Rabatt für einen längeren Zeitraum regeln, neben meinem Seniorenrabatt, wodurch es mich nur hundertfünfunddreißig Euro kostet. Damit habe ich sofort fünfundsechzig Euro übrig für Trinkgeld und sonst was, um das Personal auf meine Seite zu bringen. Ich kann dort so viel essen, wie ich will – großartige Diner, Zimmerservice. Gratis Schwimmbad, Fitness, Wäscherei und sogar jeden Abend Shows. Da werde ich als Kunde behandelt und nicht als Patient. Ich lerne neue Menschen kennen, und es gibt sogar einen Arzt an Bord. Meinst du, dass ich dann lieber in einem Pflegeheim in Hengelo sitzen will? Ich doch nicht!«

»Da ist wirklich was Wahres dran. Kann ich da vielleicht gleich einsteigen?«, fragt Alex.

Es wird schon dunkel. Mila steht draußen und raucht eine Zigarette, und ich blättere eine schwedische Anglerzeitschrift durch. Ich habe keine Ahnung, was dort steht, aber es sind schöne Bilder.

Ich fahre zusammen, als neben mir an das Fenster geklopft wird. Durch einen Spalt im Vorhang sehe ich Milas ängstlichen Blick, und ich stürze hinaus. Sie wendet mir das Gesicht zu, und ich sehe, dass inzwischen schon viele Autos um uns herum stehen, die alle auf das Zeichen warten, dass wir auf die Fähre fahren können.

»Elf Uhr«, sagt sie durch zusammengebissene Zähne.

Verwirrt schaue ich auf meine Uhr, aber sie schiebt meinen Arm grob nach unten.

»Das meine ich nicht. Hinter mir, auf elf Uhr.«

Ich versuche zu verstehen, was sie meint.

»Wohin soll ich gucken?«, frage ich. Aber dann sehe ich es schon. Vielleicht zehn Autos von uns entfernt in einer anderen Reihe: ein schwarzer Audi mit getönten Fenstern. Genau so einer, wie unser Betrieb als Firmenwagen hat. Als mein Blick nach unten gleitet, sehe ich, was Mila solche Angst macht: Er hat ein niederländisches Nummernschild.

»Weißt du schon, wer da drin sitzt?«, frage ich und starre weiter.

»Nein«, antwortet sie und dreht sich nun ebenfalls zu dem Auto um. Aber sie hört auf zu sprechen. Ich spüre, dass sie ihren Rücken aufrichtet, und vor allem, dass sie ihre Fingernägel in meinen Arm bohrt. Gemeinsam sehen wir, wie sich die Hintertür des Audis öffnet. Auch mir stockt der Atem, als der Mann aussteigt und lässig zum Kofferraum geht.

»Das ist er.«

»Er ist es.«

Der Mann aus Milas Haus und von der Tankstelle. Der Mann mit dem Nasenpiercing. Um seinen Kopf ist ein weißer Verband gewickelt, vermutlich wegen der Wunde, die er sich bei seinem Kampf mit Alex zugezogen hat. Ohne uns zu sehen, nimmt er eine schwarze Sporttasche aus dem Kofferraum und setzt sich wieder in den Wagen. Kaum hat er die Tür hinter sich zugezogen, zerrt Mila mich ins Wohnmobil.

»Aufwachen, sofort!«

Alex schreckt hoch und knallt mit dem Kopf gegen einen Schrank. Er flucht laut und schaut uns verwirrt an.

»Soll das ein Witz sein?« Aber als er unsere Gesichter sieht, wird er schnell ernst. »Was ist los?«

»Er ist draußen. Der Mann, den du zu Boden geschlagen hast.«

Ohne nachzudenken bückt er sich und geht zum Fenster, wo er durch den Vorhang späht.

»Wo?«

»Er sitzt ein Stück weiter in dem schwarzen Audi. Er hat einen Verband um den Kopf, aber er lebt noch. Du bist kein Mörder«, sage ich zu Alex und lege ihm die Hand auf die Schulter. Er atmet erleichtert auf und schaut mich dann an, als ich hinter ihn trete.

»Er lebt noch«, wiederholt er und lässt sich anschließend auf die Bank fallen. *Und ich kein Komplize,* denke ich.

»Aber was macht er hier, und warum ist die Polizei uns dann dermaßen auf den Fersen?« Die Erleichterung dauert nicht lange an und macht Platz für neue Fragen.

»Und für wen arbeitet er?«

Mila läuft in dem engen Wohnmobil gereizt hin und her.

»Er ist hier, weil wir hier sind. Es gibt keinen anderen Grund für ihn, in Deutschland oder an diesem abgelegenen Ort zu sein. Es gibt Zufälle, aber solche doch nicht.«

Ich nicke zustimmend, füge dann aber hinzu: »Oder er weiß, wohin wir unterwegs sind. Ich glaube, er hat keine Ahnung, dass wir hier in der Nähe sind. Sonst hätte er schon jedes Auto hier in der Warteschlange aufgerissen und untersucht, denn dazu wäre jetzt der ideale Moment. Er weiß nicht, wo wir sind, aber er weiß, wo wir hinwollen.«

Wir schauen beide Alex an, den Einzigen, der mehr über unseren Bestimmungsort weiß. Auch er versucht, ein Puzzlestück hinzuzufügen.

»Ich weiß nur, wo wir uns getrennt haben. Wenn er dorthin unterwegs ist, dann weiß ich, wo er hinwill. Es ist aber wahrscheinlicher, dass er dahin fährt, wohin du nach unserem Abschied gegangen bist. Den Ort, den wir jetzt zu finden versuchen.«

»Du meinst also«, sage ich nun, »dass wir ihm nur zu folgen brauchen, um dahinterzukommen, wo ich gewesen bin?«

»Das habe ich eigentlich nicht gemeint, aber es klingt doch logisch, ja. Auch wenn die Sache für mich langsam ganz schön kompliziert wird.« Alex kratzt sich am Kopf.

»Wir fahren.«

Wir erschrecken alle drei, als wir eine vierte Stimme hören. Es ist Albert, der in der Türöffnung des Wohnmobils steht. Wie lange er dort schon steht, weiß ich nicht.

»Gut, wird ja auch Zeit.« Zum Glück bricht Mila sofort das Schweigen, und Albert lässt eine Plastiktüte voller Lebensmittel und Getränke auf den Tisch fallen.

»Ich hab schon mal ein bisschen Proviant besorgt. Ich dachte, das wüsstet ihr sicher zu schätzen.« Wie kleine Kinder fallen wir über die Esswaren her und stopfen einen Schoko- und Müsliriegel nach dem anderen in uns hinein. Albert setzt sich ans Steuer und lässt den dröhnenden Motor an. Dann wird er ernst. »Jetzt müssen wir aufpassen, Leute. Versteckt euch und lasst diesen alten Mann mit seinem blendenden Lächeln seine Arbeit tun. Ich werde euch schon an Bord lotsen.«

25

Mila streicht mit dem Finger an ihrem Bein entlang; ich denke, dass sie es nicht einmal merkt. Meine Mundwinkel heben sich von selbst, und ich zwinge sie wieder zurück. Ihre Nägel sind noch immer perfekt lackiert. Wie lange so ein Lack hält, weiß ich nicht, aber ich bin beeindruckt davon, wie gepflegt sie noch aussieht. In dem Moment, in dem du dein Äußeres nicht mehr im Griff hast, siegt das Chaos, hat Liesbeth immer gesagt. Instinktiv versuche ich, meine Haare glatt zu streichen, und mir fällt auf, dass ich schon seit einiger Zeit nicht mehr in den Spiegel geschaut habe.

Wir sitzen eng aneinandergedrückt in der Dusche. Alex sitzt auf dem Beifahrersitz, denn ein älterer Mann, der mit seinem Sohn auf Reisen geht, erregt keinen Verdacht. Mila ist vermutlich bereits identifiziert worden, für mich gilt dasselbe, schließlich ist meine Kreditkarte gesperrt. Oder jedenfalls bin ich als vermisst oder flüchtig gemeldet. Alex ist hoffentlich noch der große Unbekannte und damit unsere Trumpfkarte.

Das Wohnmobil fährt über eine Schwelle, und wir fliegen kurz hoch, während wir in dieser Plastikumgebung ungeschickt nach Halt suchen. Kein Geräusch, wurde uns gesagt, als wir in dieses Badezimmer geschoben wurden. Ich gebe mir alle Mühe, nicht zu stöhnen.

Wir halten, aber ich merke, dass wir uns noch immer auf dem Festland befinden. Wir hören gedämpfte Stimmen, und ich sehe Mila an. Das ist der Moment, in dem sie die Sicherheitsbeamten davon überzeugen müssen, dass sich im Wohnmobil kein international gesuchtes Paar versteckt, sondern dass sie einfach zu zweit auf einem Roadtrip sind. Wir warten.

Es wird viel geredet. Ich höre eine laute, brummende Stimme. Kein positiver Ton, kein zustimmender Klang. Wir warten.

Dann fährt das Wohnmobil wieder an. Keine Kurven, keine kreischenden Reifen, wir fahren einfach ruhig geradeaus. Wieder ruckeln wir über hohe Schwellen, und Mila beißt sich auf die Lippe. Diesmal scheinen wir wirklich auf ein Schiff zu fahren. *Es hat geklappt!*

Mila will schon aufstehen und in den Wohnbereich gehen, aber ich ziehe sie zurück. Zu früh: Lieber noch etwas warten. Ich lasse die Spannung aus meinem Körper entweichen, aber das scheint nur für noch mehr Platz zu machen. Das Wohnmobil wird immer langsamer, und nach einigen Minuten kommen wir dann gänzlich zum Stillstand.

Ich höre eine Tür klappern, dann Schritte. Überrascht schaue ich Mila an, auch sie scheint dieses Geräusch nicht einordnen zu können. Langsam richten wir uns auf, und ich strecke die Hand nach dem Türgriff aus. Ich spüre eine beruhigende Hand im Rücken. Das gibt mir Kraft, und ich öffne die Tür. Mit strahlendem Lächeln trete ich hinaus, bereit zu feiern, dass wir an Bord gelangt sind, und um die Überfahrt zu genießen.

Aber alle Kraft strömt aus mir heraus, als ich wieder

in den Wohnbereich zurückgehe und mein Lächeln der Überraschung weicht. Dann Unglauben, dann Wut und am Ende vor allem Angst. Dort an der Tür steht er, die Hände im Rücken verschränkt, den Blick geradewegs auf uns gerichtet: der Mann mit dem Nasenpiercing.

Ich schaue mich rasch um, aber es gibt keinen Ausgang. Um zu fliehen, müssen wir an dem Mann vorbeirennen. Neben Nasenpiercing steht Albert und putzt gelassen seine Brillengläser. Er schaut mich an und zuckt mit den Schultern, wie um zu sagen: Ich kann's auch nicht ändern.

Ich schließe die Augen. Wie konnten wir so dumm sein? In einem Moment, in dem wir niemandem vertrauen können, setzen wir uns zu dem Erstbesten, der Hilfe anbietet, in ein Wohnmobil. Deshalb konnte der Audi in sicherer Entfernung warten, sie hatten ja schon jemanden bei uns. Albert gehört zu ihnen und hat uns mit Zuckerbrot statt Peitsche gefangen. Ich habe mich in eine Welt mitreißen lassen, von der ich nichts begreife.

Niemand sagt etwas, und Mila will an mir vorbeigehen, aber ich halte sie zurück. Ich spüre, dass noch etwas passieren wird, und schaue zu Alex hinüber, der neben Albert steht. *Moment.* Erst jetzt verstehe ich, was das bedeutet. Er steht neben Albert, nicht neben uns.

Ich bin so an seine Anwesenheit gewöhnt, dass ich nicht weiter darüber nachgedacht habe, auf welcher Seite er eigentlich steht, hier in diesem jetzt so engen Wohnmobil. Er schaut mich gelassen an, und ich höre, wie sich meine Stimme überschlägt.

»Alex?« Hinter mir scheint nun auch Mila die Lage zu erfassen, und sie stößt einen lauten Schrei aus. Alex will etwas sagen, wird aber daran gehindert, weil die Tür aufgeht. Alle haben den Blick auf uns gerichtet, während die neue Person hereinkommt.

Ruhig geht er an allen vorbei und setzt sich dann vor uns auf die weiße Bank. Das Lächeln würde ich unter Tausenden erkennen; ich habe es eine Zeitlang jeden Morgen meiner Arbeitswoche gesehen. In einem früheren Leben.

»Dado«, sage ich angewidert. »Du hier?«

Er nickt und lässt sich entspannt zurücksinken. »Olaf. Es ist schwierig, dich zu finden.«

»Nicht schwierig genug«, gebe ich geschlagen zurück.

»Nein, nicht schwierig genug«, er nickt zustimmend.

»Was machst du hier so?« Seine Frage klingt ehrlich, aber ich weiß es besser.

»Das könnte ich genauso gut dich fragen.« Ich merke, dass meine Wut nun wieder die Oberhand gewinnt. »Ich bin ein erwachsener Mann, der selbst entscheiden kann, wohin er geht. Ich brauche nicht vom Schoßhündchen meines Schwiegervaters zurückgepfiffen zu werden.«

Sein breites Lächeln verschwindet, und ich frage mich, ob ich zu weit gegangen bin.

»Ein erwachsener Mann? Der mitten in der Nacht wegläuft und seine Frau nicht mehr anruft?« Erst jetzt, wo ich Dado etwas länger reden höre, fällt mir sein leicht osteuropäischer Akzent auf. »Sie ist seine Tochter. Er hat schon mehrmals die Hand für dich ins Feuer gelegt, dann kannst du ihm nicht ohne Erklärung den Rücken zukehren. Das wirst du doch verstehen?«

Er sieht Mila an, als ob er sie für den Grund meines Verschwindens hält, und schüttelt missbilligend den Kopf. Aus dem Augenwinkel sehe ich, dass jemand Schritt für Schritt näher kommt, ohne dass die anderen es bemerken. Es ist Alex, der sich Nasenpiercing immer weiter nähert.

»Wenn alle ihn belügen, warum soll er dann irgendwem glauben?« Das war Mila, die jetzt neben mir steht. Ich drehe mich zu ihr um und lege ihr die Hand auf die Hüfte. Ich will nicht, dass sie in diese Sache hineingezogen wird, und ich sehe schon, wie alles schiefläuft.

»Ich gehe«, sage ich entschlossen zu ihr.

Sie schaut mich verständnislos an. »Was?«

Ich drehe mich wieder zu Dado um. »Lass sie in Ruhe. Nimm mich mit.«

»Wovon redest du da?« Dado scheint verwirrt zu sein, und für einen Moment weiß ich auch nicht, was er meint. In diesem Moment wirft Alex sich mit seinem ganzen Gewicht gegen den Mann mit dem Nasenpiercing. Zusammen fliegen sie in hohem Tempo durch die Tür nach draußen und landen zwischen den anderen geparkten Autos an Deck.

Ich erstarre. Ich habe keine Ahnung, was hier passiert und was jetzt von mir erwartet wird. Aber Mila springt über den Tisch auf Dado zu. Voller Panik schaue ich zu Albert hinüber, dem Einzigen, der noch übrig ist, aber ich sehe nur einen verängstigten alten Mann. Er verlässt das Wohnmobil dann auch in aller Eile.

Dado hat es geschafft, Mila zu überwinden, und er versetzt ihr einen Tritt, wodurch sie mit dem Rücken gegen den Herd knallt. Sie schreit auf, und aus einem Reflex heraus schießt mein Arm nach vorne. Mit harter Faust treffe ich ihn voll auf der Nase. *Ich wusste gar nicht, dass ich das kann.*

Dado schlägt mit dem Kopf gegen die Seite des Wagens,

und Blut strömt aus seiner Nase. Schwindlig schaut er sich um, während das Blut über sein Hemd strömt. Dann kippt er vornüber auf den Tisch und bleibt bewegungslos liegen.

Mila greift meine Hand und zieht mich aus dem Wohnmobil. Es ist dunkel auf dem Parkdeck der Fähre, da die Ladeklappe hinter uns geschlossen ist. Jetzt, wo ich kein Meer und keinen Himmel mehr sehe, bin ich für einen Moment desorientiert, aber die Deckenlampen weisen den Weg, und ich fasse mich wieder.

Wir bewegen uns zwischen den hier abgestellte Autos auf das heller erleuchtete Treppenhaus zu. Ich schaue mich um, ich sehe keine Spur von Alex oder dem Mann mit dem Nasenpiercing. Die Entfernung beträgt wenige Dutzende Meter, aber ich wittere überall Gefahr. Ich laufe hinter Mila her und lasse mich mitschleifen.

Hinter uns sehe ich das Wohnmobil immer kleiner werden. Es ist das einzige Fahrzeug, an dem noch alle Lampen eingeschaltet sind, und es wird nicht lange dauern, bis entdeckt wird, was sich darin abgespielt hat.

Das ist egal, wir müssen jetzt erst einmal fliehen. Was schwierig werden wird, auf einem Schiff mitten auf dem Bottnischen Meerbusen.

26

Es ist schicker, als ich erwartet hatte. Ich muss zugeben, die einzige Fähre, die ich zum Vergleich kenne, ist die zwischen Amsterdam und Amsterdam-Noord. Eine Fähre, auf der die Radfahrer schweigend nebeneinanderstehen, und nicht einmal damit bin ich oft gefahren.

Diese hier ähnelt eher einem Kreuzfahrtschiff. Lange Gänge mit Kabinen und ein großes Restaurant. Wir haben eben erst abgelegt, deshalb laufen alle noch herum, auch wenn über uns inzwischen schon wieder ein klarer Sternenhimmel zu sehen ist. Diesmal habe ich keine Zeit, um ihn zu genießen, denn wir sind auf der Suche nach einem Versteck.

Unsere Mitreisenden scheinen noch nichts von dem Zwischenfall bemerkt zu haben, und es ist auch kein Alarm zu hören. Wir laufen mit ruhigen, aber festen Schritten weiter, um so wenig wie möglich aufzufallen. Mila und ich haben noch kein Wort gewechselt, seit wir den sogenannten sicheren Hafen im Wohnmobil verlassen haben. Wir brauchen auch nichts zu sagen, wir wissen, was wir suchen. Zumindest wissen wir es, als wir es sehen.

Auf der anderen Seite des Ganges kommt uns eine Putzfrau entgegen, die gelangweilt ihren Putzkarren vor sich herschiebt. Mila wird langsamer, und ich folge ihrem Beispiel. Die Frau zieht eine Schlüsselkarte hervor und schiebt sie in ein Türschloss. Sie nimmt einen Müllsack von ihrem Karren und verschwindet in der Kabine.

Mila geht sofort auf den verlassenen Karren zu und fängt an zu suchen. Ich habe keine Ahnung, wonach, aber ich beschließe, nichts zu sagen. Ich fühle mich noch immer schuldig, weil ich vorhin bei dem Überfall nichts unternommen habe. Mila war diejenige, die sich für mich eingesetzt und sich auf Dado gestürzt hat, während ich immer geglaubt hatte, dass ich in einer solchen Situation die Initiative ergreifen würde. Es ist unangenehm, wenn wir von unserem Instinkt enttäuscht werden.

Mila scheint das Gesuchte gefunden zu haben, sie holt eine Klemmtafel hervor. Als ich ihr über die Schulter blicke, sehe ich eine Liste von Kabinennummern, daneben die Namen der Reisenden.

Milas Finger gleitet über die lange Liste, und sie überschlägt einige Seiten, bevor sie innehält. Kabine 91. Eine der wenigen, neben denen kein Name steht; diese Kabine ist leer. Wir wechseln einen Blick und legen die Klemmtafel zurück. Ganz zuletzt steckt Mila eine Schlüsselkarte ein, und hoffentlich gehen wir jetzt an einen Ort, an dem wir vorläufig nicht gestört werden.

»Müssen wir Alex suchen?«

»Wenn er dem Scheusal entkommen ist, wird er sich auch irgendwo versteckt haben. Dann werden wir ihn nicht finden. Und wenn sie ihn noch festhalten …« Sie beendet ihren Satz nicht, aber ich weiß, was sie meint. Wir sitzen in der Kabine nebeneinander auf dem ordentlich gemachten Bett. Draußen sind die Lichter der schwedischen Küste schon verschwunden, und es ist nur noch Wasser zu sehen.

Dunkelheit. Erst wenn ich wieder festen Boden unter den Füßen habe und weglaufen kann, werde ich mich etwas ruhiger fühlen. Jetzt bin ich in einem selbstgewählten Kerker gefangen.

»Ich dachte für einen Moment, dass er auch dazugehört«, lacht Mila. Ich höre die Panik in ihrer Stimme.

»Ich auch. Aber er hat uns gerettet. Albert ist derjenige, der uns hereingelegt hat.«

»Und dabei sah er so sympathisch aus. Wir können wirklich niemandem mehr vertrauen.«

»Nur einander.« Ich sehe sie an. Sie streicht sich eine Haarsträhne hinter das Ohr, und für einen Moment hat sie dunkle Locken, und die Rückwand der Kabine verwandelt sich in einen Wald. Aber das harte Hämmern gegen unsere Tür bringt mich schnell in die Wirklichkeit zurück.

»Shit.«

Wir erschrecken beide, und ich betaste den Rahmen des Bullauges – festgeschweißt. Geräuschlos schleichen wir zur Tür und spitzen die Ohren. Sie haben uns gefunden, das ist der einzige Gedanke, der jetzt durch meinen Kopf wirbelt.

»Ich bin's.«

»Alex«, rufen wir beide wie aus einem Munde. Wir öffnen die Tür, und da steht er. Mit einer Schramme über einem Auge und einem Riss in der Jacke, aber ansonsten unversehrt. Alex kommt herein, und schnell schlagen wir die Tür hinter ihm zu.

»Woher wusstest du, wo wir sind?«, frage ich ihn sofort.

»Ich habe gesehen, wie ihr über den Gang gelaufen seid, und bin euch gefolgt. Dann kam Dado vorbei, den Kopf voller Blut, und ich musste mich schnell verstecken. Den habt ihr wirklich gut zugerichtet!«

»Olaf! Mit einem Schlag!« Mila scheint beeindruckt, und Alex sieht mich mit großen Augen an.

»Echt?« Er lacht laut und klopft mir voller Stolz auf die Schuler. Als ob wir nicht fast entführt worden und als ob wir jetzt nicht auf einem Boot gefangen wären, zusammen mit unseren Verfolgern. Ich schaue ihn kopfschüttelnd an, aber auch ich kann mir ein Lächeln nicht verkneifen.

»Na?«, fragt er und scheint meine Gedanken lesen zu können. »Etwas interessanter als dein bisheriges Leben, was?«

»Sicher interessanter. Aber ob ich mir das freiwillig so ausgesucht hätte …« Ich beende diesen Satz nicht.

»Genau. Die beste Möglichkeit, um irgendwohin zu gelangen, ist durch Zufall.« Das klingt logisch, ergibt aber zugleich auch keinen Sinn. Ich sage nichts dazu.

Mila hat inzwischen ein nasses Tuch geholt und schiebt Alex auf das Bett. Bevor er protestieren kann, fängt sie an, seine Wunde zu reinigen.

»Was ist mit dem Scheusal passiert?«, fragt sie.

»Sagen wir mal so, bei einem Kampf ist ein Nasenpiercing eher unpraktisch.« Alex tut cool, aber Mila verzieht schmerzhaft ihr Gesicht.

»Und dann?«

»Dann konnte ich abhauen, während er wimmernd zwischen den Autos lag.«

»Wir haben sie also noch wütender gemacht, und sie sind noch immer hinter uns her?«, folgere ich. Mila und Alex schauen mich an, beschließen aber offenbar, nicht darauf einzugehen.

»War Dado mit irgendwem zusammen?«, fragt Mila. Alex schüttelt den Kopf.

»Er war allein, wurde angestarrt, weil er so blutete, und

stürzte schnell auf eine Toilette. Dann bin ich hinter euch hergerannt.«

»Sie sind also zu dritt, wenn wir Albert mitzählen.«

»Soweit wir wissen. Aber es können natürlich noch mehr sein.«

»Dado arbeitet jedenfalls für meinen Schwiegervater.« Ich schalte mich wieder ins Gespräch ein. »Sie versuchen, mich zurückzuholen. Er sagte, dass Huub vor allem wütend ist, weil ich Liesbeth zurückgelassen habe.«

»Aber wer schickt seinem Schwiegersohn denn bewaffnete Männer auf den Hals?«, fragt Alex, und ich zucke mit den Schultern.

Mila denkt kurz nach. »Sie müssen entdeckt haben, dass du in den Safe geguckt hast und dass du dich wieder erinnerst, dass du in Finnland warst. Wenn das Letze der Fall ist, dann ist ihr ganzer Plan misslungen, und sie können davon ausgehen, dass deine Erinnerungen vollständig zurückkehren werden, und dann waren alle ihre Lügen umsonst. Das macht sie im Moment sehr gefährlich. Dich zurückzuholen und dich dein altes Leben weiterführen zu lassen ist jetzt keine Alternative mehr.«

»Sie wollen um jeden Preis verhindern, dass ich mein Ziel erreiche.« Ich spreche es aus, und mir fällt zum ersten Mal auf, was das bedeutet. Dass Huub alles für seine Tochter tun würde, wusste ich. Aber dass ich offenbar so leicht zu ersetzen bin, wenn ich im Weg stehe, verschlägt mir doch ein wenig die Sprache. Dass sie alles tun würden, um ihr Geheimnis zu bewahren … Ich bin kein verlorener Schwiegersohn mehr, ich bin ein Problem. Ein Hindernis, das aus dem Weg geräumt werden muss, lieber heute als morgen.

Aber was schlecht für die anderen ist, muss nicht unbedingt schlecht für mich sein, erinnere ich mich jetzt. Sie haben Angst davor, dass ich mein Ziel erreichen könnte, sonst wären sie mir nicht so dicht auf den Fersen. Das bedeutet, dass ich mich wehren kann. Ich brauche mich nur noch daran zu erinnern, was sie so ängstlich zu verbergen versuchen.

Ich denke zurück an die Frau mit den dunklen Locken, an ihr Lachen und das warme Gefühl, das sie in mir wachgerufen hat. Es kam mir nicht schlecht vor, nicht bedrohlich. Sie hat mir ein Foto geschickt, sie sucht Kontakt. Was, wenn sie der Grund ist, aus dem alle anderen lügen? Wenn sie mein Glück ist, das alle anderen verhindern wollen?

Ich stehe auf und merke, dass die beiden mich schweigend angestarrt haben, in der Hoffnung, dass ich mich an irgendetwas erinnere. Das Fensterglas kühlt meine Stirn ab, als ich sie dagegenlehne. Es ist dunkel, und ich sehe vor allem mein Spiegelbild. Der Wellengang des Schiffes wirkt beruhigend. Ich schließe die Augen.

Meine Hände umklammern die Reling. Nur so kann ich einen Sturz verhindern, so heftig wird die Fähre hin und her geworfen. Über uns wölbt sich der strahlend blaue Himmel, aber unter uns wütet ein Sturm. Wir werden von den Wellen brutal in die Luft geschleudert und gleich darauf ebenso brutal fallen gelassen. Meine Füße rutschen hin und her, aber durch die Reling bleibt mein Oberkörper aufrecht.

Links von mir sehe ich sie stehen. Die schönen dunklen Locken wehen an ihrem Gesicht vorbei in meine Richtung. Ich weiß nicht, wie sie das schafft, aber es bereitet ihr überhaupt kein Problem, aufrecht stehen zu bleiben, und sie schaut mich liebevoll an. Sie macht sogar einige Schritte auf mich zu und hält mir ihre Hand hin.

Ihre schlanken Finger bewegen sich durch die Luft, und nichts würde ich lieber tun, als sie festzuhalten. Ich weiß, dass ich bei ihr sicher wäre, dass der Sturm dann keine Macht über mich hätte. Ich versuche für einen Moment, die Reling loszulassen, um auch eine Hand ausstrecken zu können. Sofort schwankt das Schiff wieder hin und her, weshalb ich mich ganz schnell wieder festhalten muss. Ich schaffe es nicht, ihr die Hand zu reichen, und sie schaut mich weiterhin auffordernd an. *Nun nimm sie schon,* scheint sie zu sagen. *Ich will ja,* gebe ich zur Antwort. Aber jedes Mal, wenn ich die Reling loslasse, scheint die Fähre darauf zu reagieren. Ich stecke fest und weiß genau, dass ich sofort wegrutschen würde, wenn ich die Reling nicht mehr festhielte. Dass ich über Bord gehen und von den Wellen verschlungen werden würde.

Sie scheint zu begreifen, dass ich ihre Hand nicht nehmen werde, und zieht sie enttäuscht zurück. Ein stechender Schmerz jagt durch meinen Brustkasten. *Ich will doch,* sage ich wieder. Ihre schönen braunen Augen verändern sich, werden größer und ängstlich. Sie schaut mich nicht mehr an, sondern blickt an mir vorbei. Hinter mir passiert etwas!

Ich fahre herum, und da sehe ich Alex stehen. Die Frau schreit vor Panik auf, ihre Stimme ist sogar durch das Tosen des Sturms zu hören. Alex reagiert nicht, sondern mustert mich weiterhin forschend. »Olaf?«, fragt er. Eine Hand gleitet ab, und ich schaffe es nicht, die Reling wieder zu greifen. »Olaf?« Wieder dieser fragende Tonfall.

Ich merke jetzt, wie auch die Finger meiner anderen Hand abrutschen.

»Olaf?« Mila klopft auf meine Schulter. »Olaf, alles in Ordnung?«

Ich weiche zurück, stolpere und knalle auf den Rücken.

»He, Mann, was machst du?« Alex klingt erschrocken, und ich schaue mich keuchend um. Das war wieder ein Albtraum, nur war er diesmal anders. *Ich war wach*. Zum ersten Mal hat mich der Traum nicht im Schlaf überfallen, sondern ich hatte das Gefühl, ihn selbst herbeigerufen zu haben. Es war eine Erinnerung.

»Es war dieselbe Frau. Ich war mit ihr auf einem Schiff«, sage ich überrascht.

»Auf einem Schiff? Du kannst dich an etwas erinnern! Wo war das?« Alex klingt richtig begeistert.

»Keine Ahnung, aber es war jedenfalls so ein Schiff wie dieses hier. So groß. Und es gab einen Sturm.«

Mila schüttelt den Kopf. »Aber du bist ihr doch erst in Finnland begegnet. Bist du mit ihr noch woanders hingefahren? Außerhalb von Finnland?«

Ich weiß nicht mehr, was ich noch glauben kann. In meinem Kopf breiten sich wahnsinnige Kopfschmerzen aus, und ich kneife die Augen ganz fest zu. Selbst im Dunkeln scheinen Blitze durch meine Schläfen zu schießen. »Stiche, im Kopf«, murmele ich, und ich werde auf das Bett gehoben.

27

Das rote Lämpchen springt auf Grün um.

Die Stiche haben sich verzogen, und der Sturm in meinem Kopf hat sich gelegt. Doch es dauert noch eine ganze Weile, bevor ich begreife, was dieses Lämpchen bedeutet, und ungeschickt versuche ich, mich so schnell wie möglich aufzusetzen. Wir hatten gehofft, für den Rest der Überfahrt in diesem Zufallstreffer von Kabine in Sicherheit zu sein. Jetzt hören wir auch einen Piepton, und langsam wird die Tür geöffnet.

In der Türöffnung erscheint eine mit Koffern bepackte japanische Familie und starrt uns fassungslos an. Wir lächeln eilig alle drei freundlich, was aber wohl eher manisch als beruhigend aussieht.

»*Your room is ready*«, verkündet Mila zuckersüß. Alex und ich machen gleichzeitig einladende Handbewegungen, und ich fege scheinbar noch ein paar Krümel vom Bett. Dann marschieren wir an der Familie vorbei, als ob das ganz selbstverständlich wäre, während sie uns mit offenem Mund nachstarren.

»*Enjoy your stay*«, fügt Alex noch schnell hinzu, und dann nehmen wir die Beine in die Hand.

»Noch kurz durchhalten.« Wir können die Lichter der finnischen Küste schon sehen, und ein Leuchtturm beleuchtet das Wasser vor uns regelmäßig. Es ist noch immer dunkel, und es sind wenige Menschen an Deck. Mila und Alex stehen neben mir, und wir haben alle drei eine andere Richtung im Blick.

Draußen, auf dem obersten Deck, haben wir die beste Aussicht. Es gefällt mir nicht, wenn hinter jeder Ecke jemand auftauchen kann, und ich sehe die Gefahr lieber aus der Entfernung näher kommen. Zum Glück ist diese Fähre so groß, dass es Stellen gibt, an die niemand kommt. Ich bete, dass diese Ecke ziemlich weit vorn so eine Stelle ist. Dado und seine Handlanger haben wir auf der ganzen Überfahrt nicht wieder gesehen, und ich frage mich, ob das ein gutes oder ein schlechtes Zeichen ist. Ich entscheide mich für die erste Möglichkeit.

»Meinst du, sie haben aufgegeben?« Ich weiß nicht, warum ich das frage, aber Alex' Antwort beruhigt mich jedenfalls nicht.

»Nein.«

»Nein?«

»Würdest du aufgeben, wenn du wüsstest, dass wir hier auf dem Schiff sind? Sie sind den ganzen Weg hierhergekommen, hätten uns fast erwischt. Natürlich geben sie nicht auf.« Er klingt jetzt auch gereizt. Wir schauen uns alle drei weiterhin um. Zum Glück haben sich meine Augen inzwischen an die Dunkelheit gewöhnt.

Der erste Motor wird angelassen, und bald folgen weitere. Unter uns beginnt ein riesiges Orchester zu brummen, das immer lauter wird. Ich beuge mich über die Reling und sehe die erste Reihe Autos bis zum Haltestreifen vor der Ladeklappe fahren.

Wir gehen um die Ecke und steigen über eine Eisentreppe ein Stück weiter nach unten, so dass wir einen besseren Überblick über das Parkdeck bekommen. Die Stufen unter uns werden schon ganz beleuchtet, deshalb verstecken wir uns weiterhin im Schatten. Die Autos dröhnen laut und lassen ihre grellen Scheinwerfer leuchten, während sie sich vorn auf der Fähre hintereinanderstellen.

Ich starre von meiner Position aus über die Wagenreihen. »Da!« In der Ferne sehe ich das erhöhte Dach des Wohnmobils. »Könnt ihr etwas sehen?«

»Es scheint nur jemand hinter dem Lenkrad zu sitzen«, flüstert Mila. »Das muss dann wohl Albert sein.«

»Die anderen können doch hinten im Wagen sein?«, frage ich hoffnungsvoll.

»Schon möglich. Oder hinter uns.« Auf diese Bemerkung von Alex hin steigen wir wieder nach oben. Wir verstecken uns an der Stelle, wo wir auch eben waren.

»Was jetzt? Die Leute, die zu Fuß an Land gehen, werden sicher kontrolliert. Wie kommen wir dort vorbei?« Mila scheint Panik zu haben, und das bin ich von ihr nicht gewöhnt. Es führt jedenfalls dazu, dass ich mich schärfer konzentriere.

»Wir können uns zu jemand anderem ins Auto setzen? Jeweils in ein anderes, alle drei?« Der Hafen kommt näher, also müssen wir schnell handeln, denke ich.

»Die Gefahr ist groß, dass niemand uns reinlässt. Ich würde das auch nicht tun. Und dann stehen wir voll im Scheinwerferlicht.« *Shit*. Ich weiß, dass er recht hat. Hinter uns kommen drei Angestellte der Fährgesellschaft vorbei, alle in Uniform und mit eigenen Taschen.

»Dado«, höre ich mich murmeln.

»Wo?«, fragen Mila und Alex wie aus einem Munde und schauen sich erschrocken um.

»Nein, jetzt nicht. Ich habe an das erste Mal gedacht, als ich ihn von deinem Ruderboot aus am Ufer gesehen habe.« Es kommt mir jetzt wirklich wie ein erstes Mal vor, weil unsere Reise in diesem Moment ja erst anfing. Der erste Tag meines neuen Lebens. »Ich hätte ihn fast nicht erkannt, weil er in der Firma immer eine Uniform trägt. Wenn ich ihn also hätte suchen müssen, hätte ich nach der blauen Uniform Ausschau gehalten, in der er morgens beim Eingang Leute durchsucht. Und wenn er mich jetzt suchen müsste …«

Mila hatte auf halber Strecke schon angefangen, begeistert zu nicken, und beendet meinen Satz jetzt. »Dann würde er alles suchen, nur keine Uniform.«

Alex scheint es noch nicht zu verstehen, aber wir schleifen ihn schon mit. Erklärungen kommen später, jetzt haben wir keine Zeit.

Die Heckklappe senkt sich, und auf dramatische Weise wird Finnland enthüllt. Das Licht des Leuchtturms, das ab und zu vor uns über den Asphalt schweift, hat eine hypnotisierende Wirkung. Vor meinen Augen dreht sich alles, schneller und schneller, und ich konzentriere mich wieder auf meine Umgebung, bevor mich mein Gleichgewichtssinn im Stich lässt.

Die Autos setzen sich langsam in Bewegung, und wie bei einem Stau, der sich auflöst, rücken sie einzeln vor. Dann sehe ich ihn, und mich durchfährt ein Schauder. Zwischen den Autos, am Kai, läuft der Mann mit dem Nasenpiercing hin und her. Zumindest der Mann, der früher ein Nasenpiercing hatte. Ungeduldig kontrolliert er jedes Auto und vor allem die Insassen. Sein Hemd ist noch immer blutdurchtränkt, und ich kann an seiner Nase eine große Wunde sehen. Alex hat nicht gelogen. Es ist dem Mann aber egal, denn er läuft schnaubend von einem Fahrer zum anderen. Kein Auto hat auch nur den Hauch einer Chance, ungesehen an ihm vorbeizukommen. Das ist ihre letzte Chance, uns hier zu finden.

Weiter vorn gehen die Fußgänger von Bord. Dort sehe ich, wie Dado das Gleiche macht. Er hat sein Gesicht zwar einigermaßen gesäubert, aber ich erkenne doch den großen Schnitt in seiner Nase. Ich staune noch immer darüber, dass ich ihm den verpasst habe. Obwohl ich Todesangst davor habe, was er mir antun wird, wenn er mich zu fassen bekommt, erregt es in mir doch auch ein gewisses Gefühl von Stolz. Von Männlichkeit. Ein Gefühl, von dem ich hoffe, dass ich mich daran gewöhnen kann.

Beide Männer werden immer nervöser, als die Zeit vergeht und sie uns noch immer nicht entdeckt haben. Ihr eigenes Wohnmobil ist fast an der Reihe, und es stand doch ziemlich weit hinten. Dado schiebt und zieht, wodurch es in der Reihe der Fußgänger zu Unruhe kommt. Ihm scheint das egal zu sein, er sieht sich weiterhin alle Gesichter an. Der andere rennt immer hektischer zwischen den Autos hin und her und lässt sich sogar ab und zu über eine Motorhaube gleiten, um die Autos weiter hinten noch schnell überprüfen zu können. Sie scheinen den Kampf immer weiter zu verlieren.

Auf der anderen Seite, dort, wo sie nicht kontrollieren, verlassen jetzt einige Besatzungsmitglieder die Fähre. Sie haben gerade ihre letzte Runde beendet. In der Mitte laufen drei neue Mitarbeiter. Zwei Männer und eine Frau sind mit ihren Kollegen in ein lebhaftes Gespräch vertieft, als ob sie schon seit Jahren zusammenarbeiten.

Auf der anderen Seite der Ladeklappe herrschen chaotische Zustände. Alle, die links stehen, scheinen so schnell wie möglich nach rechts zu wollen und umgekehrt.

Autos hupen, würgen voll Panik den Motor ab oder schneiden einander den Weg ab. Dazwischen, wie in einem Ameisenhaufen, wo alle es eilig haben, bewegen sich die Fußgänger. Ich frage mich, ob es hierfür keine sinnvollere Methode gibt. Aber egal, hier arbeitet es für uns, denn wir gehen in der Menge unter.

Mit großen Schritten stiefeln wir zu einer Öffnung ganz links in einem hohen Zaun, durch die sich mehrere Autos gleichzeitig zu pressen versuchen. Wir tragen noch immer die Uniform der Bemannung und werden deshalb mit einem freundlichen Nicken vorgelassen. Unsere eigene Kleidung haben wir auf der Fähre zurückgelassen. Aufgrund der Eile können wir sie nicht weiter mitschleppen.

Ich verstehe erst nach einer Weile, dass es zu einfach geht, dass etwas nicht stimmt. Alex läuft schräg vor mir und richtet jetzt seine volle Aufmerksamkeit auf den Ausgang. Es werden keine netten Gespräche mehr mit sogenannten Kollegen geführt, jetzt ist die Zeit zum Handeln gekommen. In meinem Blickfeld sehe ich nichts Besorgniserregendes, und der Ausgang scheint für uns frei zu sein. *Und doch …*

Um mich herum werden alle langsamer. Menschen bewegen sich in Zeitlupe, Autos kommen zum Stehen. Im selben trägen Tempo drehe ich mich um. Langsam, aber sicher ist die Fähre wieder zu sehen. Noch immer fahren einzelne Autos über die Ladeklappe, darunter auch der schwarze Audi. Aber nicht das erregt meine Aufmerksamkeit, sondern das, woran das Auto vorbeifährt: eine kleine Gruppe finnischer Polizisten in dunkelblauen Uniformen. Obwohl es um uns herum dunkel ist, tragen einige von ihnen Sonnenbrillen. Mitten zwischen ihnen steht der Grund meiner Panik.

Mit hilflosem Blick schaut Mila mir in die Augen, während ihr die Hände auf dem Rücken gefesselt werden. Ich will zu ihr rennen, sie losreißen und mitzerren, aber ich werde zurückgehalten. Alex steht hinter mir und sieht mich mit mürrischem Blick an. Langsam schüttelt er den Kopf, noch immer in Zeitlupe. Er nickt zum Ausgang hinter uns hinüber, und ich weiß, dass er recht hat. Ich hasse ihn, weil er recht hat. Wir können nichts tun, außer zu verhindern, selbst auch festgenommen zu werden. Ich schaue mich um und sehe, dass der Audi langsam an dieser Szene vorbeifährt, aber durch die getönten Fenster kann ich Dado nicht sehen. Ich frage mich, ob er jetzt zufrieden ist oder ob er uns lieber selbst zu fassen bekommen hätte.

Mila nickt mir zu und formt mit den Lippen ein Wort. Ich brauche einen Moment, um ihre Nachricht zu begreifen. Die Nachricht, die die Welt wieder schneller werden lässt und in den chaotischen Zustand von eben zurückversetzt: R-E-N-N!

Ich drehe mich um und renne hinter Alex her, der bereits die Beine in die Hand genommen hat. Wir haben den Zaun fast erreicht, als mir klar wird, dass dies ja gerade besonders auffällt. Ich schaue mich im Laufen um und sehe, dass ein Polizist mich bemerkt hat. Er spricht in ein an seiner Schulter befestigtes Funksprechgerät.

In diesem Moment wird Alex langsamer und zieht eine Pistole hervor. Ich bleibe abrupt stehen und stoße noch gerade nicht mit ihm zusammen. Ich kann nicht glauben, was ich sehe, und ich kann nur den Kopf schütteln. Er richtet seine Pistole auf das erstbeste Auto, das angefahren kommt. Ein dunkelblauer Volvo, so ein hohes Modell, darin sitzen ein Mann und eine Frau um die vierzig.

Gerade haben sie noch herumgealbert, aber das Lachen vergeht ihnen sehr schnell, als sie in den Pistolenlauf schauen. Der Mann hält an und steigt auf Alex' Befehl aus. Die Frau folgt, und beide heben die Hände. Ich verstehe noch immer nicht, was hier passiert, und höre hinter mir die Polizisten schreien. Ein Stück weiter weg fängt ein Hund an zu bellen, und ich schließe die Augen. *Wo bin ich?*

»Olaf!« Seine harte Stimme holt mich zurück ins Hier und Jetzt. Alex sitzt inzwischen hinter dem Steuer und nickt zur anderen Seite des Autos. »Sofort!«

Ohne weiter nachzudenken, renne ich um das Auto herum. Ich laufe an der zu Tode verängstigten Frau vorbei, die zurückweicht. Ich reiße die Tür auf und lasse mich auf den Sitz fallen. In diesem Moment tritt Alex das Gaspedal durch, und ich kann gerade noch die Tür zuziehen.

Wir schaffen es, durch eine schmale Öffnung beim Ausgang zu schlüpfen, während andere Autos wütend hupen. Dann höre ich plötzlich beruhigende Klaviermusik, als ob mein Kopf beschlossen hat, Musik aufzulegen, weil es sonst einfach keinen Sinn ergibt, was sich hier draußen abspielt. Eine eigene Komposition, für meine eigene Filmszene. Das ist Chopin oder Bach, ich weiß es nicht. Aber es klingt herrlich, und ich lasse mich sofort mitreißen. Ich drehe das Fenster nach unten und stecke den Kopf hinaus.

»Was machst du?«, schreit Alex und zieht mich ins Wageninnere. Ich lache laut und sehe, dass er mich aus rotunterlaufenen Augen anschaut. In diesem Moment höre ich das Autoradio; es war die Musik, die das Paar vorhin gehört hatte. Ich bin doch nicht verrückt.

Jedenfalls noch nicht ganz.

Im Seitenspiegel sehe ich die Polizisten hinter uns herrennen. Im Hintergrund schreit Mila. Die Polizisten werden kleiner und kleiner, und wir werden immer schneller. Alex fährt jetzt mit Vollgas in die falsche Richtung. Von vorne nähern sich Scheinwerfer, Autos hupen und weichen aus. Wir schreien aus vollem Hals, fahren aber immer weiter.

»Wir fahren einfach weiter«, wiederhole ich laut. Alex nickt. Dann sind wir wieder von einem Wald umgeben. Die Musik schallt noch immer durch den Wagen. Wir biegen nach links ab, dann nach rechts. Minutenlang fahren wir geradeaus und wiederholen es dann nochmals: links, dann rechts. Ich habe keine Ahnung, wohin wir fahren. Plötzlich fährt Alex auf einen im Dunkeln verborgenen Sandweg. Wir fahren weiter und weiter, im rechten Winkel zur durchgehenden Straße. Bis Alex plötzlich anhält und Motor und Scheinwerfer ausschaltet.

Die Stille überrascht mich. Ich hatte die Straßenüberführung nicht gesehen, und ich schaue Alex außer Atem an. Er erwidert meinen Blick, und wir schweigen.

Was sollten wir auch sagen?

Wir starren beide durch die Heckscheibe nach draußen. Wir warten. Es kommt mir vor wie eine Ewigkeit, und wir starren nur die Dunkelheit an.

Bis die Bäume in der Ferne angeleuchtet werden. Greller, immer greller beginnen sie zu glühen. Zwei Streifenwagen rasen mit lauten Sirenen vorüber. Ihnen folgen ein dritter und ein vierter. Alle jagen in wildem Tempo an unserem Sandweg vorbei.

Dann kehrt die Stille zurück. Das Einzige, was jetzt zu hören ist, sind die lauten Geräusche von Alex. Ich weiß nicht, ob er weint oder lacht.

Erschöpft lasse ich mich auf meinem Sitz zurücksinken.

Mila, wo bist du?

28

»Was war das?«, frage ich.

Alex lacht, ich weiß nicht, warum. Der Ernst der Lage dringt wieder zu mir durch.

»Wir waren fast schon tot. Die Polizei ist uns auf den Fersen.« Meine Stimme klingt noch immer ungläubig, selbst nach allem, was wir durchgemacht haben.

»Seit gestern hat sich wenig verändert.« Er scheint mich aufziehen zu wollen.

»Gestern haben wir noch nicht mit Pistolen herumgewedelt.« Ich versuche, ruhig zu bleiben, aber weiß schon längst, dass das verlorene Liebesmüh ist.

»Heute aber.«

Etwas an ihm scheint sich verändert zu haben. Eine Art Übermut scheint ihn überkommen zu haben, wodurch er meine Fragen so lässig abtut. Aber ich lasse mich nicht beirren.

»Woher hast du die Waffe? Ich will das wissen, Alex.«

Er dreht sich zu mir um.

~

Kurz nachdem die Streifenwagen uns passiert hatten, sind wir von dem Sandweg herunter und in eine andere Richtung gefahren. Für kurze Zeit hörten wir in der Ferne einen Hubschrauber, aber der kam nicht in unsere Nähe.

Wir fuhren im Zickzack weiter, ohne ein Wort zu wechseln. Stundenlang fuhren wir so weiter und sahen um uns herum nur Wald. Wald und Musik. Es war wie ein Rausch. Das Wichtigste war jetzt, uns in Sicherheit zu bringen, alles andere hatte Zeit bis später. Später ist jetzt.

Es dämmert jetzt schon ein wenig, und auf meine Bitte hin hat Alex das Auto an den Wegrand gefahren. An der Fensterscheibe hinter mir kleben lauter Dinosaurieraufkleber, und mir wird schlecht bei dem Gedanken an die Familie, deren Auto wir gestohlen haben. Ich brauche frische Luft und steige aus. Alex folgt meinem Beispiel, und wir lehnen uns an das Auto. Es ist kühl, aber mir ist trotzdem warm genug. Die Kälte tut mir gut, und ich sehe, wie sich vor uns die hohen Salweiden ausstrecken. Mila sitzt jetzt irgendwo auf einer finnischen Wache, verängstigt und allein in einer Zelle.

»Mit welcher Begründung ist sie festgenommen worden?« Ich denke laut und bin noch nicht so weit, dass ich mit Alex' merkwürdigem Verhalten umgehen könnte.

»Autodiebstahl, Tanken ohne zu bezahlen? Ein Überfall auf zwei Männer?« Er plappert einfach drauflos.

»Nein, das kann nicht sein. Ich kann mir nicht vorstellen, dass Dado uns angezeigt hat, während er selbst hinter uns her war.«

Er seufzt. »Dann die beiden anderen Sachen.«

»Hörst du eigentlich, was du da sagst? Auf Tanken ohne zu bezahlen folgt keine Treibjagd. Ein Bußgeld höchstens, aber keine Gefängnisstrafe.«

»Vielleicht ist sie längst wieder auf freiem Fuß, das weißt du doch nicht.«

Ich stoße mich vom Auto ab. Ich habe langsam genug.

Alex will den Dingen offenbar nicht mehr so dringend auf den Grund gehen wie ich.

Zwischen den Blättern durch gehe ich in den Wald und ignoriere den einzigen Weg hier. Ein Eichhörnchen huscht einen Baumstamm hoch, und ich sehe ihm hinterher, bis es zwischen den Zweigen verschwindet.

Finnland ... Ich bin einfach in Finnland. Das scheint jetzt erst zu mir durchzudringen. Das hier ist ja doch etwas anderes als Nordfrankreich.

Ich hebe einen langen Stock auf und ziehe ihn hinter mir her durch die orangefarbenen Blätter. Über mir hängen an den Enden der Zweige noch allerlei grüne, aber viele liegen auch schon auf dem Boden.

Wenn ich ehrlich bin, hatte ich viel früher mit einem Heureka-Moment gerechnet. Mein Gedächtnis macht nicht mit, sosehr ich mich auch zu zwingen versuche. Ich muss das alles schon einmal erlebt haben. Diese Fahrt. Das Einzige, was ich nun weiß, ist, dass eine Frau dabei war. Eine wunderschöne Frau mit dunklen Locken.

Aber in welcher Beziehung stand sie zu mir? Wenn ich meiner Erinnerung von der Fähre glauben darf, dann waren wir mehr als nur Freunde. Mein Gefühl bestätigt das. Aber kann mein Gefühl etwas über jemanden bestätigen, dem ich gar nicht begegnet bin? Alles gerät wieder in Verwirrung, und in dieser Art von Momenten fangen meine Kopfschmerzen an. Aber ich lasse mich von ihnen nicht entmutigen, sondern laufe zwischen den hohen Bäumen weiter. Hier ist es friedlich.

Und Liesbeth? Welche Rolle spielt sie bei allem? Jetzt, wo ich hier durch einen finnischen Wald laufe, muss ich der Wahrheit näher sein denn je. Ich müsste sie eigentlich fassen können. Eins weiß ich ganz sicher: Ich sehe mich im nächsten Jahr nicht in einem Zelt auf dem Campingplatz. Auf einem kleinen verdammten Gaskocher Kaffee aufsetzen, während die schmutzigen Spaghetti-Teller schon in einem knallblauen Eimer liegen und darauf warten, dass ich sie gleich abwasche. Und immer wieder dieselben Gespräche mit den Vätern im Schein der Neonlampen, die nur Mücken anziehen. *Wie lange bleibt ihr hier noch? Habt ihr keine Kinder? Wunderbar ruhig, finde ich.* Ein bitterer Geschmack füllt meinen Mund. Nie wieder.

Ich gehe auf eine Böschung, die immer steiler abfällt. Die Bäume bekommen hier mehr Platz und stehen weiter auseinander. In der Ferne sehe ich etwas – einen Fleck. Der wird immer größer, und ich beschleunige meine Schritte.

Als ich die Bäume hinter mir gelassen habe, stehe ich an einem Ufer. Vor mir dehnt sich ein großer, ruhig plätschernder See aus. Ich spüre, wie meine Augen feucht werden, und blinzele, um die Tränen zurückzudrängen. Die hohen Berge im Hintergrund mit ihrem ewigen Schnee erkenne ich sofort.

Ich ziehe das Foto aus der Tasche und halte es hoch, um es mit der Landschaft zu vergleichen. Dies ist derselbe See wie auf dem Foto. Eine Welle lässt jetzt die Wasseroberfläche kräuseln. Und noch mal. Ein kleiner Stein schnellt über das Wasser, hüpft ein-, zwei-, drei-, viermal hoch, ehe er versinkt. Ich sehe mich am Rand stehen und geschmeidig Kieselsteine werfen. Ein friedliches Gefühl überkommt mich. Ein Stück weiter steht Alex und pisst gegen einen Baum. Lachend schaut er sich um. Zum Spaß werfe ich einen kleinen Stein in seine Richtung, ziele aus Versehen aber zu gut und treffe ihn im Rücken. Er muss sich abstützen, als er fast vornüberkippt, und wir müssen beide lachen.

Wieder schaue ich das Foto an. Zwei Männer, die sich gut verstehen und einander die Arme um die Schultern gelegt haben. Das Foto ist nicht hier unten aufgenommen worden, denn wir schauen auf den See. Ich halte es vor mich und versuche, die richtige Perspektive zu finden. Höher – ich muss weiter oben suchen.

Ich klettere die Böschung wieder hinauf, zu der Stelle, von der aus ich nach unten gelaufen bin, nun aber in eine andere Richtung, mehr zur Mitte hin. Ich klettere nach oben, und meine Hose wird schmutzig, aber das ist mir egal. Hier muss es irgendwo sein. *Noch ein Stück weiter.*

Heftig keuchend nähere ich mich wieder dem Weg. Hier ragt ein großer Stein – fast schon ein Hünengrab – aus der Böschung auf. Es ist klar, dass hier viele Touristen für ein Foto anhalten; dort steht sogar ein Schild, das Besucher auf die schöne Aussicht aufmerksam macht. Mit letzter Kraft ziehe ich mich auf den Felsbrocken und drehe mich dann um.

Das ist es.

Ich brauche das Foto nicht mehr hochzuhalten, um zu wissen, dass das hier die Stelle ist. Das ist die Aussicht, die vor einer Ewigkeit auf meine Fußmatte fiel, in Form eines Fotos, in Amstelveen. Die Aussicht, die mein Leben unwiderruflich verändert hat, ob ich das nun will oder nicht. Diesmal gelingt es mir nicht, meine Augen trocken zu halten, und ich lasse meinen Gefühlen freien Lauf. Die Natur ist wunderschön. Und ganz ohne menschliche Einmischung, so rein, wie nur möglich. Ich bin dankbar dafür, dass ich das hier sehen darf.

»Du hast es gefunden.« Hinter mir höre ich Alex' Stimme. »Hier standen wir. Woher hast du das gewusst?«

»Ich hab den See gesehen und mich dann an dem Foto orientiert. Das hat nicht viel mit Magie zu tun.« Ich versuche, lässig zu klingen und ihm meine Gefühle nicht zu zeigen.

»Schön, was?« Ich nicke. Einen Moment lang stehen wir stumm da.

»Aber es sagt mir noch nichts«, denke ich laut.

»Was meinst du? Du kannst dich doch an immer mehr erinnern? Da!« Er zeigt hinter uns, auf den Weg. »Da stand das Paar, das das Foto gemacht hat.« Er mustert mich forschend. »Das weißt du doch jetzt wieder? Dieses Paar?« Ich murmele eine Bestätigung, und er tritt neben mich. Nebeneinander stehen wir an genau derselben Stelle wie damals.

»Und der Rest?«, fragt er dann. Ich sehe einen Schwalbenschwarm vorüberfliegen und versuche mich zu erinnern, ob hohes oder tiefes Fliegen schlechtes Wetter ankündigt. Oder Sommer? Keine Ahnung.

»Ich weiß es nicht. Ich kann mich bisher an nur wenig mehr erinnern.« Mehr kann ich ihm nicht sagen.

»Wir sind fast da, Olaf. Es muss doch ein bisschen in Gang kommen.«

»Ich weiß.«

~

»Ho, ho.« Ich will fast schon einsteigen, aber dann fällt mir noch etwas ein. »Woher hattest du um Himmels willen die Pistole? Hattest du die schon die ganze Zeit bei dir?«

Auch Alex beschließt, noch nicht einzusteigen. Er schließt seine Tür, sieht mich an und verschränkt dabei die Hände auf der Motorhaube des Volvo.

»Nasenpiercing griff danach, als er merkte, dass er den Kampf wohl verlieren würde. Er hatte sie unter der Jacke, in einem Holster, wie ein richtiger Cowboy. Ich habe sie ihm aus der Hand geschlagen und an dem Eisen in seiner Nase gezogen. Welcher Mann zieht sich denn einen Ring durch den Nasenflügel? Ich will gar nicht wissen, was er sonst noch alles gepierct hat. Da gibt es wirklich totale Freaks.«

»Und dann?«

»Als er wimmernd zwischen den Autos lag, habe ich mir die Pistole geschnappt und bin losgerannt. Ich weiß nicht, ich dachte, dass die noch mal nützlich sein könnte. Jedenfalls war sie in unserem Besitz sicherer als in seinem.«

Dagegen kann ich wenig einwenden, und ich nicke deshalb auch nachdenklich. Er erzählt weiter. »Aber ich wollte euch das nicht sagen. Ich wusste ja, wie ihr darüber denken würdet und dass ihr verlangen würdet, dass ich das Teil sofort über Bord werfe. Und ich wusste auch, dass wir die Pistole noch mal brauchen würden. Ich sag das nicht gern.« Er verstummt für einen Moment. »Weißt du, ich sag es doch gern. Ich kann das nämlich nicht so oft sagen, aber ich hatte recht!« Er lacht wieder.

»Es ist nur die Frage, was du hier recht haben nennst. Wir fahren jetzt in einem gestohlenen Auto durch die Gegend.« Meine Stimme klingt härter, als ich gewollt hatte.

»Aber wir fahren. Wir sitzen nicht fest.« Glücklicherweise reagiert er gelassen, und ich begreife, dass er wieder recht hat. Es ist ein merkwürdiger Moment im Leben, wenn man erkennt, dass die beste Möglichkeit darin besteht, mit einer Pistole herumzuwedeln.

Ich schaue Alex an, und er starrt zurück. Aufgrund der seltsamen Situation prusten wir dann beide los.

Früher, wenn ich auf dem Sofa saß und mir auf Netflix einen Thriller ansah, dachte ich, dass es in einer solchen Lage nur Todesangst geben könnte. Gefahr hinter jeder Ecke, der Tod wartet, wenn es falsch abläuft. Aber ich befinde mich eher in einem Rausch, einem Traum. Man bekommt ein Gefühl der Unbesiegbarkeit, sieht den Humor der Situation ein, und das sorgt dafür, dass man durchhält. Wenn es fast nicht schlimmer kommen kann und dann doch etwas schiefgeht, liegt Lachen näher als Weinen. Das hätte ich nicht erwartet, aber so ist es.

Jedenfalls bei mir.

29

Die E 18. Das Navi sagt uns, dass wir auf dem Weg nach Helsinki sind. Es dauert noch vierzig Minuten, bis wir dort sind. Wir sind jedoch nicht wirklich auf dem Weg in die Hauptstadt, denn unsere Wege haben sich in einem Vorort getrennt. In einem Dorf gleich außerhalb der Stadt. Alex weiß nicht mehr genau, wie es heißt, aber er weiß noch, wie er damals gefahren ist. Als Chauffeur hat er ein fotografisches Gedächtnis, wenn es um Straßen geht, behauptet er. Aber das gilt offenbar nicht für Ortsnamen oder Hotels. Dennoch vertraue ich ihm, denn mir bleibt nichts anderes übrig. Auf jeden Fall weiß er mehr als ich.

Obwohl das hier eine ziemlich große Schnellstraße ist, ist zum Glück keine Polizei unterwegs. Ich bin ziemlich angespannt und war nicht gerade scharf darauf, diese Route zu nehmen. Aber wenn wir auf Schleichwegen fahren müssten, würde sein Gedächtnis nicht mehr funktionieren, erklärte Alex. Damals sind wir über die Schnellstraße gefahren, darum müssen wir die jetzt auch nehmen. Er weiß erst, welche Abfahrt wir brauchen, wenn er sie sieht. Ich kann wenig dagegen sagen. Die Straße sieht bis auf weiteres frei aus, und wenn ich ehrlich sein soll, dann klingt es auch verlockend, die kürzeste Strecke zu nehmen. Nach der langen Reise und nach allen Problemen, die hinter uns liegen, will ich so schnell wie möglich unser Endziel erreichen. Wir fahren an einem Fußgängertunnel vorbei, und auf unserer rechten Seite ragt eine steile Felswand auf. Links wiederum Bäume, so weit das Auge reicht. Fortwährend starren wir weit nach vorne, um nicht in einen Hinterhalt zu geraten.

Ich blicke zur Seite. »Du fährst schon die ganze Zeit. Möchtest du mal tauschen?« Alex schüttelt den Kopf und dreht die Musik etwas lauter. Er ist eine eigensinnige Person, die gern mal auf den falschen Knopf drückt. Doch ich erinnere mich daran, dass er hier neben mir sitzt, auf der Flucht vor der Polizei, nur um mir zu helfen.

Wo Mila jetzt wohl ist? Ich erinnere mich daran, wie wir in Deutschland zusammen dem Sonnenuntergang zugesehen haben. Bei Hamburg war das. Der Mann mit dem Piercing lief auf Alex zu, und Mila erinnerte mich daran, dass wir ihn nicht im Stich lassen dürften. Wir mussten für ihn da sein.

Aber jetzt lassen wir sie im Stich, das spüre ich an allem. Ich weiß genau, dass sie das umgekehrt niemals tun würde, weswegen ich mich nur noch schuldiger fühle. Aber was soll ich denn tun? *Was?*

Ich kann ja wohl kaum in eine finnische Wache stürmen und ihre Freilassung fordern oder sie mit unserer einen Pistole befreien. Sie hat meine Telefonnummer, falls sie freigelassen wird. Aber … Mein Telefon liegt in einem Mülleimer in den Niederlanden. Hat sie die Nummer von Alex? Das glaube ich nicht. Okay, noch ein Problem. Aber der Grund, warum sie hier war, der Grund, warum wir alle hier sind, ist, um herauszufinden, was passiert ist.

Sie hat mich so weit gebracht, und ich werde sie wiederfinden. Aber zuerst muss die Wahrheit herausgefunden werden, da wird Mila mir sicher zustimmen.

»Suomi, die finnische Sprache, ist doch als Einzige mit dem Ungarischen verwandt?«, frage ich. Alex schaut kurz zur Seite und zuckt als Antwort nur kurz mit den Schultern. Ich lasse nicht locker. »Ja, diese beiden Sprachen sind nicht zum Beispiel vom Germanischen oder Romanischen herzuleiten, wie so viele andere, sondern stehen für sich. Das ist doch merkwürdig? Dazwischen liegen doch so viele Länder, was ist also die geheime Verbindung?«

Es wird schnell deutlich, dass ich hier ein Selbstgespräch führe, deshalb schweige ich nun auch und starre nach draußen. Der Asphalt jagt unter uns dahin.

Ich weiß nicht, was ich erwarte, wenn ich nun bald unser Ziel erreicht habe. Ob es dann auf einmal deutlich wird, was geschehen ist, oder ob ich umsonst hergekommen bin. Ich weiß es nicht.

Mein Herz setzt einen Schlag aus, als ich einen Blick in den Rückspiegel werfe. Drei Autos hinter uns fährt ein schwarzer Audi. Ich konzentriere mich und warte, bis er für den Bruchteil einer Sekunde besser zu sehen ist – ein finnisches Nummernschild. Erleichtert atme ich auf, aber dann fällt mir ein, dass sie das Nummernschild ziemlich einfach ausgetauscht haben können. So schwer ist das nicht.

»Was ist los?« Alex sieht, dass ich mir wieder Sorgen mache, und auch er schaut in den Rückspiegel. »Werden wir verfolgt?«

»Keine Ahnung. Es ist kein niederländisches Nummernschild.« Ich versuche, entspannt zu klingen.

Er gibt ein wenig mehr Gas, und wir wechseln auf die innere Fahrspur über, auf der wir dann mehrere Autos überholen. Wir schauen uns beide schweigend um und sehen, dass der Audi unserem Beispiel folgt. *Kein gutes Zeichen.*

»Verdammter Mist«, brummt Alex.

Wir fahren weiter, und ich sehe, dass er Ausschau nach einer Ausfahrt hält.

»Das ist sie. Wenn wir hier abfahren, kommen wir genau dahin, wo wir hinwollen. Aber es ist auch die beste Möglichkeit, um festzustellen, ob die uns wirklich verfolgen«, sagt er.

Ich überlege. »Wissen sie nicht längst, wohin wir wollen? Hat Mila das nicht gesagt?«

»Nein«, widerspricht er. »Sie wissen, wohin du willst, aber nicht, wo wir zuletzt zusammen waren.«

Ich nicke und gebe mir alle Mühe, um das zu begreifen.

Alex gibt noch mehr Gas, und jetzt fliegen wir über die Straße. Das fällt jetzt wirklich auf, denke ich. Unsere Ausfahrt kommt näher, aber wir sind noch immer auf der linken Fahrspur. *Will Alex nicht abbiegen?*

Ich warte schweigend ab. Kurz bevor die äußere Bahn nach rechts abbiegt, reißt Alex das Lenkrad herum. Wir schießen zwischen zwei Autos hindurch, wieder gefolgt von wütendem Hupen. Gerade noch rechtzeitig kann er die Abfahrt erreichen, und wir biegen gleich mit der Kurve ab.

Diesmal schaue ich über die Schulter und sehe, dass der Audi ganz normal auf der inneren Fahrspur weiterfährt. Er verfolgt uns nicht mehr.

»Entweder hatten sie keine Zeit, um zu reagieren, oder wir haben umsonst eine finnische Schnellstraße in Gefahr gebracht«, stelle ich fest.

»Beide Möglichkeiten sind gut, wenn du mich fragst.«

Wir fahren über eine gerade weitläufige, zweispurige Straße. Sie führt jetzt aufwärts, einen Hügel hinauf. Es ist um einiges ruhiger als soeben auf der Schnellstraße. Nur selten haben wir Gegenverkehr oder überholen einen Traktor. Ich schaue mich um und habe keine Ahnung, ob wir noch eine halbe Stunde weiterfahren müssen oder fast am Ziel sind.

Als ich Alex gerade danach fragen will, merke ich, dass das Auto langsamer wird. Wir biegen nach rechts in eine Auffahrt ab, und ich beiße angespannt die Zähne zusammen. Ein schmalerer Weg schlängelt sich jetzt um die hohen Bäume, und ungeduldig schaue ich von Alex zu der nächsten Kurve, um zu sehen, wo wir herauskommen.

Als der Weg wieder gerade wird, sehe ich ein Hotel vor uns auftauchen. Es ist ziemlich klein, mit weißen Wänden und Balkons voller Blumen. Davor stehen einige gepflegte Hecken nach einem dichten Muster, wie ein komplizierter Irrgarten, über den man hinwegblicken kann.

»Da sind wir«, höre ich neben mir, und Alex stellt den Volvo auf dem ansonsten leeren Parkplatz ab. Ich steige aus und stehe dann genau vor dem Hotel. Langsam drehe ich mich um mich selbst. War ich schon einmal hier, kommt eine Erinnerung zurück?

Ich stoße einen Schrei aus und weiche zurück, als plötzlich eine Gruppe von Menschen aus dem Hoteleingang auf mich zurennt. Alle schauen mich resolut an. Ich kann ihnen nicht entkommen, kann mich nicht mehr umdrehen.

Die Zeit reicht nicht.

Zum Glück sind sie verschwunden, als ich das nächste Mal mit den Augen zwinkere. Ich merke, dass Alex mich nicht aus den Augen lässt.

»Kamen hier damals Leute aus dem Haus gerannt?«, frage ich ihn keuchend. »Eine Menge?«

»Wie meinst du das?« Er mustert mich forschend.

»Ich weiß es nicht. Das ist das Einzige, woran ich mich wieder erinnere.«

»Sonst nichts?«

Ich schüttele den Kopf und laufe zwischen den Hecken weiter. Alex folgt mir.

»Das ist das Hotel, wo wir zusammen waren. Ich habe hier eine Nacht verbracht, aber an dem Abend haben wir schon nicht mehr zusammen gegessen. Du hast dein Zimmer nicht verlassen, und das fand ich seltsam nach der langen Fahrt. Aber gut, als Chauffeur bin ich merkwürdigere Dinge gewöhnt. Sie sind immer dein bester Freund, bis du sie an ihr Ziel gebracht hast. Dann wird es überdeutlich, wie die Beziehung wirklich ist. Ich bin am nächsten Morgen früh losgefahren und habe dich erst wiedergesehen, als aus Ruigoord das Foto geschickt wurde.«

Ich höre zu, während ich zum Eingang gehe. Seine Stimme klingt ruhig, aber ich kann mir nicht vorstellen, dass ich so unfreundlich sein soll, wie er andeutet. Ich schaue nach oben.

Das Hotel ist niedrig, aber breit. Es umarmt mich fast mit seinen halbrunden Mauern und dem orangefarbenen Dach, und es lädt mich ein, unter dem Blumenmeer oben einzutreten. Ich spüre, wie sich eine heitere Ruhe über mich senkt.

Drinnen breitet sich vor uns ein rundes Foyer aus, mit gleich aussehenden hölzernen Wendeltreppen an beiden Seiten. Meine Schuhe versinken langsam in dem hohen weinroten Teppich, und ich kann sie nur mit Mühe wieder hochhheben.

Alex geht sofort an mir vorbei zur Rezeption, wo eine schläfrige junge Frau mit einer großen Brille uns erwartet.

»*Hello. Is there a room available?*«

Es dauert einen Moment, bis die Frage zu ihr durchdringt, und sie nickt. Mir fällt auf, dass wir noch immer die Uniformen von der Fähre tragen und dass wir sicher einen reichlich seltsamen Anblick bieten.

»*Passport?*«

»*Cash*«, antwortet Alex entschieden. Die Frau scheint alles in Ordnung zu finden. Ich sehe, dass er einige Geldscheine auf den Tresen legt, und schaue ihn überrascht an.

»Wo hast du das denn her?«

»Das habe ich unten in meiner Tasche gefunden«, lautet seine Antwort. Das beunruhigt mich, aber er lacht entwaffnend. »Sorry, wenn ich das früher gewusst hätte, hätte ich es auch früher benutzt. Aber ich würde es merkwürdig finden, es nicht zu verwenden, wo wir es hier doch brauchen.«

Ich nicke zweifelnd. »Und was machen wir jetzt?«

»In dieser Umgebung haben wir uns zuletzt gesehen. Du sagst selbst, dass noch nicht alle Erinnerungen zurückgekommen sind. Nehmen wir uns also Zeit, damit du dein Gedächtnis wiederfinden kannst, während wir eben untertauchen. Wer soll uns hier suchen? Niemand kennt unsere Namen.«

»*Your name?*« Ich weiß nicht, ob die Frau uns verstehen kann, oder ob das ein Zufall ist. Wir schauen sie beide forschend an, was ihr ziemlich unangenehm ist. Zum Glück hat Alex sich rasch wieder im Griff.

»Marco Borsato.« Gelassen schreibt sie diesen Namen auf, und ich muss mir alle Mühe geben, um nicht laut loszulachen. Ich drehe mich schnell um und gehe weiter durch das Foyer. In einem Hotel wieder zu Kräften zu kommen hört sich für mich plötzlich gar nicht so schlecht an.

Aber ich habe nicht ewig Zeit. Genauer gesagt, ich muss mich beeilen. Denn irgendwo wird Mila von der Polizei festgehalten. Es kommt mir immer noch seltsam vor, ihr nicht sofort zu Hilfe zu eilen, aber ich erinnere mich wieder daran, dass es nichts bringen würde, selbst auch noch verhaftet zu werden. Sie würde wollen, dass ich erst die Wahrheit ans Licht bringe.

Dann spüre ich Blicke, die in meinem Rücken brennen, und als ich mich umdrehe, steht er da: ein kahlköpfiger Mann in Hoteluniform. In einem der Gänge, die ins Foyer münden, steht er wie angewachsen, in den Händen ein Tablett des Zimmerservices. Es ist vor allem sein Blick, bei dem mein Blut in den Adern stockt. Der Blick von jemandem, der seinen Augen nicht traut. Und Tatsache ist: Er sieht mich.

Zögernd gehe ich auf ihn zu, aber bereits nach meinen ersten zwei Schritten dreht sich der Mann um und eilt zurück in den Gang. *Nicht gerade das, was man kundenfreundlich nennen würde.*

»Fünfundvierzig.«

»Was?«

»Du hast Zimmer fünfundvierzig. Ich bin gleich nebenan. Lass uns erst mal auf unseren Zimmern zu Atem kommen.« Alex hält einen Schlüssel hoch, und ich nehme ihn mir. Während ich hinter ihm eine der hölzernen Wendeltreppen hochsteige, denke ich an den Blick des Kahlköpfigen, und ich weiß, dass der mich so leicht nicht loslassen wird. Er hat mich schon einmal gesehen.

Er weiß, wer ich bin.

30

Der weinrote Teppichboden geht auch in meinem Zimmer weiter. Kaum habe ich es betreten, da lasse ich mich auch schon aufs Bett fallen. Über mir läuft ein Blumenmotiv von den Wänden her aufeinander zu, um in der Mitte der Decke wie in einem Wirrwarr aufeinanderzutreffen. Wer dieses Muster entworfen hat, hat vorher zweifellos ganz schön tief ins Glas geschaut, denke ich.

Das Hotel kommt mir bekannt vor, das kann ich nicht leugnen. Aber in diesem Zimmer war ich noch nie. Darüber bin ich mir sicher. Alex jedoch hat behauptet, wir hätten hier übernachtet. Langsam gehe ich zum Fenster. Etwas sagt mir, dass meine Erinnerungen vor allem draußen liegen und nicht hier in diesem staubigen Zimmer. Ich schaue auf den Garten hinter dem Haus hinaus. Die Hecke von der Vorderseite scheint sich um das gesamte Hotel herumzuziehen. Mein Blick folgt dem Weg, bis er bei einer Grasfläche ankommt, die ein Stück weiter in einen tiefen und dunklen Wald übergeht.

Unten geht ein Gärtner mit einer großen Heckenschere vorbei und schneidet Zweige ab. Einen Moment lang habe ich das Gefühl, dass er mich ansieht, dann arbeitet er ruhig weiter. Mein Fenster ist viel zu hoch, um hereinschauen zu können.

Ich will mich schon fast wieder umdrehen, aber dann

wird mein Blick in die andere Richtung gezogen, zur Seite des Hotels. Hinter den weißen Steinen sehe ich Alex über den Rasen auf den Wald zugehen. Seine Bewegungen verraten mir, dass er genau weiß, wohin er unterwegs ist; er scheint es sogar eilig zu haben.

Er schaut sich kurz um, und wie von selbst ducke ich mich vom Fenster weg. Ich will nicht, dass er weiß, dass ich ihn beobachte, aber schon verschwindet er zwischen dem vielen Grün aus meinem Blickfeld.

Ich lehne mich gegen die Mauer und starre wieder das Blumenmotiv an der Decke an. Manchmal muss etwas nicht logisch klingen, um wahr zu sein, denke ich. Ich schnappe mir meine Jacke und laufe hinaus auf den Flur. Während hinter mir die Tür ins Schloss fällt, mache ich mich neugierig auf den Weg nach draußen.

Es ist kühl, und wieder schieben sich dunkle Wolken vor die Sonne. Immerhin ist es noch trocken. Ich ziehe den Reißverschluss an meiner Jacke hoch und sehe, dass meine Hosenbeine nass werden, während ich durch das Gras laufe. Es ist ein schöner Rasen, umschlossen von perfekt beschnittenen Hecken. So abgelegen dieses Hotel auch sein mag und so wenig Gäste ich bisher gesehen habe, ich staune darüber, wie gut die Besitzer alles in Schuss halten.

Schon bald gehe ich zwischen den hohen Bäumen durch den Wald und schaue mich um. Nicht zu schnell, denn ich weiß ja nicht, wo Alex ist. Die Bäume bilden einen natürlichen Weg, dem ich zu folgen beschließe, aber ich schaue mich die ganze Zeit um. Das Überraschungsmoment ist auf meiner Seite, und ich habe nicht vor, es herzugeben.

Hinter mir verschwindet langsam das Hotel aus der

Sicht. Der Pfad steigt an, fühle ich in den Beinen. Wind kommt auf, und Zweige schlagen gegeneinander. Das Licht wird weniger, jetzt, wo die Blätter ein Dach bilden. Grün wird Grau. In der Ferne ist ein Tier zu hören, aber ich kann nicht erkennen, welches. *Hier werden doch keine Wölfe frei herumlaufen, oder?*

Sollte ich hier stranden, verirrt und allein, wäre ich hilflos wie ein kleines Kind. Keine Ahnung, welche Beeren essbar sind und welche nicht. Ich würde versuchen, ein Eichhörnchen zu fangen, aber jedes Tier wäre zu schnell für mich. Ich würde langsam verhungern, bis ich letztendlich – wie ironisch – wieder mit der Natur eins werden würde.

Aber so weit ist es noch nicht. Ich versuche, diese morbiden Gedanken abzuschütteln.

Erstaunt schaue ich nach unten, als mein Fuß auf etwas anderes als Gras trifft. Asphalt. Ich stehe auf einer kleinen Straße, die sich quer durch den Wald schlängelt. Ich weiß nicht, wie lange ich schon unterwegs bin, und als ich mich umschaue, sehe ich keinerlei Orientierungspunkte, von Alex ganz zu schweigen.

Für einen Moment gerate ich in Panik, während ich mich frage, ob meine Ängste von vorhin jetzt Wirklichkeit werden, aber rasch rufe ich mich zur Ordnung. So weit kann ich schließlich nicht gelaufen sein. Ich halte den Atem an und lausche, ob etwas zu hören ist. Ein Husten, ein Hüsteln, ein brechender Zweig. *Nichts.* Nichts weist darauf hin, dass hier noch jemand ist. Ich bin allein.

Schließlich beschließe ich, der Straße zu folgen. In der Ferne sehe ich, dass sie abwärtsgeht, deshalb gehe ich davon aus, dass sie mich irgendwann zum Hotel zurückbringen wird. Ich bin enttäuscht, weil ich Alex nicht gefunden habe und weil ich noch immer nicht weiß, was er macht. Ich kann ihn natürlich auch nachher ganz einfach fragen.

Ich erreiche einen kleinen asphaltierten Parkplatz neben der Straße, der vor allem dazu dient, bei einer Panne das Auto darauf zu schieben, so dass der durchgehende Weg nicht blockiert wird. Nicht, dass hier viel Verkehr ist, der blockiert werden kann, aber dennoch. Auf diesem Platz bleibe ich stehen. Um mich herum sind nur lange Reihen von Baumstämmen zu sehen, über mir zwei grüne Kronen, die einander über dem Asphalt gerade noch nicht berühren. Es ist totenstill.

Mich überkommt ein seltsames Gefühl; ich gerate ins Schwanken und muss mich setzen, mitten auf dem Weg. Zuerst denke ich, dass es ein Herzinfarkt ist, aber bald dringt die Wahrheit zu mir durch. Der Asphalt, die Blätter, der Parkplatz: *Ich bin hier schon einmal gewesen.*

Nach diesem Gefühl suche ich schon die ganze Zeit, aber gerade deshalb macht es mir solche Angst. Was wird hier passieren? Ich versuche, wieder aufzustehen. Es kostet mich große Mühe, aber es gelingt mir. *Hier ist es geschehen.*

Hinter mir im Gebüsch höre ich ein Rascheln. Ich bin nicht mehr allein, und ich drehe mich um. Das Grüne bewegt sich, schüttelt sich sogar. Ein leises Piepen ist zu hören, und ich will darauf zulaufen. Meine Angst ist verflogen und Entschlossenheit gewichen.

Meine rechte Hand streckt sich langsam zu den Zweigen hin aus, und ich ziehe sie vorsichtig auseinander. Genau in dem Moment hallt zwischen den Bäumen ein lauter fürchterlicher Schrei wider. Vor mir, hinter den braunen Zweigen, schießt ein pechschwarzer Vogelkopf auf mich zu. Seine matten Knopfaugen sehen mich kurz an, dann breitet der Vogel die Flügel aus. Jetzt erst sehe ich, wie groß er ist.

Er schlägt mit den Flügeln und hebt sich majestätisch in die Luft. Voller Respekt schaue ich zu ihm hoch und sehe ihn hoch über den Baumwipfeln davonfliegen.

Das kann nur eins bedeuten.

Ich weiß es wieder. Alles.

Teil III

31

»Alex, das ist Olaf.«

»Olaf, das ist Alex. Er bringt dich nach Helsinki.«

Ich gebe Alex die Hand und sehe Huub erstaunt an. »Du meinst, nach Schiphol?«

»Nein, nein.« Er hat ein typisches Lachen, um uns deutlich zu machen, dass wir uns total irren und dass er immer recht hat. Alle wissen, dass es dann keinen Sinn mehr hat, ihm zu widersprechen. Das Einzige, was man noch tun kann, ist, einen Schritt zurückzutreten und zu akzeptieren, was nun kommt. Wir stehen in Huubs Büro, das ich nur selten betrete. Ich bin sofort nervös geworden, als ich heute Morgen erfuhr, dass ich erwartet werde. Er ist zwar mein Schwiegervater, aber vor allem ist er mein Chef. Liesbeth versucht manchmal, sich für mich einzusetzen und eine weitere Beförderung zu erzwingen, aber auch wenn er viel für sie übrig hat, in seiner Firma beschließt nur er allein. »Ihr fahrt nach Helsinki. Natürlich mit einem Firmenwagen, darin habt ihr jede Menge Platz. Das ist eine schöne Fahrt, wirklich. Ich bin richtig neidisch.«

In diesem Moment, als ob sie es einstudiert hätten, geht die Tür auf und Jacob kommt begeistert herein.

»Hast du es schon erzählt?«, fragt er unseren Schwiegervater. Der nickt zur Bestätigung, und jetzt wendet sich Jacob an mich. Mir wird wieder energisch auf die Schulter geklopft. »Vergnügungsreise. Die Verhandlungen machst du doch mit links!«

Bevor ich darauf reagieren kann, kommt Huub mir zuvor. Er hebt drohend seinen dicken, behaarten Finger und schwenkt ihn vor meinem Gesicht hin und her. Ich versuche, daran vorbeizuschauen, aber das ist schwer. Der Finger scheint fast meine Nase zu berühren.

»Du hast dich doch hoffentlich gut vorbereitet? Ich will die Finnen mit einem Zug vom Tisch fegen. Die Tatsache, dass du da in einem niederländischen Auto angefahren kommst, gibt dir schon gleich einen Vorsprung. Das muss dir doch klar sein?«

Ich nicke.

»Natürlich.« Aber wenn ich ehrlich bin, habe ich keine Ahnung, wovon die beiden hier reden. Das macht aber nichts, denn das passiert mir häufiger. Woran ich vor allem denke, sind die zusätzlichen Tage, die ich unterwegs sein werde. Mit dem Flugzeug wäre es nur ein Katzensprung, aber jetzt werden wir mehrere Länder durchqueren, und es wird wohl eine Weile dauern, bis ich wieder zu Hause bin. *Ja,* das klingt in meinen Ohren immer verlockender, je länger ich darüber nachdenke.

Zwischen mir und Liesbeth geht es gerade nicht so gut. Ohne greifbare Gründe, aber ich fühle mich jeden Tag ein bisschen nutzloser. Sie arbeitet ehrgeizig an ihrer Karriere, während ich für ihren Vater nur Tagesordnungspunkte kopiere. *Na gut,* ich übertreibe, aber manchmal kommt es mir so vor. Ich hatte an sich mehr von mir erwartet. Ich erwische mich dabei, dass ich zu Hause immer häufiger versuche, ihr aus dem Weg zu gehen, und immer mehr Abende allein verbringe. Ich habe sogar mit dem

Gedanken gespielt, mir einen Hund zuzulegen, um häufiger morgens und abends spazieren gehen zu können. Bis mir einfiel, dass ich dann auch die Kacke aufsammeln und entsorgen müsste. Ich hab das Gefühl, schon tief genug gesunken zu sein..

Immer häufiger googele ich Reisen in ferne Länder, uralte Stätten und exotische Strände. Sowie Liesbeth das Zimmer betritt, klappe ich schnell den Laptop zu. Das muss doch überaus verdächtig aussehen, aber ich kann das nicht teilen. Nicht mit ihr. Sowie ich wieder in einer Phantasiewelt aufgehe, werde ich am Ende mit meiner Nase auf die Tatsachen gedrückt: Um solche Reisen zu unternehmen, braucht man Geld. Und ich bin von Liesbeth abhängig, von ihrem Vater. Mein Auto, mein Haus, meine Arbeit ... *ich stecke fest*.

Deshalb reagiere ich zusehends gereizter, wenn meine Frau mich etwas fragt oder etwas von mir verlangt. Und darauf macht sie mich in letzter Zeit gern mit erhobener Stimme aufmerksam. Der Satz »Stell dich nicht so an« ist schon oft gefallen.

Diese paar Tage werden uns beiden guttun. Zum ersten Mal seit langem dämmert an meinem Horizont ein Abenteuer. Ich spüre, wie meine Energie zurückkehrt, und ich werde ungeduldig wie ein kleiner Junge. Warum und wie diese Männer, in diesem hässlichen grauen Büro, das alles geplant haben, ist mir egal. Es ist eine Chance, nach der ich mit beiden Händen greife.

»Sehr schön. Wann geht es los?«

~

Ich schaue den Mann neben mir hinter dem Steuer an. Alex heißt er. Ich habe ihn noch nie gesehen, aber offenbar arbeitet er schon seit Jahren für Huub. Zunächst hatte er vorgeschlagen, dass ich mich nach hinten setze, aber das fand ich zu förmlich. Wir sind zu einigen gemeinsamen Tagen verurteilt, und da möchte ich keine hierarchische Aufteilung. Die Kollegen wissen schon, dass ich der Schwiegersohn vom Chef bin, daran brauche ich sie nicht zu erinnern.

»Wie war's gestern, ich habe von Jacob gehört, dass es ein Familienessen gab?«, fragt er. *Na also,* sie wissen sogar, was wir in unserem Privatleben tun.

»Todlangweilig. Ein Essen von der Schwester vom Bruder von Huubs Nachbarin oder so was in der Art«, murmele ich. Alex lacht, aber ich frage mich, ob das Lachen ehrlich ist. Zur Weihnachtszeit werden von Liesbeths Verwandtschaft viele Essen arrangiert. Ich habe den Eindruck, dass es jedes Jahr mehr werden.

»Wir haben den blöden Fehler gemacht, zwanzig Minuten zu spät zu kommen. Jetzt sagst du vielleicht: Was sind schon zwanzig Minuten? Ja, die sind von grundlegender Bedeutung, das kann ich dir sagen. Es sind die entscheidenden Minuten, in denen die Sitzordnung entschieden wird. Wir landeten also auf den einzigen beiden übriggebliebenen Stühlen, zwischen zwei Tanten, mit denen man wirklich keine zwei Stunden verbringen möchte. Jede hatte ein Fotoalbum bei sich, und sie wollten es Bild für Bild mit uns durchgehen. Die Hölle.« Ich lache, um es nicht zu dramatisch klingen zu lassen.

»Ich geh nie zu Essen von meiner Verwandtschaft«, sagt Alex. »Zu viel Streit und Auseinandersetzungen. Es endet immer damit, dass mein Vater im Suff um sich schlägt.«

Ich schweige für einen Moment. »Meine Güte, das klingt um einiges heftiger als meine angeblich jämmerliche Geschichte.«

»Ach, alles ist relativ«, lautet seine Antwort.

Ich beschließe, nicht weiter auf dieses Thema einzugehen, und schaue hinaus. Die eintönige niederländische Landschaft fliegt vorüber, während wir durch unseren frühen Aufbruch den späteren Staus entkommen. Ich weiß, dass mir bald etwas Schönes bevorsteht, ein Ort, an dem ich noch nie gewesen bin.

Das allein schon macht den heutigen zu einem schönen Tag.

~

Huub hat nicht gelogen: Es ist wirklich ein schönes Auto. Wir haben so viel Platz, wie wir brauchen, und noch mehr. Reibungslos gleiten wir über den Asphalt, und am Armaturenbrett gibt es mehr Lämpchen und Knöpfe als in einem Flugzeugcockpit. Alex scheint sie alle zu kennen und erweist sich als erfahrener Chauffeur. Ich versuche, unser Gespräch weiterhin locker zu halten. Das gefällt uns offenbar beiden, aber vor allem finden wir es auch angenehm, über lange Strecken schweigend Musik zu hören, weshalb ich mich in seiner Gesellschaft sehr wohl fühle.

Ab und zu kommt eine SMS von Liesbeth, mit der Frage, ob alles in Ordnung ist. Ich antworte immer bestätigend und konzentriere mich dann wieder auf den Weg vor mir. Ich frage mich, ob sie dieselbe Euphorie verspürt wie ich, jetzt, da sie das Haus für sich allein hat. Oder bedeuten die SMS, dass sie mich jetzt schon vermisst? Liesbeth ist physischer Kontakt viel wichtiger als mir; sie kann stundenlang an mich geschmiegt auf dem Sofa liegen oder kuschelnd einschlafen. Keine Ahnung, ob es daran liegt, dass ich ein Einzelkind bin, aber ich brauche auch meine Privatsphäre. Nach dem obligatorischen Kuscheln im Bett drehe ich mich oft sehr schnell um. Jetzt, wo ich wirklich weg bin, fühle ich mich frei.

So habe ich mich schon länger nicht mehr gefühlt, fällt mir jetzt auf. Mein Vater hat mir einmal erzählt, dass er insgeheim immer LKW-Fahrer werden wollte. Dann würde er das Lenkrad festklemmen und sich mit den Händen eine Zigarette drehen. So wie ich ist er dann in einem Büro gelandet, aber ich kann seine Sehnsucht gut nachvollziehen. Was klingt denn logischer, als etwas von A nach B zu bringen? Es ist der Ursprung jedes Arbeitsplatzes, aber ohne jeglichen Firlefanz. Abends weiß man dann genau, was man getan hat und wo man ist. *Ich sollte häufiger verreisen.*

Liesbeth würde mich schallend auslachen. Das weiß ich genau. Das hat mich immer zurückgehalten. Es hat dafür gesorgt, dass ich solche Gedanken immer seltener aussprach. Jetzt werde ich nicht mehr zurückgehalten, jetzt wirken gerade solche Gedanken befreiend.

Auf der Brücke, die Dänemark und Schweden miteinander verbindet, schwöre ich mir, dass das hier nicht meine letzte Reise sein wird. Sobald ich zu Hause bin, werde ich eine neue planen, mit oder ohne Liesbeth.

~

Wir stehen in einem prächtigen Wald. Über uns weht das Blätterdach hin und her, während sich vor mir ein riesiger See ausstreckt. Die Wasseroberfläche gibt nur ein mattes

Spiegelbild, und es dauert einen Augenblick, bevor mir klar wird, dass sie gefroren ist. So viel Wasser und doch alles vereist – es ist ein atemberaubender Anblick. Der Schnee um uns herum verleiht allem eine märchenhafte Ausstrahlung. Ich hebe ein paar Steinchen auf und versuche, das Eis zu treffen, komme aber nicht einmal in die Nähe.

Hinter mir steht Alex und pisst gegen einen Baum, zum Spaß werfe ich ein Steinchen in seine Richtung. Ich erschrecke über meine Genauigkeit, denn ich treffe ihn genau auf dem Rücken. Kurz schaut er geblendet um sich, aber dann fängt er schnell an zu lachen, als er begreift, was passiert ist. Verrückt, wie schnell man sich mit jemandem verbunden fühlen kann, der vor nicht allzu langer Zeit noch ein Fremder war.

Ein anderes Auto hält, und ein älteres Paar steigt aus. Offenbar wollen auch sie die schöne Aussicht hier genießen. Es ist ein offizieller Aussichtspunkt, wie ich auf einem Informationsschild stehen sehe.

»Warte«, sagt Alex und läuft dem Paar entgegen. Er redet kurz freundlich mit ihnen, dann reicht er ihnen sein Telefon. Lachend posieren wir, während ein Foto von uns gemacht wird. *Ach,* denke ich, *das ist aber auch ein schöner Augenblick, den man gut festhalten kann. DER NEUE ANFANG,* so nenne ich das Foto.

~

In dieser Straße steht ein imposantes Gebäude neben dem anderen. Jedes scheint seine eigenen Verzierungen und Balustraden zu haben. Unser Hotel liegt mitten im schicken Zentrum von Helsinki. Es ist supermodern und mit allem vorstellbaren Luxus ausgestattet. Ich stehe an meinem Fenster, das vom Boden bis zur Decke reicht, und schaue hinaus auf einen Park. Neben mir weht die finnische Flagge am Giebel, weiß mit einem blauen Kreuz, und unter mir sind die Straßen unter einer dicken Schneeschicht versteckt.

Von dem Moment an, als wir die Brücke verließen und die ersten Meter nach Schweden hineinfuhren, hat es geschneit. Es hörte einfach nicht mehr auf. Was uns zuerst durch den glitzernden Anblick in gute Laune versetzte, wurde dann zum Stress, da die Straßen immer schwerer befahrbar waren. Unterwegs habe ich verschiedene Autos gesehen, die liegengeblieben oder zusammengestoßen waren. Zum Glück waren wir in einem Schwergewicht unterwegs.

Unsere erste Übernachtung hatten wir in Kopenhagen, wo wir an einem pittoresken kleinen Platz aßen. Je mehr Zeit ich mit Alex verbringe, umso mehr Gemeinsamkeiten stellen sich heraus. Er will auch nicht auf einer Stelle festsitzen, gerade deshalb ist er Chauffeur geworden, hat er erzählt.

Von Dänemark aus fuhren wir ohne Pause in eine kleine schwedische Stadt, von wo aus die Fähre nach Finnland ging. Die Überfahrt war schön, und trotz des Winterwetters war die See ruhig. Ich kann mich nur an wenig erinnern, denn ich habe vor allem geschlafen. Wir hatten eine eigene Kabine, die eher einem Hotelzimmer ähnelte als einer Schiffskajüte. Der Luxus, den mir die Kreditkarte der Firma beschert, sorgt dafür, dass ich auch die positiven Seiten meiner Arbeit sehe. Aber das Geld ist nichts gegen die Euphorie, die mir auf dieser Reise einfach das Gefühl der Freiheit schenkt.

Wir konnten das Hotel problemlos finden. Alex hat ein Zimmer neben meinem, und es wird schon Abend. Die Straßen vor uns sind ruhig, und ich sehe im Park ein Standbild langsam unter dem fallenden Schnee verschwinden. Es ist unmöglich zu sehen, wessen da gedacht wird, aber jedenfalls wird stolz eine heldenhafte Faust erhoben.

Heute Abend sind wir verabredet, um im Hotel zu essen – das Restaurant hat offenbar einen Stern, und wir müssen dann bei diesem Wetter nicht mehr aus dem Haus.

Ich habe gerade geduscht und ein sauberes Oberhemd angezogen. Meine Haare sind noch nass, und in meiner Hand halte ich ein kaltes Bierchen aus der Minibar. Ein Glücksgefühl durchströmt mich, während ich mir die Welt vor meinem Fenster ansehe. Je länger ich hier bin, umso übler wird mir, wenn ich an Amstelveen zurückdenke.

Jemand klopft an meine Tür. Das muss Alex sein, der mich abholen kommt. Ich erinnere mich selber daran, es heute Abend ruhig angehen zu lassen. Morgen ist der Tag der Verhandlungen, dann muss ich einen klaren Kopf haben.

Aber egal. *Das ist morgen.*

~

Mit viel Gestöhne und Geächze wache ich auf. Es ist dunkel – stockdunkel.

Ich taste um mich herum, finde aber nichts. Einen Moment lang glaube ich, blind zu sein, aber dann fällt mir auf, dass ich die Augen noch geschlossen habe. Vorsichtig öffne ich eins, und sofort fängt das Zimmer an, sich zu drehen. Schnell öffne ich auch das andere Auge, und alles kommt zum Stillstand.

Okay, vielleicht war es gestern ein bisschen zu heftig. Mein tatkräftiges Gefühl vom vorigen Tag führte zu einem Festmahl mit reichlich Alkohol. Ich kann mich nur noch an Bruchstücke erinnern, aber es war jedenfalls sehr gemütlich. Wir saßen in einem eleganten Restaurant, bestellten die teuersten Gerichte und haben uns sehr danebenbenommen, was ich normalerweise niemals wagen würde, aber der Alkohol gab mir den nötigen Anstoß. Jedenfalls bis ich hingefallen bin.

Zum Glück habe ich eine riesige Dusche im Zimmer, unter die ich mich nun dankbar stelle. Ich lasse den Strahl auf meinen Kopf prasseln und schaue den Tropfen hinterher, die über mein Kinn nach unten laufen. *Get your act together,* würde Jacob jetzt sagen.

~

Warum steht Alex draußen? Es ist eiskalt.

Ich stehe in einem stilvollen Zimmer am Stadtrand. Die Wände sind bedeckt mit prachtvollen Gemälden aus dem siebzehnten Jahrhundert. Das weiß ich, weil bei meinem Eintreffen ausführlich darüber gesprochen wurde. Ich musste sofort an Huubs Wand denken, seine *Wall of Fame.* Hier setzen sie Kunst ein, um die Gegenseite zu beeindrucken, und ich finde, das zeugt mehr von Klasse als Fotos von Staatsoberhäuptern. Ich habe keine Ahnung, wie viel diese Bilder wert sind, aber sie sehen alt aus. Aufgrund meines Katers habe ich nur gleichgültig genickt, was die Gegenseite dann wiederum beeindruckt hat. Was hat er selbst dann wohl an der Wand hängen, haben sie sicher gedacht. Ich lächele beim Gedanken an das IKEA-Foto in unserem Esszimmer.

Rasch trinke ich einen Schluck Kaffee. Die Gewitterwolke, die heute Morgen durch meinen Kopf gezogen ist, hat sich glücklicherweise zu leichter Bewölkung aufgelöst. Ich kann einigermaßen frisch in die Besprechung gehen. Die Geschäfte haben angefangen.

Unser niederländisches Nummernschild wurde wirklich mit überraschtem Gemurmel begrüßt. Huub hatte recht, aber warum, das ist mir noch immer ein Rätsel. Heute bestand Alex darauf, seine Rolle als Chauffeur gewissenhaft zu spielen. Ich musste hinten sitzen, er öffnete die Türen, er wartete draußen. Das alles, um mir mehr Illusion von Macht in die Schuhe zu schieben. Ich konnte nichts dagegen sagen.

Insgeheim weiß ich natürlich, dass das alles in Huubs Auftrag geschieht. Sosehr er mir auch vertraut, er glaubt noch immer, dass ich Hilfe brauche, dass ich ohne einen Chauffeur nicht ernst genommen würde. Ich habe schon längst gelernt, in solchen Dingen nachzugeben. Wie auch heute.

Es hat auch funktioniert, denn ich konnte die Finnen in kürzester Zeit um den Finger wickeln. Es war eigentlich eine bedeutungslose Verhandlung, aber ich bin doch stolz. Hinter mir wird letzte Hand an den Vertrag gelegt, Punkte werden eingefügt, auf die ich bestanden habe. Ich hatte sogar gedroht, die Verhandlungen abzubrechen, aber am Ende gaben sie sich geschlagen. Das hätten Huub und Liesbeth erleben sollen.

Den Gedanken, dass das alles auch durch ein Telefongespräch hätte geregelt werden können, verdränge ich schnell. Ich muss lernen, meine Siege zu genießen.

Jetzt warte ich am Fenster und schaue auf einen offenen,

aber bewachten Parkplatz, der umgeben ist von Gebäuden, bei denen die Zeit stillzustehen scheint. Der Parkplatz ist von dem umgeben, was früher Kutscherhäuser gewesen sein müssen.

Inzwischen hat er sicher schon zehn Zigaretten geraucht.

Ich begreife noch immer nicht, warum Alex die ganze Zeit draußen steht. Er wollte unbedingt beim Auto warten und ließ sich weder von den Finnen noch von mir überreden, mit ins Haus zu kommen. Auf mein Drängen reagierte er sogar gereizt.

Er schaut sich unruhig um und geht ab und zu zur Durchgangsstraße, dann macht er schnell wieder kehrt. *Wieso ist er so angespannt?*

Die Finnen, die eine Unterschrift von mir verlangen, ziehen jetzt wieder meine Aufmerksamkeit auf sich. *So geht das doch nicht!* Erst muss ich den Vertrag durchlesen, um mich davon zu überzeugen, dass sie meine Punkte wirklich aufgenommen haben. Ich nicke freundlich, aber entschieden, und nehme wieder an dem großen Eichentisch Platz.

~

»Warst du wegen meines Deals so angespannt?«, scherze ich. Alex weiß zuerst nicht, was ich meine. »Du hast die ganze Zeit rauchend neben dem Auto gestanden«, versuche ich zu erklären. Nun scheint der Groschen zu fallen.

»Ich fand es draußen eben schön. Frische Luft, nette Umgebung.«

Wir sitzen wieder in unserer Hotelbar. Es ist noch immer Mittag, aber die Verhandlungen sind beendet. Ich hätte sie gern ein wenig ausgedehnt und verzögert, aber wir können natürlich nicht ewig auf Reisen bleiben. Weil alles so gut gegangen ist, freue ich mich natürlich auch darauf, in der Firma Bericht zu erstatten. Ich stelle mir vor, wie ich demnächst den unterzeichneten Vertrag mit dramatischer Geste auf den Tisch knalle und alle laut zu jubeln und zu applaudieren anfangen.

»Wir müssen morgen früh noch irgendwo vorbeifahren. Das bedeutet, dass wir früh aufstehen müssen.« Alex sagt das, als wäre es die normalste Sache der Welt, aber seinem Blick sehe ich an, dass es ihn schon eine ganze Weile beschäftigt.

»Wir?«, frage ich überrascht.

Er nickt, und ich weiß, dass es nicht seine Idee ist.

»Huub?«

Wieder ein Nicken. Ich klopfe Alex beruhigend auf den Rücken, denn ich weiß, dass er keine Wahl hat, wenn Huub etwas will – ich ja schließlich auch nicht –, aber ich versuche vor allem, meine Freude darüber zu verbergen, dass die Reise noch nicht zu Ende ist. Dann kann ich gleich zu Liesbeth sagen: *Sorry, Schatz, aber dein Vater wollte uns unbedingt noch woanders hinschicken.* Wohin ist mir egal.

»Geht in Ordnung. Wann wollen wir dann frühstücken?«

~

»Ist es weit?« Ich sitze neben Alex auf dem Beifahrersitz. Wir sind wieder Kumpel statt Chauffeur und Vorgesetzter, wie gestern. Ich sehe, dass er sein linkes Bein angespannt auf und ab bewegt und dass seine Fingerknöchel weiß sind, so fest umklammert er das Steuer.

Die einzige Reaktion, die ich bekomme, ist eine kurze Kopfbewegung und ein Brummen. Damit muss ich mich zufriedengeben. Um die Stille zu durchbrechen, schalte ich das Radio ein. Ich muss eben suchen, bevor Musik durch das Auto schallt.

Mit einer abrupten, harten Bewegung schaltet Alex das Radio wieder aus. Ich schaue ihn überrascht an. Das ist kein normales Verhalten für einen Chauffeur.

»Ich muss mich konzentrieren«, brummt er noch. Aber ich fange an, die Spannung im Auto zu spüren. Keine Ahnung, weshalb, aber jetzt fängt auch mein Bein an zu zittern.

~

Wir halten an einer unbekannten Stelle. Die Straßen bisher wurden schmaler und schmaler, bis wir uns auf einer einspurigen Straße durch einen Wald schlängelten. Alex hat das Navi eingeschaltet, sonst hätten wir niemals hergefunden.

Ich habe versucht zu fragen, wohin wir eigentlich unterwegs sind, aber seiner Reaktion hörte ich an, dass keine richtige Antwort folgen würde. Ich beschloss, ihm zu vertrauen. Huub hatte häufiger seltsame Aufträge. Keine Fragen stellen, in die andere Richtung schauen, genießen und dann schön nach Hause: Das ist mein Plan. Die Frauenstimme des Navi sagt immerhin, dass wir unser Ziel erreicht haben.

Alex steigt aus, und ich folge seinem Beispiel. Wir stehen auf einer verlassenen Straße, mitten in einem hohen finnischen Wald. Alles ist so weiß, dass mir fast die Augen wehtun. Nur auf der Straße liegt keine dicke Schneeschicht, aber auch diese ist weiß. Ab und zu höre ich einen Zweig brechen, weil die Schneelast darauf zu schwer wurde. Es knirscht unter meinen Schuhen, und ich schaue zu Alex hinüber. Er hat auf einer breiteren Stelle der Straße gehalten, auf die man eigentlich bei einer Panne das Auto schieben soll, so dass die durchgehende Straße nicht blockiert wird. Ich schaue mich um. *Nicht, dass hier viel Verkehr wäre.*

»Ist es nicht an der Zeit für eine Erklärung?« Wir stehen jetzt schon seit einer Viertelstunde wartend am Straßenrand, und ich kann mich nicht mehr beherrschen. Das Verhältnis zwischen Chauffeur und Chef verschwimmt jetzt immer mehr. Alex dreht sich zu mir um, aber seine rot unterlaufenen Augen scheinen quer durch mich hindurchzublicken. Der Mann, mit dem ich bisher unterwegs war, ist verschwunden, und mir wird klar, dass ich keine Ahnung habe, wer Alex wirklich ist. *Verdammt, Huub, wo hast du mich eigentlich hineingezogen?*

In dem Moment nähert sich ein Auto. Ein weißer Range Rover hält mitten auf dem Weg, offenbar ohne Angst vor Gegenverkehr. Ich halte den Mund und will mich zurückziehen, hinter unser Auto. Alex tritt einen Schritt vor, und ich begreife, dass das hier die Verabredung ist, auf die wir gewartet haben. Ich hoffe nur, dass sie sich beeilen und dass wir schnell wieder wegkönnen, dann brauche ich auch nicht zu wissen, was hier vor sich geht.

Die Tür des Range Rovers wird geöffnet. Ich weiß nicht, was ich erwartet hatte, aber das nicht. Unter der Autotür erscheinen hohe Absätze im Schnee. Eine atemberaubende Frau mit dunklen Locken steigt aus, und ich muss mich auf unser Autodach stützen. *Dass es solche Frauen wirklich gibt!*

Sie hat einen Beutel in der Hand und einen entschlossenen Ausdruck in den Augen. Ohne einander zu begrüßen oder die Hand zu geben, bleiben Alex und sie einander gegenüber stehen. Es sieht fast so aus wie ein *shoot-out* in einem Western.

Hoch über uns fliegt ein Schwarm schwarzer Vögel, und eine Zeitlang ist ihr Schreien das Einzige, was wir hören. Bis es verklingt und alles wieder in tiefe Stille gehüllt ist. Alex streckt die Hand aus, um den Beutel in Empfang zu nehmen. Die Frau reagiert nicht und schaut plötzlich mich an. Sie streicht sich geschmeidig eine dunkle Locke hinters Ohr, wobei mir ein Zittern das Rückgrat hinunterläuft. Ich weiß nicht, wie ich mich verhalten soll, und versuche, freundlich zu lächeln.

Offenbar beruhigt sie das, denn sie geht um Alex herum und kommt auf mich zu. Das sorgt nicht nur bei mir für Spannung, sondern auch bei meinem Chauffeur, der versucht, sie zurückzuhalten.

»*Sorry, you're dealing with me*«, sagt er plötzlich in tadellosem Englisch. Die Frau ignoriert ihn und kommt immer näher. Ich habe Angst, fühle mich aber gleichzeitig geschmeichelt und angespannt. Was sie in der Hand hält, weiß ich nicht, aber Alex' Verhalten von heute Morgen entnehme ich, dass es sich um etwas Wertvolles handeln muss. Ich hatte obskure Kleiderschränke mit Bartstoppeln erwartet, die aus dem Range Rover steigen würden. Alles, nur nicht so eine Frau. *Wie ist sie hier hereingeraten?* Schnell versuche ich mir ein Bild zu machen, warum wir hier sind, was wir hier machen. Vor allem, wie ich jetzt hierauf reagieren soll. Aber so große Mühe ich mir auch gebe, das Einzige, was ich mit Sicherheit weiß, ist, dass das hier nicht in Ordnung ist.

Sie steht fast vor mir, als wir alle drei ein Geräusch hören: ein Rascheln in einem Gebüsch, und noch dazu ganz in der Nähe. Alex schaut sich um und sieht, genau wie die Frau mit den schönen dunklen Locken und ich selbst, dass sich Zweige heftig hin und her bewegen.

In diesem Moment wird meine Welt vollkommen auf den Kopf gestellt. Alex greift in seine Jacke und zieht eine große graue Pistole hervor. Er zielt zuerst auf das Gebüsch, dann aber schnell auf die Frau.

Die Frau und ich erstarren. Ich hatte ja keine Ahnung, dass Alex eine solche Waffe bei sich hat.

Er sagt nichts, schaut die Frau aber weiterhin drohend an.

Zum ersten Mal sehe ich jetzt auch Angst in ihren Augen.

»No, you're wrong. You're making a mistake.« Sie hat einen Akzent, den ich nicht sofort unterbringen kann.

Die Zeit erstarrt. Wir könnten schon Tage hier stehen, Wochen, mein Zeitgefühl ist verschwunden. Aus der Luft schweben kleine Flocken herunter. Ich sehe einer hinterher, bis sie sich auf dem Haar der zu Tode verängstigten Frau niederlässt. Es schneit wieder.

Ohne weiter nachzudenken, drückt Alex plötzlich ab. Der Knall hallt zwischen den Bäumen ein Stück weit über den Weg wider, wie ein Stein, der einige Male über das Wasser springt, ehe er versinkt.

Zwei Schritte neben mir sehe ich, dass sich die Kugel mitten durch die Brust der Frau gebohrt hat. Sie schaut mich mit dem erstauntesten Blick an, den ich je gesehen habe. Dem Blick einer Sterbenden, einer, die nicht glauben kann, dass ihre Zeit gekommen ist. Hier auf einer verlassenen Straße, mitten in einem verschneiten Wald. Der Beutel, den sie in der Hand hielt, fliegt durch die Luft.

»Was machst du?«, ist alles, was ich herausbringen kann. Bis ich sehe, dass der Lauf auf mich gerichtet wird. Alex schaut mich mit kaltem Blick an, und ich weiß, was der bedeutet.

»Glaub mir. Wenn es an mir läge, wäre es anders gelaufen.« Diese Worte scheinen verzögert zu mir durchzudringen.

Hinter Alex wird das Rascheln lauter. Die Zweige bewegen sich heftiger, und wir weichen beide zurück, als etwas zum Vorschein kommt. Eine pechschwarze Krähe löst sich aus dem Blattwerk, in dem sie sich offenbar verfangen hatte. Direkt auf Alex zu, den spitzen Schnabel nach vorne ausgestreckt. Voller Panik lässt er sich zu Boden fallen, wodurch seine Pistole losgeht. Er schießt ein Loch in einen unserer Autoreifen.

Ich handele jetzt auf Autopilot. Ich sehe nur Blitze; die Zeit springt weiter.

Ich nehme den Beutel, der vor meinen Füßen liegt.

SCHWARZ.

Ich renne los, direkt in den Wald hinein.

SCHWARZ.

Ich schaue mich um und sehe, dass Alex wieder hochkrabbelt.

SCHWARZ.

Ich verliere im Schnee das Gleichgewicht.

SCHWARZ.

Ich falle an einer vereisten Böschung hinunter.

SCHWARZ.

Ich umklammere den Beutel mit beiden Händen.

SCHWARZ.

Eine Kugel schlägt neben mir in einen Baum ein; aber ich rutsche weiter.

SCHWARZ.

Alex ist hinter mir auch heruntergesprungen.

SCHWARZ.

Meine Füße finden festen Boden, und ich stehe auf.

SCHWARZ.

Ich renne los und wage nicht mehr, mich umzuschauen.

SCHWARZ.

Wieder schlägt eine Kugel ein, diesmal dicht neben meinem Kopf.

SCHWARZ.

Ich biege nach links ab, dann nach rechts und dann wieder nach links.

SCHWARZ.

Ich sehe Alex nicht mehr.

SCHWARZ.

Schnell vergrabe ich den Beutel und bedecke ihn mit Schnee.

SCHWARZ.

Da ist er wieder! Ich rappele mich mühsam auf und renne weiter.

SCHWARZ.

Ich höre einen Knall und spüre ein Brennen.

SCHWARZ.

Ich bin an der Schulter getroffen worden. Es blutet.

SCHWARZ.

Ich springe nach unten und falle Dutzende Meter.

SCHWARZ.

Der Schnee fängt meinen Sturz ab, und ich fange wieder an zu rennen.

SCHWARZ.

Ich sehe ihn nicht mehr und renne weiter, alles ist verschwommen.

SCHWARZ.

In der Ferne taucht ein Schatten auf.

SCHWARZ.

Ich verstehe nicht, was er sagt.

SCHWARZ.

Wieder ein Knall, diesmal von vorne.

ALLES WIRD SCHWARZ.

32

Sowie ich mich umdrehe, am Rand des grünen Waldes, weiß ich, dass ich nicht mehr allein bin. Ich zucke zusammen. Meine Angst ist Wirklichkeit geworden. Ich wollte mich unbedingt erinnern, aber jetzt möchte ich nichts lieber als vergessen.

Dafür habe ich aber erst einmal keine Zeit, wie mir nun aufgeht. Denn wieder sehe ich in den Lauf der grauen Pistole. Diesmal sind wir nur zu zweit. Vor meinen Augen verschwimmt alles, ich verliere jeden Halt.

Ich habe ihn gesucht! Dieser Gedanke geht mir wieder und wieder durch den Kopf. Das gefährliche Geheimnis, vor dem ich insgeheim solche Angst hatte, hat in den vergangenen Tagen einfach neben mir am Steuer gesessen. Ich kann es nicht fassen, auch wenn ich mir noch so große Mühe gebe. Alex ist derjenige mit der Pistole, nicht nur die Männer, die mich verfolgt haben und an deren Absichten mir nun Zweifel kommen. *Wer arbeitet für wen?* Ich habe das Gefühl, als ob meine Füße langsam in Treibsand versänken, aber ich stehe immer noch auf dem Asphalt. Ein Schweißtropfen läuft mir über die Stirn. Bisher konnte ich mich einfach nicht erinnern, und jetzt ist es zu spät.

»Das wurde aber auch Zeit, Mann. Meine Geduld war schon ziemlich am Ende. Nicht mal die Stelle, wo das Foto gemacht worden ist und an der wir ›zufällig‹ vorbeigefahren sind, hat zu irgendeiner Reaktion geführt. Keine Ahnung, was ich mit dir gemacht hätte, wenn du dich nicht endlich erinnert hättest. Aber egal, zum Glück brauchen wir uns darüber jetzt nicht mehr den Kopf zu zerbrechen.« Alex steht mit einem schrägen Grinsen dicht vor mir. Unbewusst werfe ich einen Blick in die Richtung, in der ich damals entkommen sein muss. *Jetzt ist das zu weit weg.* Er hat meinen Blick gesehen.

»Diesmal kommt kein Vogel, um dich zu retten«, sagt er mit lautem Lachen.

Okay, ganz ruhig bleiben. Immer weiter mit ihm reden. Obwohl sich die Straße unter mir jetzt in eine Eisbahn zu verwandeln scheint, versuche ich nachzudenken.

»Hier ist also alles passiert?«, frage ich.

»Genau«, sagt er erleichtert, jetzt, wo er freiheraus reden kann. *Jetzt braucht er kein Theater mehr zu spielen,* denke ich. Abgesehen davon, dass er von einem Moment zum anderen zur Bedrohung geworden ist, fühle ich mich vor allem verraten. »An dieser Stelle hier habe ich … sagen wir mal … in deiner Firma gekündigt.«

Mitten in Stress und Panik versuche ich, einige Puzzlestücke zusammenzubringen. Langsam nimmt das Bild Gestalt an.

»Was war in diesem Beutel?«

Er bläst die Wangen auf und lässt die Luft dann wieder entweichen. »Ja, das ist die eigentliche Frage, auf die ich schon seit Tagen von dir gehofft habe. Was darin war? Diamanten. Überaus wertvolle Diamanten.«

»Und die solltest du für Huub abholen? Was will der denn mit Diamanten?«

Wieder ist ein lautes Lachen zu hören. Alex hat offenbar

keine Angst, dass jemand uns hören könnte, und gerade das nimmt mir allen Mut. »Dein geliebter Schwiegerpapa ist nicht ganz … wie soll ich das sagen … koscher.«

»Koscher? Meinst du jetzt die Reisen, die er und Jacob gemacht haben? Die Reisen, von denen du angeblich nichts wusstest?«, frage ich drauflos, und es klingt vorwurfsvoller, als ich wollte.

»Glaubst du, dass diese Firma, in der du arbeitest, nur mit ehrlich verdientem Geld betrieben werden kann? Er hatte Probleme, sehr große Probleme. Sie wären fast mit Mann und Maus untergegangen, aber dann ergab sich die Möglichkeit zu einem groß angelegten illegalen Verkauf. Nur laufen diese Deals heutzutage nicht mehr mit Cash, wegen des Transports, kapierst du?«

Hatte Huub so große Schwierigkeiten? Davon habe ich nichts gemerkt, aber ich weiß auch, dass er alles tun würde, um weiterhin Erfolg auszustrahlen. Wenn die Fassade nur perfekt ist. Mein Gehirn läuft jetzt auf Hochtouren. »Deshalb sind wir auch nicht geflogen, sondern mit dem Auto gefahren«, murmele ich. »Was war der Beutel denn wert?« Ich wage fast nicht, diese Frage zu stellen.

»Zehn Millionen.«

Ich gerate ins Schwanken, finde aber nirgendwo Halt.

»Zehn Millionen, die ich einfach auf dem Parkplatz in Empfang nehmen sollte, während deiner angeblich so wichtigen Besprechung. Ich sollte den Beutel dann im doppelten Boden des Wagens verstecken, damit du nichts merkst. Aber was Huub nicht wusste, war, dass ich meine eigenen Vorstellungen hatte. Ich wollte kein Laufbursche für die Firma mehr sein – Alex, hol das mal, Alex, tu dies. Ich wollte mit den Diamanten verschwinden, und ihr würdet nie wieder von mir hören. Ich wollte den Rest meines Lebens an einem weißen Strand verbringen, mit Getränken mit Schirmchen. Was hätte Huub denn tun können? Zur Polizei gehen?« Die ganze Zeit hält er die Pistole auf mich gerichtet, und ich sehe, dass er jetzt ein bisschen zittert. *Ich muss mich beeilen.*

»Und dann?«, frage ich wieder.

»Sie sind nicht gekommen, diese Dreckskerle. Erst später an diesem Tag bekam ich eine SMS mit einem neuen Treffpunkt und der Uhrzeit – am folgenden Tag. Ich musste dich also mitnehmen, das war Huub auch klar. Ich sollte dir irgendeine Lüge auftischen, und er würde dir dann in den Niederlanden alles erklären. Er wusste nur nicht, dass ich jetzt auch einen neuen Plan hatte: die Diamanten in Empfang nehmen, dich loswerden und verschwinden.«

Ich war in einen kriminellen Deal verwickelt, ohne es gewusst zu haben. *Ich war der Mann seiner Tochter.*

»Warum wusste ich das nicht? Das mit der Übergabe?«

»Du warst der brave Junge. Der perfekte Strohmann für diese Operation, jemand, der von nichts wusste. Wir waren offensichtlich wegen deiner Verhandlungen hier, aus keinem anderen Grund. Es wäre perfekt gewesen, wenn die Sache mit der Übergabe nicht schiefgegangen wäre und wenn du nicht wie ein zweiter James Bond mit dem Beutel abgehauen wärst.«

»Perfekt, ja. Mit einer Kugel in meinem Kopf.« Ich merke, dass ich langsam meinen Körper wieder unter Kontrolle bekomme. Wenn ich damals mit Alex fertig geworden bin, dann auch jetzt.

»Die hätte ich dir in den vergangenen Tagen zu gern verpasst, das kannst du mir glauben.«

»Aber das ging ja nicht, was?« Langsam begreife ich meine Machtposition. »Denn ich bin der Einzige, der weiß, wo dieser Beutel vergraben ist.«

Seiner Reaktion sehe ich an, dass ich einen wunden Punkt getroffen habe. »Ich habe hier Tage verbracht, verdammt noch mal. Habe überall gegraben. Du wirst mir jetzt genau zeigen, wo dieses Scheißding liegt.«

»Und wenn nicht?«

Diese Frage hätte ich lieber nicht stellen sollen, denn als Antwort kommt ein ohrenbetäubender Knall. So wie damals dauert es einen Moment, bis das Geräusch in der Ferne verhallt ist. Ich zucke zusammen, bin aber nicht getroffen.

Die Stille legt sich nun wieder über uns wie eine dicke Decke.

»Deutlich genug?«, fragt er, und ich nicke.

»Dann los.« Er stößt mich in die Richtung, in die ich damals weggerannt bin. Die Blätter rascheln unter meinen Füßen, so wie damals der Schnee. Wie soll ich je die Stelle wiederfinden, wo ich damals gegraben habe? Ich erinnere mich nur an Bruchstücke, an nichts Besonderes. Und doch ist mir mein letzter Trumpf bewusst: Solange er glaubt, dass ich es weiß, habe ich eine Chance.

Ich bin jetzt auf mich selbst angewiesen, so viel steht fest. Niemand kann mir helfen, niemand kann dieses Problem für mich lösen. Zum ersten Mal in meinem Leben bin ich vollkommen allein. Ich fühle mich einsam und verloren.

»Wer hat mir denn das Foto geschickt?«, frage ich mit lauter Stimme, während wir durch den immer undurchdringlicheren Wald gehen. Sobald ich diese Frage gestellt habe, weiß ich die Antwort schon selbst. Ich drehe mich um und schaue Alex über die Pistole hinweg an. Er versetzt mir einen Stoß, und wir gehen weiter.

»Du. Aber warum?« Ich kann es nicht glauben. Alle meine romantischen Antworten und Vorstellungen von Frauen mit dunklen Locken … Das alles hat sich als Albtraum erwiesen. Erschaffen von dem Mann, mit dem ich auf Reisen war.

»Ich war nirgendwo sicher. Du lagst im Koma, und Huub glaubte natürlich, ich sei mit den Diamanten durchgebrannt. Ich habe versucht, dich im Krankenhaus zu besuchen und dir ein Kissen aufs Gesicht zu drücken. Dann hätte ich zu Huub gehen und dir die Schuld geben können. Aber deine Frau ist einfach nicht von deiner Seite gewichen. Ich hatte keine Chance. Und dann bist du wieder wach geworden. Natürlich bin ich in sicherer Entfernung geblieben. Du hattest ihm jedenfalls nicht sofort erzählt, wo der Beutel versteckt war, das war deutlich. Als ich dann hörte, dass du dich an rein gar nichts erinnern konntest, fing ich an zu überlegen. Spieltest du uns etwas vor, um die Diamanten für dich zu behalten, oder wusstest du es wirklich nicht mehr? Ich habe dich im Auge behalten, immer aus den Schatten heraus.«

Der schwarze Nissan, denke ich. *Der Mann mit der Kapuze*. Er war immer da, schon lange bevor ich wusste, wer er eigentlich war.

Langsam verstehe ich, was das alles bedeutet. »Alle in meiner Umgebung hofften, dass ich mich an nichts mehr erinnern würde. Das hätte Huub nur in ein schlechtes Licht gerückt und für Liesbeth die Welt einstürzen lassen. Sie haben meinen Gedächtnisverlust also eifrig ausgenutzt.«

Alex redet weiter. »Ich musste näher kommen, und über einen Kontakt in deiner Abteilung habe ich gehört, dass du wirklich nichts mehr wusstest. Ich dachte, dass es nicht schaden könnte, Bewegung in das Ganze zu bringen. Das Foto hatte ich noch auf meinem Telefon, das war also einfach. Ich hoffte, dass es deine Erinnerungen zurückbringen würde, und dann brauchte ich dir nur zu den Diamanten zu folgen. Allein würde ich sie niemals finden, das wusste ich. Aber statt die Diamanten zu suchen, bist du zu mir gekommen.« Er prustet los. »Schöner hätte ich mir das gar nicht vorstellen können. Du hast mir sogar angeboten, neben dir zu sitzen, bis wir am Ziel wären.«

Ich könnte mich in den Hintern treten. Ohne es zu wissen, habe ich es ihm ganz leicht gemacht. Aber ich sollte mir jetzt nicht die Schuld geben, in dem, was vielleicht die letzten Minuten meines Lebens sind. Schließlich hat Huub mich mit solchen Gestalten losgeschickt. Ich hatte ein ganz normales Leben geführt, ohne andere zu belästigen.

Aber Liesbeth, was hat sie gewusst? Plötzlich schießt mir diese Frage durch den Kopf. Aber ehe ich sie stellen kann, kommt Alex mir wieder zuvor. Er stößt mich in den Rücken.

»Du hast noch zehn Minuten.«

»Zehn Minuten? Ich brauche wohl etwas länger. Ich habe Monate im Koma gelegen.«

»Wenn du es nicht mehr weißt, dann sag es lieber, dann brauch ich dich ja nicht mehr.«

»Nein, nein. Warte. Ich werde mich wieder erinnern.« *Shit,* wo liegt der Kram denn bloß? Ich versuche, mich wieder daran zu erinnern, was genau damals passiert ist. Es endete mit einem Schuss von vorn. *Von vorn.* Das kann nicht Alex gewesen sein. »Was ist dann noch passiert – damals, hier?«

Er seufzt. »Du warst schnell. Du bist eigentlich nicht so schnell gerannt, aber du bist einfach überall runtergesprungen, ohne nachzudenken. Ganz egal, wie hoch es war. Ich habe dich zwar an der Schulter getroffen, aber ich glaube, du bist auch einige Male heftig auf den Kopf gefallen. Und zuletzt, ich wusste nicht, dass du den Beutel schon nicht mehr hattest, bist du geradewegs auf einen finnischen Jäger zugerannt. Er schrie, du reagiertest nicht, ich habe alles miterlebt. Es muss ganz schön beängstigend ausgesehen haben, so ein Irrer, der auf einen zugerannt kommt. Deshalb hat er einen Warnschuss abgegeben, ein bisschen zu nah an deinem Kopf. Der Schuss hat deinen Schädel gestreift, und du bist gestürzt oder so ähnlich. Keine Ahnung. Er hat dich zu dem Hotel gebracht, wo wir jetzt übernachten, und alle kamen nach draußen gerannt. Sie hatten den Schuss gehört. Da bist du zusammengebrochen, vor dem Eingang. Alle hielten dich für tot, aber das warst du offenbar doch nicht.«

»Was für ein Pech für dich.« Ich klinge sarkastisch, was mir einen neuen Stoß mit der Pistole einbringt. Gemeinsam klettern wir abwärts. Vor lauter Spannung klebt mir jetzt das Hemd am Rücken, aber es ist nicht so leicht, hier nach unten zu gelangen. Schon gar nicht unter diesen Umständen. Ich fühle die Kugeln wieder um meinen Kopf fliegen, wie damals, als ich versuchte, Alex abzuschütteln.

Diesmal gehen wir ruhig und konzentriert weiter. Über uns rauschen die grünen Blätter, und ich muss mich zwingen, wieder nach vorn zu schauen, sonst dreht sich alles vor meinen Augen.

»Hier irgendwo muss es sein«, lüge ich, und ich schaue mich suchend um. Damals war hier alles dicht verschneit, und es sah ganz anders aus als jetzt. Dass er erwartet, dass ich einfach so zu der fraglichen Stelle gehen kann, ist kompletter Wahnsinn. Aber gut, für zehn Millionen kann man schon verrückte Dinge tun.

Huub hat ihm nicht vertraut, und deshalb hat er mich mitgeschickt. Das weiß ich jetzt: Ich war nicht nur Strohmann, sondern sollte auch auf ihn aufpassen. Und Huub scheint recht behalten zu haben. Alex hatte immer vor, ihn zu betrügen und sich mit den Diamanten abzusetzen. Hat er auch gewusst, dass die Gefahr bestand, dass ich verletzt werden würde oder Schlimmeres? *Natürlich,* und auch wenn auf dem Parkplatz der finnischen Firma alles anders hätte laufen sollen, wusste er doch, dass es gefährlich war. *Sein eigener Schwiegersohn.* Hat Liesbeth auch davon gewusst? War es eigentlich so geplant, dass ich nicht mehr zurückkommen sollte, damit sie mit Jacob zusammen sein könnte?

»Hier.« Ich bleibe bei einem dicken Baum stehen, als mir bewusst wird, dass ich nicht ewig weiterlaufen kann. *Es muss etwas passieren.* »Ich habe es hier unten vergraben. Zwischen den Wurzeln.« Vorsichtig schaut er über meine Schulter den groben Boden vor uns an.

»Sicher?«

»So sicher, wie ein früherer Komapatient sein kann«, antworte ich. Meine Finger zittern, mein Gehirn gibt sich alle Mühe, einen Plan auszudenken. Es ist durchaus möglich, dass es hier war, aber die Wahrscheinlichkeit ist ungeheuer klein, weil ich einfach auf gut Glück auf einen Baum gezeigt habe.

»Na, dann fang mal an zu graben.«

»Ich?«

»Ja, du hast doch wohl nicht geglaubt, dass ich hier vor dir auf die Knie gehe und dich mit einer Pistole hinter mir stehen lasse? Das ist nun mal unsere Rollenverteilung.«

Gebrochen sinke ich in die Knie und setze mich auf den Boden. Ich fange an zu graben, Stückchen für Stückchen.

Wenn ich hier einen Beutel heraushole, wird mir in den Kopf geschossen. Wenn ich nichts finde, auch. Ich war schon in hoffnungsvolleren Situationen.

Ich denke an die Abende auf dem Sofa zurück, an denen ich mich durch das Netflix-Menü gescrollt habe. Schlecht gelaunt, weil ich alles schon gesehen hatte. Oh Gott, ich würde sehr viel dafür geben, um an diesen Punkt zurückzukehren. Diese glückliche Unkenntnis. Aber sobald man weiß, was es sonst noch gibt, sobald man weiß, was man versäumt, kann man nicht mehr dorthin zurückkehren.

Es gibt Völker im Amazonasgebiet, die tausendmal glücklicher sind als wir. Aber sobald sie lernen, dass irgendwo eine große Maschine steht, die ihre Getränke an einem heißen Tag kühl hält, wollen sie die auch. Dann können sie sich nie mehr mit einem Tontopf und einem Fluss zufriedengeben, wofür sie jetzt dankbar sind.

Wissen ist Gift.

Und doch möchte ich lieber hier sterben, mich kennend, als in den Lügen von anderen zu leben. Dieser Gedanke gibt mir Kraft, während ich mit den Fingern in der Erde wühle. Ich weiß, dass ich inzwischen schon so tief gegraben habe, dass deutlich ist, dass der Beutel hier nicht liegen kann. Ich hätte mir damals nie die Zeit genommen, so tief zu graben; er müsste ganz dicht unter der Erdoberfläche liegen.

Und doch habe ich gefunden, wonach ich so lange gesucht habe: die Wahrheit. Vielleicht ist sie nicht ganz das, was ich hören wollte – das weiß ich übrigens ganz sicher –, aber meine Wahrheit kann ich mir nicht aussuchen. Die gibt es einfach. Das Einzige, was ich tun kann, ist, sie zu akzeptieren. Sie zu akzeptieren und das Heft in eigene Hände zu nehmen.

Ich denke an den Vogel. Die pechschwarzen Augen, vor denen ich immer solche Angst hatte. Der Vogel bedeutet nicht mein Ende, sondern meine Freiheit. *Meinen Anfang.*

Meine Faust schließt sich um einen Erdklumpen, und ich schleudere ihn in einer einzigen Bewegung, ohne hinzuschauen, hinter mich. Der Klumpen trifft Alex voll im Gesicht, und Alex taumelt blindlings rückwärts. Ich stehe schnell auf und fahre herum. Mit dem rechten Fuß trete ich heftig gegen die Hand, mit der er die Pistole hält. Die geht sofort los, und die Kugel trifft einen Baum neben uns. Rindenstücke fliegen umher, und ich spüre, wie das Adrenalin in meinen Körper zurückströmt. Durch den Tritt fällt ihm die Pistole aus der Hand, und er verzieht vor Schmerz das Gesicht.

Jetzt muss ich weitermachen. Keine Zeit mehr zum Nachdenken, kein Weg mehr zurück. Mit meinem ganzen Gewicht lasse ich mich auf ihn fallen, und wir gehen beide zu Boden und rollen weiter. Ich werde von einem harten Ellbogen am Unterkiefer getroffen und schmecke sofort Blut. Ohne etwas sehen zu können, greife ich nach seinem Kopf. Ich ziehe sein Gesicht hoch und lasse es dann auf den Boden knallen. Ich höre, dass etwas bricht, weiß aber nicht, was.

In einem letzten Versuch, sich zu wehren, schwenkt er

die Arme nach hinten und trifft mich hart an der Kehle, was mir kurz den Atem raubt. Mit angehaltenem Atem reiße ich seinen Kopf wieder hoch und knalle ihn brutal nach unten. Diesmal hört er auf zu schlagen.

Tränen rollen über meine Wangen, aber ich merke es nicht. Noch einmal, ich wiederhole, was ich getan habe. Noch mal, denn ich muss es sicher wissen. Er wollte mir alles nehmen. Sie haben eigentlich alles, aber mein Leben bekommen sie nicht. Das gehört mir und nur mir.

Nochmal.

Keuchend falle ich nach hinten in den Schlamm und durchnässt vom Schweiß.

Ich zittere am ganzen Leib, als ich die bewusstlose Gestalt vor mir ansehe. Ich weiß nicht, was passiert ist. Na ja, ich weiß es schon, aber ich kann es noch nicht begreifen.

Überwältigt vom Schmerz stehe ich auf und spüre einen scharfen Stich in meiner Schulter, als ob mein Arm ausgekugelt ist. Ich stütze den Arm sofort mit dem anderen. Ich wage nicht nachzusehen, ob Alex noch lebt, oder mich dem zu stellen, was ich angerichtet habe. Wir waren zwei wilde Tiere, die um ihr Leben kämpften. Alex kehrt zurück zur Natur und ich zu dem Weg über uns. Stolpernd versuche ich, den wiederzufinden.

Eines weiß ich sicher: *Ich werde nie wieder nach Finnland fahren.*

33

»Olaf!«

Noch ehe ich den Wald verlasse, sehe ich schon die Blinklichter. Die – vorhin noch so verlassene – Straße steht jetzt voller finnischer Einsatzwagen. Ramponiert und meinen Arm festhaltend humpele ich weiter, bis ich wieder auf dem Asphalt stehe.

Da ist sie. Schockiert hält sie die Hände vor den Mund. Mila fällt mir um den Hals, hält aber sofort inne, als sie meinen Schmerzensschrei hört. »Oh, sorry«, sagt sie.

Einige Polizisten wollten schon zur Waffe greifen, als ich auftauchte, bis sie sahen, wie Mila mich begrüßt.

»Was machst du denn hier, um Himmels willen?«, frage ich ungläubig.

»Dich retten«, sagt sie mit einem Augenzwinkern, und jetzt lachen wir beide erleichtert. Die Finnen schauen uns an, als ob wir verrückt wären, aber uns ist das egal. Wir sind zusammen, und mit einem Mal weiß ich ganz genau, was ich will.

»Wo ist Alex?« Sie sieht mich fragend an, und ich seufze tief.

Der Wald zieht wieder an meinem Fenster vorbei. Wir biegen auf die E18 ab, diesmal in Richtung Helsinki. Ich spüre, wie ihre Hand in meine gleitet, und halte sie fest. Sie lacht mich an, und aller Schmerz verschwindet für einen Moment aus meinem Körper.

Wir sitzen nebeneinander auf dem Rücksitz eines Einsatzwagens. Auf der Wache werden wir eine Erklärung abgeben müssen, hat Mila gesagt. Das scheint mir in Ordnung, nach allem, was ich durchgemacht habe.

»Alex …« Sie zittert noch immer nach meiner Geschichte. »Ein Mörder?«

Ich weiß.

»Und du?«, frage ich. »Bist du verhaftet worden?«

»Ja, sie hatten mich über mein Telefon ausfindig gemacht. Mir wurde alles vorgeworfen: Inge, die Tankstelle, alles. Aber ich hatte meine eigene Wahrheit und habe erzählt, was passiert ist. Dass wir doch gerade diejenigen waren, die überfallen worden sind. Sie haben mir Dutzende von Fotos gezeigt, bis das von ihr dabei war.«

»Das von ihr?«

Sie nickt. »Das von der Frau aus deiner Erinnerung. Ein ungeklärter Fall aus dieser Gegend.«

Sie schweigt einen Moment, dann fügt sie hinzu: »Da wusste ich es sicher, aber ich konnte dich ja nicht erreichen. Wegen ihrer Vorstrafen und ihrer Verbindungen wurde der Fall als ungeklärte Abrechnung im kriminellen Milieu zu den Akten gelegt. Es war die Frau mit den dunklen Locken, von der du ständig gesprochen hast. Ich wusste, dass du etwas mit ihrem Tod zu tun hattest, dass du sie dort gesehen hattest. Ich habe lange gebraucht, um die Polizisten davon zu überzeugen, aber ich wusste, dass du da auftauchen würdest, wo sie ermordet worden ist. Da würdest du dich daran erinnern können.«

Ich atme durch die Nase aus und schaue wieder nach

draußen. Die Polizisten waren dorthin gekommen, um mich festzunehmen, wenn ich mich an den Mord erinnern würde, aber dann kam es anders.

Sie drückt kurz meine Hand. »Es tut mir leid.«

Meine Finger gleiten über ihre Wange. »Es ist nicht deine Schuld. Ich bin schon froh, dass du mich aufgespürt hast.« Ich schweige für einen Moment. »Und dass du überhaupt mit mir auf dieses Abenteuer ausgezogen bist. Du hast ja keine Ahnung, was das für mich ...« Ich verstumme, als ich eine Träne über ihre Wange laufen sehe.

Etwas stimmt nicht daran, was sie gesagt hat. Instinktiv lasse ich ihre Hand los.

»Da hast du es sicher gewusst«, sage ich. »Das hast du eben gesagt. Da hast du es sicher gewusst. Das bedeutet, dass du vorher schon eine Ahnung hattest. Dass ich etwas mit einer kriminellen Abrechnung zu tun hatte?«

»Es tut mir leid«, sagt sie und fängt jetzt wirklich an zu weinen.

»Was tut dir leid, Mila?« Meine Hand tastet nach der Autotür. *Kann ich hier raus?*

»Ich habe dich für Alex beobachtet.«

Das muss ich erst mal zu mir durchdringen lassen.

»Was?«

»Er brauchte jemanden, der in deine Nähe kommen und herausfinden könnte, was du wusstest. Was du für dich behieltest.«

Mir dreht sich der Magen um. *Sie war also sein Kontakt in meiner Abteilung.* Ich will, dass sie aufhört, aber sie redet weiter.

»Nach eurem Erlebnis hier in Finnland hat niemand in der Firma noch von Alex gehört. Niemand wusste so richtig, was passiert war, aber es ging das Gerücht um, dass er mit viel Geld durchgebrannt war. Und deshalb habe ich angefangen herumzuschnüffeln; ich wollte wissen, für was für eine Firma ich eigentlich all die Jahre gearbeitet habe. Von welchem Geld ich die Pflege für meinen Bruder bezahlte. Das verstehst du doch?«

»Und dann?« Ich versuche, mich durch diese rührende Geschichte nicht ablenken zu lassen. Für den Moment gehen bei mir Neugier und Ekel Hand in Hand. Sie schüttelt wieder den Kopf.

»Ich fand die illegalen Überweisungen, von denen ich dir erzählt habe. Es war deutlich, dass da etwas nicht stimmte, Olaf. Und dann kam die Mail von Alex. Er fragte, ob ich mich irgendwo in einem Café mit ihm treffen wollte. Ich war auf der Suche nach Antworten, deshalb bin ich hingegangen. Er hat erzählt, dass ihr in Finnland in Schwierigkeiten geraten seid, dass er sich vor Huub verstecken musste und um sein Leben fürchtete. Du warst da an etwas Kriminellem beteiligt, aber du warst auch der Einzige, der ihn jetzt retten konnte.« Sie versucht, sich die Wangen abzuwischen, aber es kommen gleich wieder neue Tränen. »Und ich war die Einzige, die an dich herankommen konnte. Es fing ganz klein an, damit, dass ich herausfinden musste, wie viel du noch wusstest, aber es wurde schnell mehr, als er beschloss, dir das Foto zu schicken.«

»Alle deine Fragen, alle unsere Gespräche, die waren also allesamt geplant.« Ich schließe die Augen. Meine einzige Unterstützung ist offenbar eine Lüge, wie alles andere. Meine Finger spielen mit dem Türgriff, und ich stelle mir vor, wie mein Kopf auf den Asphalt auftrifft, wenn ich mich jetzt hier auf der Schnellstraße herausfallen lassen. Ein Gefühl der Erleichterung breitet sich in mir aus.

»Und als ich dir nach dem Essen bei Huub begegnet bin? An der Amstel?«

Sie schluckt. »Alex hatte dich beobachtet und rief mich an, um zu sagen, dass du weggerannt warst. Ich solle hinfahren und dich auflesen. Ich hatte keine Zeit, um nachzudenken. Danach ging alles ganz schnell. Diese Surinamesin im Palladium ist eine Freundin von ihm, die ihre Rolle gut gespielt hat. Aber als Alex nicht in Ruigoord war, wolltest du unbedingt nach Hause. Ich dachte, es wäre vorbei, als ich vor eurem Haus stand und einen verärgerten Alex am Telefon hatte. Er war wütend, weil wir schon weg waren, aber ich war insgeheim erleichtert. Ich sagte ihm, unser Plan sei gescheitert. Und dann stiegst du wieder in mein Auto. Ich hatte keine Wahl. Du musst mir glauben, wenn ich sage, dass der Funke zwischen uns echt war, Olaf. Echt ist.« Sie weint jetzt lauthals, aber ich sehe nur Krokodilstränen.

»Ich wäre gerade fast gestorben.«

»Das weiß ich jetzt. Aber das war nie, was ich wollte, ich wusste nicht, dass er ein Mörder war. Sonst hätte ich doch niemals mitgemacht. Ich wollte ihm helfen, dir helfen. Natürlich wusste ich, dass es um Diamanten ging, aber die hätten wir uns zu dritt geteilt. Damit hätte ich alle meine Probleme lösen und die Pflege für meinen Bruder bezahlen können. Das hatte Alex mir versprochen. Jetzt ist mir klar, dass er mich ebenfalls ermordet und sich dann mit den Diamanten abgesetzt hätte. Ich war naiv. Es tut mir leid.«

Meine Hand schwebt in der Luft. Mein Gefühl sagt mir,

dass ich sie trösten sollte, aber mein Instinkt befiehlt mir, niemandem mehr zu vertrauen.

Sie will nach meiner Hand greifen, aber diesmal ziehe ich sie zurück. Ich muss das alles erst verarbeiten; es ist zu viel.

Draußen geht die Landschaft langsam in eine Stadt über, und ich sehe, wie die Gebäude an uns vorüberfliegen.

Wir sind fast da.

~

Ich habe das Gefühl, aus dem zehnten Stock gefallen und auf hartem Asphalt gelandet zu sein. So sehe ich auch aus, als ich mein Spiegelbild im Fenster entdecke, während ich die Autotür hinter mir zuschlage. Ich habe Blut im Gesicht, Risse in meiner Uniform – die ich noch immer trage –, und meine Haare kleben mir auf der Stirn.

Aber komischerweise erkenne ich mich hier doch besser als auf dem Spiegelbild in dem schwedischen Zug. Ich drehe mich um und folge dem Polizisten zusammen mit Mila auf die Wache.

Es ist ein helles, geräumiges Gebäude, in dem es geschäftig zugeht. Ab und zu sieht jemand zu mir herüber, aber zumeist sind alle mit sich selbst beschäftigt.

Ich möchte das hier so schnell wie möglich hinter mich bringen, um dann sofort wieder wegzukönnen. An der Straße im Wald hat ein Notfallsanitäter kurz nach meinem Arm geguckt, der zum Glück nicht gebrochen ist. Ich habe versprochen, nach meiner Aussage zu einer ausführlicheren Untersuchung ins Krankenhaus zu gehen. Jetzt, wo ich hier bin, weiß ich aber nicht, ob ich dieser Aufforderung nachkommen werde. Ich möchte mich in einem dunklen

Zimmer verkriechen und vorläufig nicht wieder zum Vorschein kommen.

Die Sonne scheint durch das große Fenster auf die Rezeption, hinten in der großen Halle. Ich erkenne sie schon, bevor sie sich umdreht.

Meine Füße werden schwerer, und Mila schaut mich überrascht an, als sie merkt, dass ich zurückbleibe. Die Frau an der Rezeption trägt ein rotes Sommerkleid mit gelben Blumen. Das kenne ich, denn ich habe es selbst gekauft.

Liesbeth dreht sich langsam um, als ob sie meine Anwesenheit gespürt hätte. Wir schauen einander einige Sekunden lang voll in die Augen, bis sie den Blick abbricht. Sie schreit auf und kommt auf mich zugestürzt. Sie fällt mir wild um den Hals, während ich mich nicht rühre. Meinen linken Arm kann ich vorläufig noch nicht bewegen, aber auch mein rechter bleibt wie gelähmt nach unten hängen.

Mila schaut erschrocken den Polizisten an, aber der zuckt mit den Schultern. *Was interessiert ihn das schon?* Die Umarmung nimmt ein Ende, und Liesbeth mustert mich jetzt aus nächster Nähe.

»Wie siehst du denn aus«, flüstert sie.

So bleiben wir einen Moment lang stehen, während um uns herum die Aktivitäten auf der Wache weitergehen. Meine Frau und ich.

Ich sitze neben ihr in einem Büro. Insgeheim hatte ich auf ein offizielles Vernehmungszimmer gehofft, mit Spiegelfenster und einer flackernden Neonröhre. Ob es die nur im Film gibt, weiß ich nicht, jedenfalls werden wir sehr freundlich zu einem älteren Beamten in dessen Büro gesetzt.

Hinter ihm hängen allerlei Fotos von Kindern und Enkelkindern an der Wand, die beim Grillen im Garten spielen. Ich nicke ihm zu, und er nickt zurück. *Schön, der erste Kontakt wäre damit hergestellt.*

»Ich kann nicht mehr.« Liesbeth richtet sich jetzt an mich, und ich weiß genug. Ich weiß, was ich eigentlich schon viel länger gewusst habe: dass mein Leben nie wieder dasselbe sein wird. Und meine Frau nie mehr die meine.

Sie redet weiter. »Monatelang habe ich an deinem Bett gesessen. Deine Stirn mit einem Lappen betupft, deine Hände massiert. Ich habe alles für dich getan, aber nichts hat geholfen. Du hast nur immer weiter geschlafen. Trotzdem habe ich nie aufgegeben. Alle sagten zu mir: ›Du musst loslassen, mit deinem Leben weitermachen.‹ Aber du lagst ja immer noch da. Du hast noch geatmet, du warst noch bei mir. Wie hätte ich denn da um Himmels willen mit meinem Leben weitermachen sollen?«

Der Polizist bietet ihr ein Papiertaschentuch an, und ich frage mich, ob er Niederländisch spricht oder ob sie unser Gespräch aufnehmen und später übersetzen lassen. Wahrscheinlich hat er gelernt, dass Geständnisse in der Muttersprache am schnellsten kommen. Ich versuche, mich wieder auf das Drama meiner Frau zu konzentrieren, die neben mir noch heftig schluchzt.

»Und dann bist du wach geworden und konntest dich an nichts mehr erinnern. Papa beschloss, dir zu erzählen, du hättest einen Autounfall gehabt, und das hast du sofort geglaubt, noch bevor ich dir etwas sagen konnte. Was hätte ich denn machen sollen? Er hat erzählt, du würdest ins Gefängnis kommen, wenn du dich an alles erinnern könntest. Ich wollte nichts mehr wissen; ich wollte nur, dass alles wieder so würde wie früher. Das passierte dann auch, bis auf die Albträume. Deshalb mussten wir die Medikamentendosis hochsetzen.«

Ich fahre hoch. »Die Medikamente? Ich habe doch keine Medikamente genommen.«

»Doch«, sagt Liesbeth weinend. »Die hab ich dir ins Essen gemischt. Sie haben gesagt, das wäre besser so und du würdest dadurch der Alte bleiben. Mein Olaf. Und es hat funktioniert.«

Ich muss lachen. »Dein Olaf? Ich wurde zu einem tanzenden Äffchen, ohne das selbst zu begreifen.« Das Lachen vergeht mir schnell, als ich an meine Müdigkeit nach den Mahlzeiten denke. Jedes Mal, wenn ich zu Haus gegessen hatte, war ich völlig erschöpft, und jetzt weiß ich auch, woran das lag. *Jedenfalls nicht an meiner Verdauung.*

»Bis das Foto auf der Fußmatte landete.« Sie redet weiter, als ob sie mich nicht gehört hätte. »Da hielt ich es nicht mehr aus. Ich wollte dir alles erzählen, aber ich musste Jacob schwören, das nicht zu tun. Er würde auch mitgerissen werden, wenn deine Unternehmungen ans Licht kämen.«

»Meine Unternehmungen? Ich wusste von nichts und wurde von deinem geliebten Papa benutzt. Er war das Gehirn hinter allem. Und Jacob, offensichtlich. Alle wussten davon!« Alles ergibt jetzt einen Sinn: die geheimen Verabredungen der beiden, das Trösten. Jacob hat auf meine Frau eingeredet, dass sie mich weiter anlügen müsse.

Alle. Alle lügen mich an. *Alle.*

Ich sehe neben dem Schreibtisch einen kleinen Papierkorb stehen und hechte auf den Boden. Ich übergebe mich in den viel zu kleinen finnischen Papierkorb. Bis ich nur noch Galle ausspucke, dann komme ich wieder hoch. Ich fange sofort an, mich bei dem Finnen zu entschuldigen, der wiederum freundlich zurücknickt. *Was für ein netter Mann!* Ich wische mir den Mund mit dem Ärmel ab und schaue meine Frau an. Meine liebe, verlogene, mir Medikamente ins Essen mischende Frau. Langsam stehe ich auf, und ich sehe sie an.

»Und als dann die Gefahr bestand, dass ich mich an alles erinnern würde, hielt dein Vater die Zeit für gekommen, um mich aus dem Weg räumen zu lassen. Hörst du, was ich sage, Lies?«

Sie schüttelt panisch den Kopf. »Das hätte er nie im Leben getan. Er wollte dich zurückholen.«

»Eine unschuldige Frau ist tot, Milas Nachbarin. Ermordet.« Ich kann mich nicht mehr beherrschen, aber sie schüttelt wieder den Kopf.

»Das war ein Unfall.«

Sie erschrickt über ihre eigene Antwort. Ich muss unfreiwillig lachen. *Jetzt ist die Wahrheit ans Licht gekommen.* Als ich mich umdrehe, ruft sie mir nach: »Ich habe alles für dich getan! Du weißt doch, dass ich dich liebe, oder? Wirklich ...«

Ich gebe diesmal keine Antwort mehr, sondern schlurfe aus dem Büro. Meine Frau will hinter mir herkommen, aber der Polizist hält sie zurück. Er hat also doch verstanden, was gesagt wurde, und ich bin ihm dankbar.

Diese verrückten Holländer, denkt er bestimmt.

34

Mit beiden Händen drücke ich die Tür auf und atme die frische Luft ein. Schnell biege ich um eine Ecke und dann um noch eine. Ich komme bei einem weitläufigen Platz an. Eine große Wolkendecke zieht langsam über einen tiefblauen Himmel.

Die Steine auf dem Boden bilden rote Vierecke mit grauen Umrandungen. Weiter vorn sehe ich, dass sie in Treppen übergehen, die wiederum bei einem stattlichen weißen Gebäude enden. Es hat sechs Säulen vor dem Eingang und drei grüne Kuppeln auf dem Dach. Es sieht aus wie ein Regierungsgebäude. Ich frage mich, ob sie uns vor ein finnisches oder ein niederländisches Gericht stellen werden.

Als ich mich frage, ob das überhaupt eine Rolle spielt, weiß ich keine Antwort. Alles, woran ich geglaubt habe, scheint anders zu sein. Ich war der Einzige, der nicht beteiligt war. Meine Frau hatte dann zwar keine Affäre gehabt, aber so war es womöglich noch schlimmer. Noch schmerzlicher, noch verlogener.

»Schön, was?« Ich erstarre, als ich die Frauenstimme hinter mir höre. »Ich könnte hier stundenlang auf dem Rücken liegen und nach oben starren.« Ich lächele, ohne dass sie es sehen kann, und denke an den Steg in Zandvoort. »Es ist ein wolkenloser Tag«, antworte ich steif.

Als ich mich umdrehe, steht sie da. *Mila.*

»Und jetzt?«, fragt sie.

»Tja.« Ich zucke mit den Schultern und sehe zwei Kinder an uns vorbeirennen. Eines hat ein Flugzeug in der Hand, und das andere will es wegreißen, um selbst damit zu spielen. Sie lachen und haben ungeheuer viel Spaß.

»Du musst wissen, dass ich es wirklich gemeint habe, als ich gesagt habe, dass du etwas Besonderes für mich bist.«

»Hast du das denn gesagt?«

Sie verpasst mir einen scherzhaften Stoß. »Ja, das habe ich gesagt.«

»Mir scheint, wir sind jetzt beide arbeitslos, oder?«, frage ich, während wir gemeinsam das Gebäude anstarren.

»Wir können ja immer noch ein Buch darüber schreiben«, scherzt sie.

Dann packt sie impulsiv meine Hand. Ich lasse es zu und sehe sie an. Als sie zu sprechen beginnt, höre ich das Gefühl in ihrer Stimme. »Es tut mir so leid. Ich dachte wirklich, dass ich dir geholfen hätte.«

Ich schaue nach oben, und sie verstummt. Schrilles Geschrei klingt durch die Luft. Hoch über uns fliegen einige Möwen vorüber. Eine lässt sich fallen, die Flügel an den Leib gepresst, bis sie kurz über dem Boden ist. Dort greift sie mit spielerischer Leichtigkeit ein Stück Brot und steigt mit einigen Flügelschlägen schnell wieder über uns auf.

»Jetzt, wo ich arbeitslos bin, will ich wieder reisen«, höre ich sie sagen.

»Reisen. Wohin?«

»Egal. Wenn es nur wärmer ist als hier.« Wir lachen beide. »Kommst du mit?«

Ich lächele, gebe aber keine Antwort. Kurz stehen wir einfach so nebeneinander.

»Weißt du«, fährt sie fort, »woran ich eben noch gedacht habe?«

»Nein?«

»Niemand sucht noch nach etwas oder rechnet damit, noch etwas zu finden.«

»Du meinst die Diamanten?«, frage ich.

Sie nickt mit ernster Miene. »Huub hat größere Probleme und denkt, dass Alex damit durchgebrannt ist. Die Polizei hat nicht danach gefragt.«

»Worauf willst du hinaus?« Inzwischen kann ich mein strahlendes Lächeln nicht mehr unterdrücken.

»Liegt nicht irgendwo im Wald noch ein Beutel herum?« Sie klingt verlegen.

Ich nicke geheimnisvoll. »Das wird wohl so sein, oder?«

»Und jetzt, wo du dich an alles erinnern kannst … Kannst du dich wirklich an alles erinnern?«

Ich schaue ihr tief in die glänzenden Augen. »Das könnte man fast denken, was?«

Sie muss lachen, und ich hebe sie hoch, drehe mich mit ihr im Kreis und küsse sie auf den Mund. Diesmal nicht, weil ich denke, dass es von mir erwartet wird oder weil ich es nicht besser weiß oder weil es mir befohlen worden ist. Sondern aus einem einzigen Grund.

Weil ich es will.

Danksagungen

Als Erstes möchte ich mich bei Willem Hogendoorn für die erste Einladung und alle Brainstorming-Sessions bei Uitgeverij Cargo bedanken; sie haben mir sehr geholfen. Außerdem hätte ich das Buch nicht schreiben können ohne das Vertrauen, die Begleitung und die kritischen Anmerkungen von Chris Kooi. Das gilt gleichermaßen für Marjolein Schurink, durch deren motivierende Worte ich den Verlag immer voller Selbstvertrauen verließ.

Und ich möchte mich auch beim Rest des Teams von Cargo und De Bezige Bij für all die harte Arbeit bedanken.

Außerdem bin ich meinem Vater – Willem – sehr dankbar für alle (!) Versionen, die er gelesen, und das Vertrauen, das er mir damit geschenkt hat.

Von meinem Geschäftspartner – Isidor – bekam ich die Unterstützung, die ich brauchte, um in meiner freien Zeit zu schreiben.

Von meinem guten Freund – Daan – gab es gute Ratschläge.

Und meine Liebste – Danielle – hat mir immer Ruhe und Raum gelassen, damit ich ungestört schreiben konnte. Es hat mich zahllose Stunden gekostet, und ich hätte es nicht ohne dich (und deine Geduld) geschafft.

Zuletzt möchte ich Tyler danken für die nötige Inspiration während eines eiskalten Winters in Montana (USA, 2005) und eines abenteuerlichen Roadtrips zum BIG SKY.